# L'homme qui voulait mourir vivant

# MICHEL ROLION

## L'homme qui voulait mourir vivant

ROMAN

J'AI LU

*À l'âge de vingt-deux ans, lors d'une soirée où chacun partageait les rêves qu'il aimerait réaliser un jour, j'ai confié vouloir écrire un livre qui changerait la vie des gens. Un copain bien intentionné m'a répondu: « Essaie d'abord d'en écrire un qui changera la tienne ! »*

*Je ne sais pas si ce livre aura une grande influence dans ta vie, mais il a profondément transformé la mienne. C'est déjà ça.*

Michel Rolion

*Ce livre s'adresse à toi, cher·e lecteur·trice.*
*Ou plutôt, aux différentes parties de toi :*
*subconscient, partie rebelle, mental,*
*enfant intérieur, partie intuitive...*
*et à toutes celles que tu pourrais bientôt découvrir.*

*À tout de suite.*

# Le sens caché des mots

**Le sens caché du titre « L'homme qui voulait mourir vivant »**

Si tu vas au bout de cette histoire, tu découvriras avec Alain la version 2.0 de ce titre.

**Le sens caché du « docteur Patterson »**

Ce personnage est directement inspiré d'un auteur français célèbre (qui est au courant et en a souri). Un indice ? Son prénom n'a pas été choisi par hasard.

**Le sens caché de la « maladie »**

Avant d'être un élément clef de l'intrigue, le cancer d'Alain est d'abord une métaphore. Tu découvriras son sens au cours de ta lecture (en prêtant notamment attention aux notes de bas de page...).

**Le sens caché du mot « guérison »**

Au cours de ces pages, le docteur Patterson va te révéler la vraie signification du verbe

« guérir ». Cela va peut-être t'impacter plus profondément que tu ne le crois...

**Le sens caché de « l'autre auteur »**

Tu remarqueras qu'un livre se cache dans ce roman. Sauras-tu démasquer qui en est le véritable auteur ?

**En partant avec Alain à New York,
sauras-tu résoudre ces énigmes ?**

*Jour J*
*Mardi 3 septembre, 13h35*
*Genève*

Tout ça pour en arriver là.

Adossé à son vieux Land Rover, Alain regarde fixement le superbe bougainvillier fuchsia qui exubère devant l'entrée, seule tache de couleur dans cette banlieue grisâtre. Si on lui avait dit qu'il choisirait un laboratoire d'analyses en fonction d'un simple végétal, aussi magnifique soit-il, il aurait doucement rigolé. Mais en six mois, tant de choses ont changé.

Depuis trois jours, sa vie s'écoule au ralenti, comme si le sablier du temps s'amusait à entraver le passage de chaque grain. Vendredi, il a demandé à être piqué au bras gauche, le plus proche du cœur. La laborantine a répliqué que le sang est le même dans tout le corps et qu'elle préférait à droite. Il l'a écoutée, compréhensif, mais a refusé de céder.

Son médecin n'est pas étranger à cette obstination : « Pour vous donner toutes les chances, monsieur Roignac, faites en sorte de maîtriser un maximum de paramètres. Ne laissez pas les autres ni les circonstances décider pour vous. Avez-vous déjà observé un joueur de tennis au moment de servir ? Il prend trois ou quatre balles en main avant d'en sélectionner une seule. Ce geste peut sembler idiot, surtout lorsqu'elles sont neuves et identiques. Pourtant, cela lui permet de rester aux commandes du match, tout en étant déjà concentré sur le point suivant. »

Alain consulte sa montre carrée. Plus que vingt-cinq minutes, et il connaîtra les résultats de la prise de sang. Sa « prise de sens », comme il l'a nommée, tant l'information va influer sur sa destinée.

# Six mois plus tôt

# 1

*J –168*
*Mardi 19 mars, 19h40*
*Chamonix, France*

Alain conduisait son 4 × 4 avec nervosité. Il sortait d'une série d'examens et il lui tardait de retrouver Alyson, qu'il n'arrivait pas à joindre depuis la veille, son téléphone devant être en dérangement.

Il y a dix jours, quand il lui avait annoncé son cancer, une discussion houleuse s'en était suivie. Alyson n'avait pas compris qu'il ait attendu une semaine pour le lui dire. Depuis, Alain la sentait désorientée. Elle qui pouvait être expansive quand quelque chose la tracassait restait étrangement silencieuse. Un soir, en rentrant de sa journée de ski, il l'avait surprise qui pleurait sur le balcon. Quand il s'était approché d'elle, elle s'était ressaisie et n'avait rien voulu expliquer.

Il s'arrêta devant le garage de leur chalet, plongé dans l'obscurité. Dès qu'il ouvrit la porte d'entrée, un silence épais s'abattit sur lui. L'impression d'étrangeté s'accentua quand il s'aperçut que la dernière sculpture d'Alyson, un adorable petit singe en terre cuite, avait disparu de la tablette d'angle de l'entrée.

Alain fonça dans la salle à manger : la télé était bien là, le poste radio vintage aussi. Mais sur le mur d'en face, une trace rectangulaire sur la tapisserie indiquait que le tableau préféré de sa compagne avait été dérobé ! Alain s'apprêtait à vérifier dans leur chambre quand l'angoisse le cloua sur place : le cambrioleur était peut-être encore présent ! Voilà pourquoi le silence était si pesant !

Une sensation de froid lui glaça le corps. Alain alla dans la cuisine chercher un couteau, mais changea d'avis dès qu'il l'eut en main. Pour prévenir de sa présence, il se mit à siffler fortement l'air du *Clairon*. Pourquoi cette musique militaire qu'il n'avait pas entendue depuis des lustres ?

Il ouvrit la porte-fenêtre donnant sur le balcon et ressortit par la porte d'entrée, la laissant elle aussi grande ouverte. Puis il redémarra son Land Rover. À la première intersection, il fit demi-tour et s'arrêta. S'il avait interrompu le voleur, celui-ci avait tout loisir maintenant de s'enfuir par le jardin, sans violence.

*Merde ! Et si Alyson était prisonnière à l'intérieur ?* Alain enfonça l'accélérateur et revint à toute vitesse en klaxonnant. Le frein à main à peine serré, il se rua de nouveau dans le chalet en criant :

— Alyson, c'est Alain !

Il hurlait autant pour rassurer sa compagne que pour éloigner l'éventuel cambrioleur. Mais rien, ni bruit de fuite, ni réponse d'Alyson. Il passa en revue les dernières pièces et se rendit à l'évidence : il n'y avait personne. Pourtant, d'autres objets manquaient, notamment des bijoux et un autre tableau dans leur chambre. Mais aucune trace d'effraction !

Alain revint dans la cuisine. C'est à ce moment-là qu'il aperçut, sur la table bistrot en marbre, une enveloppe beige. La gorge sèche, il l'ouvrit, raide comme un automate.

Alain,

Quand tu liras cette lettre, je serai loin. Ne me cherche pas, tu ne me trouveras pas.

L'annonce de ton cancer m'a ramenée aux pires heures de ma vie. Ton image se superpose avec celle de mon père se débattant avec son pancréas. Je suis épouvantée que cela puisse finir de la même façon et que j'en sois la cause d'une manière ou d'une autre. Comme si la vie me proposait de faire mourir mes proches pour je ne sais quelle raison. Aussi ai-je décidé de te laisser le champ libre pour guérir. Je pars régler ce que j'ai à régler, même si je ne sais encore vraiment ni quoi ni comment.

Bien que nous ne soyons pas mariés, je connais comme toi cette phrase : "Les époux se doivent mutuellement fidélité, secours et assistance." Pour la fidélité, tu l'as eue. Mais puisque je ne peux t'assurer ni secours ni assistance, je préfère m'en aller. Même si je suis dévorée de culpabilité.

Je ne sais si tu me pardonneras un jour. Je te demanderais bien d'essayer de ne pas me juger, mais je sens que ça va être surtout à moi de ne pas le faire. Pas gagné.

Je prendrai un jour de tes nouvelles, mais pas avant plusieurs mois.

Je n'ai rencontré personne. Je pars, car je ne parviens pas à rendre notre couple plus vivant. Et parce que je ne veux pas te porter malheur.

Tu es malade du cancer, je le suis du mal-être. Puissions-nous guérir chacun de notre côté.

Alyson

La respiration d'Alain devint sifflante. La dernière phrase l'obsédait. « Guérir chacun de notre côté »... *Non, Alysse ! À côté l'un de l'autre, pas chacun dans son coin !*

Lui qui ne fumait jamais dans la maison alluma une cigarette. Il relut plusieurs fois la lettre, ne sachant ni quoi faire, ni quoi penser, ni comment réagir.

Il erra ensuite dans le chalet comme un désaxé. Il passait d'un tiroir à une armoire, d'un papier administratif à un dessin, d'un vêtement à un objet…

Cherchant des traces d'Alyson, et il en restait.

Cherchant des bribes d'Alyson, et il en trouvait.

Cherchant la présence d'Alyson, et il échouait.

On aurait dit un animal en cage. Mais la cage était intérieure et les barreaux enserraient son âme.

« *Une séparation est pire que la mort :*<br>*la mort met fin à nos souffrances,*<br>*la séparation les fait naître.* »<br>Thomas JEFFERSON

# 2

*J –148*
*Vingt jours plus tard, lundi 8 avril*
*New York*

Alain pénétra dans le Memorial Sloan-Kettering Cancer Center dont l'entrée principale était encadrée par la bannière américaine et un drapeau bleu ciel portant le logo de l'hôpital. Il emprunta l'immense escalator qui menait à l'accueil et déclina son identité à une des réceptionnistes qui mit moins de cinq secondes à trouver sa fiche sur son ordinateur.

Il se fit expliquer le chemin pour rejoindre le service du professeur Goodman, au quatrième étage, et s'y rendit d'un pas suspendu, impressionné par la hauteur et le luxe du bâtiment.

Alain était atteint d'une forme rare de leucémie, le syndrome de Chartreau[1]. Quand il

1. Si les exercices proposés dans ce livre sont tous réels et opérants, le syndrome de Chartreau est fictif,

avait expliqué à sa généraliste qu'il souhaitait partir à New York dans l'espoir d'y retrouver son amour enfui, plutôt que de l'en dissuader, le docteur Irène Moirant avait déniché un laboratoire américain qui lançait un nouveau protocole d'étude clinique en ce début de vingt et unième siècle, au cœur même de ce prestigieux centre de cancérologie.

Alain avait immédiatement contacté le service en question, et une réponse favorable était arrivée une semaine plus tard. Percevaient-ils sa nationalité française comme un atout en vue d'une future commercialisation européenne ?

Le traitement ne reposait pas sur une nouvelle molécule mais sur une association de plusieurs substances, y compris naturelles, afin que la chimiothérapie soit la mieux adaptée à chaque individu. Additionnée de séances de méditation et de diverses aides à la gestion du stress, la prise en charge se voulait holistique. Et ce serait un bilan sanguin, après l'été, qui signerait le résultat.

Ses chances de guérison ? 50 %, lui avait répondu Irène Moirant. Une maladie à pile ou face, avait-elle ajouté. Cette expression avait ravagé Alain. Mon Dieu, à quoi tenait

---

et peut s'entendre comme une métaphore. Cela permet d'englober tous ceux d'entre nous qui faisons face à notre propre cancer, quel que soit le nom qu'on lui donne : burn out, solitude, stress, vie vide de sens, relations conflictuelles...

la vie ? Au côté sur lequel tombait une pièce de monnaie ?

Dans la salle d'attente, assis sur une chaise blanche au design scandinave, Alain repensait à ces derniers jours. Après le départ soudain d'Alyson, il l'avait cherchée partout, avait fait le tour de ses amis français et d'une de ses compatriotes, mais n'avait récolté que des réactions interloquées. Seules deux copines lui avouèrent qu'elle était passée leur dire au revoir, jurant tout ignorer de ses projets.

Il avait tenté de contacter sa famille américaine, mais Alyson avait embarqué avec elle son carnet d'adresses. Sur Internet, il découvrit le téléphone de Derek Gray, un de ses copains sculpteurs. Manifestement surpris d'apprendre ce qui s'était passé, il avait conclu d'un air sentencieux qui avait passablement énervé Alain : « La liberté part toujours sans laisser d'adresse. »

La sœur d'Alyson, elle, devait forcément être dans la confidence. Mais impossible de retrouver ses coordonnées parmi les milliers d'Emma Brown référencées par Google.

Qu'importe, Alain pressentait au plus profond de lui que sa compagne avait mis son projet à exécution. Cela faisait trois ans qu'elle lui parlait de son envie de vivre à New York.

*

Une jeune femme vêtue d'une blouse jaune pâle vint pour l'emmener dans un grand bureau donnant sur Roosevelt Island. Le professeur Goodman surgit deux minutes plus tard. De taille corpulente, il avait un air de George Clooney, en plus épais et avec un bouc gris taillé de près. Il fondit sur Alain, la main tendue.

— Bonjour *mister* Roignac, asseyez-vous, je vous prie. Je suis Jarrett Goodman, l'oncologue responsable de ce service. C'est moi qui vais prendre en charge votre traitement. Vous a-t-on informé des détails du protocole expérimental que nous avons lancé depuis six mois ?

— Ma généraliste m'en a parlé. Elle m'a dit qu'il n'y avait rien de risqué ni de très inédit.

— Pour ce qui est de l'innovation, elle a un peu minimisé les choses. Si on ne teste pas de nouveau médicament, nous avons élaboré un bouclier antiasthénique assez impressionnant. Nous cherchons vraiment à diminuer les effets indésirables de la chimiothérapie et à ce que votre organisme soit le plus solide possible. Vous serez soumis à un ensemble de soins, dont une prise en charge psychosomatique. Avec, pour ce faire, un médecin hors du commun.

— Vous pensez que mon cancer est dans ma tête ?

— Pas du tout. Les maladies sont toujours somatiques, mais ont parfois une composante psychoémotionnelle importante. Le docteur Patterson vous expliquera cela mieux que moi, ma secrétaire vous donnera ses coordonnées. Il est très renommé et j'ai beaucoup d'estime pour son travail.

— Bigre, votre proposition paraît complète. Combien de patients l'ont déjà testée ?

— Bientôt cinq cents, dont plus de soixante pour une leucémie. Les résultats sont encourageants. Vous serez moins épuisé qu'avec un protocole classique et, surtout, votre système immunitaire devrait être mieux protégé.

— Cela peut-il avoir une influence sur mon pronostic de guérison ?

— Bien sûr. Plus vous serez vaillant et mieux vous combattrez la maladie. De plus, on pourra forcer les doses si besoin.

— Pourrai-je courir ?

— Si vous y arrivez, oui. Car peu à peu, la chimiothérapie va tout de même vous fatiguer, surtout les jours suivant les prises. Pour le sport, j'ai l'habitude de dire que l'on devrait en faire comme on effeuille une marguerite, « un peu », « beaucoup », même « passionnément » si vous pouvez, en évitant les extrêmes « à la folie » et « pas du tout ». Donc, au fur et à mesure du traitement, ne forcez pas, mais marchez régulièrement. Central Park est fait pour cela.

Alain regarda par la fenêtre. Mais elle ne donnait pas sur le célèbre parc dont Alyson lui avait tant parlé.

— Et vous n'allez pas perdre vos phanères : cheveux, poils, cils ou sourcils. Notre stratégie thérapeutique est moins toxique avec des résultats supérieurs.

— C'est la première bonne nouvelle depuis un moment, professeur, soupira Alain.

Le docteur Goodman ne réagit pas. Il vérifia quelque chose dans le dossier et enchaîna :

— Au fait, comment avez-vous su pour votre cancer ? Au stade où vous êtes, il y a tout de même peu de signes. Les médecins français ont-ils un talent que nous n'avons pas ?

— J'ai un frère jumeau à qui on a diagnostiqué une leucémie il y a deux mois. Comme j'étais un peu fatigué et que j'avais perdu l'appétit, ma doctoresse m'a fait passer un myélogramme, qui s'est avéré positif.

Alain vit le professeur s'arrêter, comme s'il avait dit une incongruité.

— Enfin, positif, du point de vue pathologique. Parce que pour moi, ce n'est pas la même histoire.

— Vous êtes des jumeaux monozygotes ?

— Des vrais de vrais.

— Ce que vous m'apprenez est passionnant. Dans les congrès médicaux, on entend de plus en plus parler du rôle des mutations génétiques, ces fautes de frappe qui ont un impact loin d'être anodin. Une de mes consœurs oncogénéticienne répète souvent de façon provocante que « si le cancer n'est jamais héréditaire, il est toujours génétique ». Elle serait très intéressée par votre cas, j'imagine. Je peux lui en toucher un mot ?

— Je vais devenir un objet d'étude ?

— Pas un objet, un sujet d'étude, *mister* Roignac. Je fais ce métier pour guérir les gens et sauver des vies, pas pour étudier des rats de laboratoire. On va vraiment tout faire pour vous sortir de là, croyez-moi. Si la situation avec votre frère est passionnante pour la recherche, je suis médecin avant tout et la seule chose qui m'importe, c'est votre guérison. J'ai donc une recommandation essentielle :

*« Le cancer vient d'assaillir votre vie.*
*Mais il ne va pas la liquider. Battez-vous ! »*

Jarrett GOODMAN

# 3

*J –144*
*Vendredi 12 avril*
*Greenwich Village, New York*

Sur le mur de briques, une plaque indiquait en lettres dorées sur fond noir :

Lawrence G. Patterson, M.D.

Alain sonna et entra. La pièce était vide. Cela aurait pu l'inquiéter, la notoriété d'un médecin se mesurant parfois au nombre de personnes dans sa salle d'attente. Heureusement, l'hôpital l'avait prévenu : « Soyez à l'heure, il est très ponctuel. »

L'atmosphère était singulière : tapis beige disposé en diagonale, sièges hétéroclites et colorés, lampadaire en laiton vintage et cheminée dont la plaque en fonte indiquait « *Carpe Diem* ».

Il s'installa dans un fauteuil metteur en scène et feuilleta machinalement un magazine, sans réussir à fixer son attention.

Devant lui, un miroir ovale lui renvoyait sa propre image : cheveux blonds coupés court, teint hâlé avec la marque des lunettes typique d'un montagnard, pommettes effacées donnant un air doux à son visage. Hormis son regard creusé par la fatigue des derniers jours, rien ne permettait de dire qu'il était malade.

À gauche de la porte d'entrée, un tableau blanc attira son attention. Il indiquait les taux de guérison constatés chez les patients du docteur Patterson par rapport à la moyenne nationale.

« Cancer du côlon : 71 % de survie après cinq ans contre 57 % aux États-Unis.

Cancer du sein : 88 % de survie après cinq ans, 80 % dans les pays de l'OCDE. »

Les plus spectaculaires étaient ses taux de réussite sur l'asthme et l'eczéma.

*

À 16 h 35, le médecin sortit de son cabinet pour raccompagner une vieille dame qui se déplaçait avec peine. Il portait une blouse blanche et une cravate, ce qui rassura d'emblée Alain.

— Bonjour. Monsieur Roignac, je suppose ? dit-il d'une voix douce en lui tendant une main fine mais ferme.

— Oui. Bonjour, docteur.

— Enchanté. Suivez-moi, c'est derrière cette porte qu'on va mettre en place votre guérison. Préférez-vous qu'on utilise le français ou l'anglais ? démarra le médecin en s'asseyant derrière son bureau. J'ai épousé une Française et je vais chaque année dans votre beau pays.

Les deux langues convenaient à Alain qui parlait presque couramment celle de Shakespeare avec ses nombreux clients anglais à Chamonix.

— Parfait, poursuivit Patterson dans celle de Molière. J'ai échangé avec le professeur Goodman au téléphone, il m'a transmis votre dossier ainsi que le traitement qu'il propose.

— Très bien, on va gagner du temps.

— Vous êtes pressé ?

— Non, mais votre agenda doit être bien rempli. Vous êtes réputé et je sais qu'on vient vous voir de loin.

— On vient me voir de loin, car justement je prends le temps nécessaire. Je prévois toujours quarante-cinq minutes pour chaque nouveau patient. Cela devrait suffire pour démarrer du bon pied, non ?

Surprenant, pensa Alain en ôtant sa veste de cuir.

— Dans ce cas, je peux vous poser une première question ?

— Je vous en prie.

— Les chiffres concernant vos taux de guérison sont-ils réels ?

— Oui, je vous certifie que ces chiffres sont authentiques.

— Étant donné la rareté de mon cas, je suppose que vous n'avez pas de statistique.

— Effectivement. Je me souviens même à peine d'avoir entendu parler du syndrome de Chartreau pendant mes études. Cela étant, ça ne va pas changer le travail que je propose, qui est de trouver des solutions uniques et adaptées à chaque patient. Mais à mon tour de vous poser une question. Qu'est-ce qui vous préoccupe le plus en ce moment ?

— Mon médecin en France m'a donné 50 % de chances de m'en sortir. Elle a appelé ça « une maladie à pile ou face ». Depuis, je n'arrête pas d'y penser.

— Rien que pour cette raison, vous avez bien fait de venir. Lorsqu'on vous annonce 50 % de chances de guérir, c'est un pronostic, à ne pas confondre avec un diagnostic. Or, la seule façon de donner un pronostic est de passer par des statistiques. Mais une statistique, c'est comme un bikini, ça montre tout, sauf l'essentiel !

— C'est-à-dire ? demanda Alain.

— Votre cas personnel, monsieur Roignac ! Comprenez bien ceci : les pronostics de guérison ne sont que des moyennes. Rien de plus absurde qu'une moyenne ! Par exemple, chaque année, aux États-Unis, plus de mille personnes se noient dans des rivières qui n'ont **en moyenne** que vingt-cinq centimètres de profondeur !

— Mais un pourcentage de guérison donne tout de même une idée de la gravité d'une maladie, objecta Alain.

— Le problème est que le langage induit beaucoup les choses, y compris vos chances réelles de guérir. Et puisque votre généraliste a parlé d'une maladie à pile ou face, on va envoyer une autre image à votre cerveau, si vous êtes d'accord : la guérison à pile ET face !

Alain fronça les sourcils.

— Prenons les banques, continua Patterson. Elles spéculent parfois sur des produits financiers à risque. Que se passe-t-il lorsque leurs pertes les entraînent au bord de la faillite ? Elles s'en remettent à nos gouvernements qui s'empressent de les renflouer, aux frais du contribuable. Elles, quand elles jouent à pile ou face, c'est pile je gagne et face le contribuable perd ! Génial, non ?

— Quel est le rapport avec ma maladie ?

— Je vais vous proposer de vous comporter comme les banques. Pile, vous guérissez, face, la maladie perd ! C'est ça, la guérison à pile ET face ! ajouta le médecin.

Il souriait autant avec les yeux qu'avec la bouche, qui s'ouvrait de façon légèrement dissymétrique. Lawrence Patterson n'était pas spécialement beau. La cinquantaine, grand, un rien dégingandé, les cheveux bouclés grisonnants sur les côtés, il avait conservé un regard rieur, presque adolescent. Après avoir écrit quelques lignes sur son ordinateur, il reprit :

— Revenons à cette histoire de pronostic. Combien d'années de survie vous a-t-on annoncé en cas d'échec de la chimiothérapie ?

— Je n'ai pas osé demander. Mais sur Internet, pour mon genre de leucémie, j'ai lu plusieurs fois le chiffre d'un an et demi environ.

— J'ai vu cette estimation. Et comme je m'y attendais, j'ai trouvé une courbe de Gauss.

— Une quoi ?

— Venez avec moi, dit le praticien en se levant, je vais vous montrer.

Sur un tableau blanc près du lavabo, Patterson dessina une sorte de colline avec deux gros feutres : le côté ascendant en rouge, la partie descendante en vert.

— Voici une courbe de Gauss. Elle indique les statistiques dans le cas déjà défaitiste où la chimio n'a pas marché.

— On est donc dans les 50 % de malchance.

— Tout à fait. Ici, au sommet de la courbe, la majorité décède **en moyenne** un an et demi après l'échec de la chimio. Il y en a qui meurent avant, représentés sur la gauche en rouge, et d'autres qui vivent plus longtemps, à droite en vert. Vous me suivez ?

— Oui.

— Bien, enchaîna le docteur en gardant le seul marqueur vert en main. Maintenant, regardez bien le versant où les patients vivent le plus longtemps. C'est une pente douce. Ici, les gens ont survécu deux ans après l'échec de leur chimiothérapie, plus loin trois ans. Ici, nous avons ceux qui ont survécu dix ans, puis tous ceux qui continuent de vivre malgré leur leucémie. Sans que la médecine puisse expliquer ces différences !

Alain ne perdait pas une miette de la démonstration. Il en frissonnait et avait les poils des bras tout hérissés. Patterson s'en aperçut et ajouta :

— Même dans le cas où la chimiothérapie aurait échoué, ce qui va à l'encontre des progrès que l'on fait actuellement, nous ne savons pas de quel côté de la courbe vous pourriez vous trouver, expliqua-t-il en montrant la partie descendante de la courbe.

Alain, comme hypnotisé, regardait le feutre vert s'éloigner de plus en plus vers sa droite. Patterson compléta :

— Vous aviez déjà 50 % de chances de vous en sortir. Avec le nouveau protocole du Memorial Center et le traitement que je vais vous proposer, on peut passer à 70 %, ce sont les résultats que j'obtiens avec les personnes atteintes d'un cancer du côlon. Et même si dans quelques mois les analyses de sang indiquent que vous faites partie des 30 % de cas rebelles à la chimiothérapie, ce qui m'étonnerait, vous pouvez faire partie de ceux qui vivent longtemps après, insista-t-il en lui montrant de nouveau la courbe verte. Pour résumer, quand votre médecin vous a parlé d'une maladie à pile ou face, elle a été involontairement pessimiste. En fait, on peut même considérer que **vous avez bien 80 % de chances de vivre longtemps, monsieur Roignac** ! dit-il d'une voix soudainement forte.

Surpris par le brusque changement de ton et abasourdi par la démonstration, Alain éclata en sanglots. Il se sentait comme un gosse, debout devant cet homme, ses chiffres et son marqueur vert.

— Très bien. Votre émotion ajoute encore 1 % de chances. Pleurez, laissez-vous aller, cela fait partie du traitement dans votre cas.

— Excusez-moi... ça fait tellement de bien d'entendre ça, j'ai... j'ai eu si peur !...

— C'est bien normal. Et je suis content que vous réévaluiez vos chances de vous en sortir vivant. Car si les médicaments ne sont pas toujours suffisants, le fait de croire en la guérison est toujours nécessaire, l'assura Patterson.

Les spasmes empêchaient Alain de s'exprimer. Il se passa les mains sur le visage avant de parvenir à articuler quelques mots.

— Je n'en ai parlé à presque personne. La maladie et la mort sont tellement taboues dans notre société.

— Ce n'est pas parce que la maladie et la mort sont taboues qu'on n'en parle pas. C'est parce qu'on n'en parle pas qu'elles deviennent taboues.

Alain réfléchit. S'il avait préféré taire son état à tous ses potes, c'était sûrement pour des raisons plus personnelles. Peut-être pourrait-il avoir le courage de les prévenir. Plus facile d'annoncer 80% que 50 !

— Bien, j'aimerais en savoir davantage sur vous, annonça Patterson en retournant s'asseoir derrière son bureau.

Le cabinet de consultation était aussi atypique que la salle d'attente : murs peints d'un orange soutenu, tapis de jute au sol sur lequel deux magnifiques plantes vertes prenaient leurs aises, ventilateur à pales au plafond. On se serait cru dans le bureau d'un écrivain sous les tropiques.

Alain lui expliqua qu'il avait trente-huit ans, qu'il vivait dans les Alpes, où il était moniteur de ski l'hiver et guide de haute montagne l'été. Si le fait qu'il n'ait pas d'enfant ne provoqua aucune réaction, sa situation conjugale sembla captiver le médecin au plus haut point. Ils passèrent dix bonnes minutes là-dessus. Patterson le questionna ensuite sur d'autres choses :

— Sommeil ?

— Pas assez, mais récupérateur. Ma compagne dit que je m'endors parfois plus vite que mon ombre !

— Habitudes alimentaires, alcool ?

— Je mange de tout, assez équilibré, même si je pourrais manger plus de légumes. Je bois du rouge, environ... trois fois par semaine, deux verres maxi à chaque fois. Presque toujours des vins de qualité, ce qui me coûte cher, d'ailleurs ! Une bière de temps à autre aussi. Café tous les jours et beaucoup d'eau.

— Et psychologiquement, vous vous décririez comment ?

— Mes copains moniteurs assurent que je me pose plus de questions que la moyenne ! Je suis probablement soucieux, mais quand tout va bien, je profite de la vie.

— C'est bien. Un bon vivant fait souvent un patient tonique ! Vos loisirs ?

— Je fais du vélo l'été et des balades toute l'année quand j'ai le temps, et j'apprécie lire au coin de la cheminée avec ma chérie à mes côtés. J'aime aussi les soirées à refaire le monde avec des amis.

Ils abordèrent ensuite le sujet du tabac. Lorsque Alain avoua qu'il fumait environ une quinzaine de cigarettes par jour, le médecin insista pour savoir comment et à quel âge il avait commencé.

— OK, conclut le praticien. Nous avons bien avancé. Pour être franc, je trouve que les feux sont plutôt au vert en ce qui vous concerne. Même s'il va y avoir du travail sur quelques points importants. Mais avant, une précision. Vous savez que je suis un spécialiste en médecine psychosomatique. Les techniques que je propose sont des compléments au traitement classique. Vous devez d'abord suivre les prescriptions du professeur Goodman. Je ne me permettrai jamais de remettre en cause l'efficacité de la médecine moderne. J'ajoute juste une approche émotionnelle et psychologique qui n'est, hélas, pas beaucoup prise en compte par cette médecine. Suis-je clair sur ce point ?

— Très clair.

L'autorité qui se dégageait de cet homme contrastait avec la douceur de son regard.

— Parfait. Il m'arrive d'utiliser des procédés un peu inattendus. Si l'on veut des résultats, il faut quelquefois secouer certaines habitudes. Évidemment, vous pourrez toujours refuser une de mes propositions. Je tiens à ce que vous soyez un partenaire actif, et même critique si besoin.

— Ça marche, acquiesça Alain en se redressant sur sa chaise.

— Je souhaiterais vous revoir dans quelques jours. D'ici là, j'aimerais vous confier trois missions. La première consiste à annoncer à quelques personnes votre leucémie. Il n'est jamais bon de se cacher.

— D'accord, répondit mollement Alain.

— La deuxième concerne la cigarette.

*Aïe, nous y voilà !* Deux médecins en France lui en avaient déjà parlé. Il fumait depuis plus de vingt ans et n'avait jamais vraiment envisagé d'arrêter avant son diagnostic. Depuis, il y pensait, c'est sûr, mais il avait d'abord besoin de sortir la tête de l'eau, puis d'essorer son âme.

— Vous allez me demander de stopper sur-le-champ ?

Patterson objecta.

— Détrompez-vous. Continuez de fumer. Interdiction d'arrêter ! Ni même de diminuer ! Simplement : fumez mieux.

— Mieux ?! Comment ça ?

— En vous appliquant et en devenant un fumeur attentif. J'aimerais que vous profitiez de chaque cigarette, en prenant bien conscience de la fumée qui entre dans vos poumons. Fini les cigarettes fumées en pensant à autre chose ou en discutant.

Le médecin reprit son clavier.

— Pourquoi me demandez-vous cela, docteur ?

Sans lever les yeux de son écran, Patterson répondit :

— Vous ne rentrez pas dans les cuisines d'un bon restaurant pour connaître leurs secrets de fabrication, n'est-ce pas ? En ce qui me concerne, c'est pareil. Je n'explique pas toujours mes recettes.

— Et si je m'arrête quand même ?

— Je vous le déconseille ! Vous fumez depuis l'âge de seize ans, vous pouvez attendre encore quelque temps, non ? J'aimerais même que vous achetiez une cartouche de vos cigarettes habituelles et l'apportiez à la prochaine séance.

— Ça va me coûter cher, votre traitement, répliqua Alain.

— Tout a un coût, cher monsieur. Fumer a un coût, arrêter de fumer aussi.

La sonnette de la salle d'attente retentit, premières notes d'une sonate de Bach pour clavecin. Alain jeta machinalement un œil sur sa montre. Patterson s'en aperçut :

— Ah, le diktat du temps ! Vous savez ce que disent les Africains ? « Les Blancs ont des montres, mais nous on a le temps. »

— Je dois regarder l'heure au moins trente fois par jour, avoua Alain. Avec mon travail…

— Votre travail et votre caractère, probablement. J'ai une dernière question, peut-être la plus importante : pourquoi voulez-vous guérir, monsieur Roignac ?

— Pardon ?

— Vous avez bien entendu. Pourquoi souhaitez-vous guérir ?

— Pour vivre longtemps, je suppose.

— Et pourquoi voulez-vous vivre longtemps ?

— Euh, je ne sais pas… Pour voyager… Et profiter de ma retraite un jour.

Il pensa évidemment à Alyson, mais s'abstint d'en parler.

— D'accord, alors pourquoi voulez-vous voyager et profiter de votre retraite, qui par ailleurs n'est pas pour demain ? Et quand je vous dis « pourquoi », entendez : « pour quoi », en deux mots. Voilà la question essentielle : pour quoi voulez-vous guérir ?

— Je ne sais pas exactement. Je…

— Eh bien, il va falloir le savoir exactement ! Le cancer fait peur, mais derrière toute peur, il y a un désir. Aussi, j'aimerais que vous me rameniez une liste où vous aurez écrit pour quoi vous voulez guérir. Se lever le matin avec la peur de mourir ou avec des projets à réaliser, c'est très différent, croyez-moi.

Le médecin nota autre chose sur son ordinateur et poursuivit :

— Et indiquez des raisons précises, comme accompagner vos futurs enfants à la mairie le jour de leur mariage, acheter une maison dans le Luberon, assister aux Jeux olympiques de 2024, etc. Il peut aussi s'agir de choses simples comme fêter votre guérison avec vos meilleurs amis ou goûter un grand vin quand il sera à son apogée. Tout est bon, du moment que vous êtes sincère. Dernier détail : cette liste devra contenir au minimum cinquante raisons différentes.

— Cinquante ?! C'est énorme ! Je ne vais jamais en trouver autant !

— Si vous n'en avez pas noté au moins cinquante, je vous en demanderai cinquante supplémentaires la fois d'après !

— Mais je n'ai pas assez d'imagination…

— À vous de voir si vous préférez cinquante ou cent, répliqua Patterson d'un ton sérieux.

— Vous ne me laissez pas le choix.

— Vous avez le choix, toujours. Vous pouvez m'envoyer paître avec mes prescriptions, même si je les pense efficaces. Alors ?

— Je veux bien essayer, dit Alain en pensant qu'il n'avait de toute façon rien à perdre.

— Vous m'en voyez ravi, rétorqua le docteur en lui tendant « l'ordonnance ». Voici, tout y est : annoncer votre cancer à des proches, bien vous concentrer en fumant, apporter une cartouche à la prochaine séance et faire la liste des cinquante « pour quoi ». Cela fait du travail. En même temps, une leucémie, ça ne se soigne pas avec de l'extrait de pissenlits, si vous voyez ce que je veux dire... Il faut un traitement à la hauteur !

Alain ne voyait rien du tout. Obnubilé par le chiffre 80 qui continuait de flotter dans son esprit, il paya et reprit rendez-vous comme sur un nuage.

En ouvrant la porte de la salle d'attente, Patterson lui rappela, en anglais et suffisamment fort pour être entendu par la jeune femme noire qui s'y trouvait déjà :

— Souvenez-vous, pas de diminution de cigarettes d'ici la prochaine consultation ! Vous pouvez même en fumer une en sortant d'ici.

En repassant devant le miroir ovoïde, Alain se surprit, pour la première fois de sa vie, à souhaiter s'y voir vieux un jour, puisque vieillir est pour l'instant le seul moyen qu'on a trouvé pour ne pas mourir trop vite.

*« Il n'y a pas de maladies incurables,*
*il n'y a que des individus incurables. »*

Dr Bernie S. Siegel

# 4

Alain referma la lourde porte et cligna des yeux, surpris par la luminosité extérieure. Il ne faisait pourtant pas particulièrement beau avant la séance. Était-ce un bon présage ? Adossé contre le mur de briques du cabinet, le pied replié, il tenta de reprendre ses esprits après cette étrange consultation. Une odeur diffuse de feuilles, de gaz d'échappement et de poubelles montait à ses narines.

Située en plein cœur de Greenwich Village, la rue où se trouvait le cabinet était arborée. Les maisons de trois ou quatre étages s'alignaient avec régularité. Les portes de différentes couleurs rappelaient une banlieue de Londres. Seuls les escaliers de secours, zigzags métalliques descendant le long des murs, confirmaient que l'on était bien aux États-Unis. Dans ce quartier tranquille et dépourvu de gratte-ciel, « la ville qui ne dort jamais » semblait se reposer. En cette fin de journée, les façades prenaient de jolies teintes à la lumière du soleil déclinant. Alain aurait tellement aimé partager ce qu'il venait de vivre avec Alyson. Il mit ses Ray-Ban. La grisaille à travers ses verres fumés lui sauta aux yeux. Pourquoi porter des lunettes qui assombrissaient tant la vie ?

Une multitude d'idées tourbillonnaient dans sa tête. En temps normal, il aurait allumé une cigarette. Là, son réflexe paraissait perturbé.

N'ayant pas le cœur à rentrer tout seul dans l'appartement déniché quelques jours plus tôt, il décida de se rendre à Union Square, un petit parc situé quelques blocs plus au nord, et parcourut les cinq cents mètres d'un pas rapide. L'envie de fumer était présente, mais il préférait attendre : il profiterait mieux de sa cigarette dans le jardin.

Près de la bouche de métro, des vendeurs de rue exposaient leur camelote. Deux d'entre eux proposaient des lunettes. Alain choisit l'étalage d'un grand Black souriant aux longues dreads poussiéreuses surmontées d'un bonnet aux couleurs de la Jamaïque. Il essaya les trois paires dont les verres étaient les plus clairs.

— Tu trouves ton bonheur, *brother* ?

— Si mon bonheur pouvait dépendre d'une simple paire de lunettes...

Le rasta ne releva pas.

— Tu cherches des modèles pour femme ?

— Plutôt des verres rosés.

— Toi, tu veux voir la vie en rose, hein ?

— C'est pour mieux profiter des couchers de soleil, marmonna Alain, qui n'avait pas trop envie de parler.

— Alors essaie celles-là.

Lorsque Alain les chaussa, son monde se para de couleurs chaudes : ni rose, ni orange, mais un doux mélange des deux. Huit dollars de négociations plus tard, il se dirigea au centre du parc.

*La vie en rose !*

Il sélectionna la chanson d'Édith Piaf sur son iPod. Il se mit à chantonner en marchant vers le kiosque à journaux, les écouteurs sur les oreilles et ses nouvelles lunettes sur le nez. Une femme âgée, vêtue d'un tailleur bleu clair, se retourna en le toisant. Mais aujourd'hui était son premier jour d'éclaircie, il pouvait bien exprimer son enthousiasme, non ?

Alain augmenta le volume et continua dans l'allée principale en chantant plus fort, bras écartés, comme s'il était le roi du monde.

L'envie de fumer s'intensifiait. Il vit un énorme marronnier probablement centenaire et s'adossa contre lui. Pour respecter la drôle de prescription du médecin, il attendit la fin de la chanson, coupa son iPod puis alluma une cigarette. Il la fuma avec délectation, en dégustant chaque bouffée.

Prêtant l'oreille, il entendit sur sa gauche le chant aigu d'un piaf dans les arbustes proches. Alain sourit : si les secondes de silence après une symphonie de Mozart sont toujours du Mozart, les instants suivant une chanson de la célèbre Édith pouvaient aussi être du Piaf, pensa-t-il. Devant lui, un cerisier s'apprêtait à fleurir, et la nature à vivre un nouveau printemps. Dans son monde intérieur, le chiffre 80 flottait encore.

Il se remit en marche, laissant le hasard guider ses pas. Il aperçut une statue de Gandhi. Cet homme, qui avait mis l'Angleterre à genoux, était un tel concentré de force et de paix qu'Alain se sentit tout petit devant ce personnage d'à peine un mètre soixante. Avec son air malicieux, le Mahatma lui suggérait-il de stopper le tabac ? Alain s'attarda longuement sur le visage de bronze. S'il s'arrêtait de fumer, il viendrait griller sa dernière cigarette ici.

L'après-midi prenait tout son temps pour devenir soirée. Cela faisait un siècle qu'il ne s'était pas promené sans autre but que celui de profiter de l'instant présent. Il était habitué à travailler sept jours sur sept en pleine saison. Alyson l'avait provoqué sur ce sujet, un soir : « Alain, au moment de mourir, je ne crois pas que tu regretteras de ne pas avoir assez travaillé ! » Elle avait raison. Ne passait-il pas à côté de l'essentiel ?

Autour de lui, les arbres bourgeonnaient. Alors que la nature sortait de l'hiver, se trouvait-il lui-même à l'automne de sa vie ?

*« D'une manière douce,*
*vous pouvez secouer le monde*[1]. »

GANDHI

---

1. Inscription figurant au pied de la statue de Gandhi à Union Square, New York.

# 5

*Même jour, 22h30*
*375 Broome Street, sud de Manhattan*

Depuis le toit-terrasse du bâtiment, où se trouvait l'appartement qu'il avait loué car il autorisait l'accès à ce *roof*, Alain profitait du spectacle. De nuit, la vue était grandiose. Quelques chaises et une table laissées par d'anciens résidents permettaient de s'y installer. La plateforme était souvent fréquentée par les habitants de l'immeuble, mais ce soir, peut-être à cause du froid, elle était déserte.

Ici, il ressentait une impression similaire à celle qu'il avait depuis son balcon avec vue imprenable sur le glacier du Plan. En lieu et place du Woolworth Building, il voyait les aiguilles du Grépon. Les gratte-ciel attenants ? Les Grands Charmoz. Et l'Empire State Building devenait la Dent du Crocodile. Dans cet univers de béton, de bruit et de gaz d'échappement, il se fabriquait les repères qu'il pouvait !

Des repères... Depuis la lettre d'Alexandre, il n'en avait plus beaucoup. Comment son frère avait-il pu lui annoncer cela de manière aussi lapidaire ?

Alain,

Je sais que l'on ne s'est pas parlé depuis plusieurs mois. Je ne t'écris pas pour revenir sur le passé, mais pour t'annoncer que l'on vient de me diagnostiquer une leucémie aiguë.

Même si les médecins parlent d'un facteur héréditaire faible, la génétique joue un rôle non négligeable. Dans le cas de vrais jumeaux, il y a un certain risque que tu aies aussi attrapé cette merde. Pour être fixé, il te faudrait faire un prélèvement de moelle osseuse, suivi d'un myélogramme, seule manière de poser le diagnostic.

Je ne l'ai pas encore dit aux parents. Préviens-moi en premier quand tu sauras. Si on leur annonce qu'on a tous les deux un cancer, maman ne s'en remettra pas.

À part ça, rien de nouveau. Le travail qui prend tout mon temps, alors que je dois gérer Monique qui est complètement paniquée depuis la nouvelle.

Alex

Pas un mot affectueux, rien. La chaleur humaine n'était toujours pas son fort. Pourquoi n'avaient-ils jamais pu être complices tous les deux, hormis en quelques très rares occasions ?

Alain regardait l'Empire State se parer de couleurs changeantes. Pour la première fois depuis le départ d'Alyson, la solitude lui pesait vraiment. Après l'annonce du diagnostic, les examens médicaux qui s'étaient enchaînés et la tourmente dans laquelle Alyson l'avait projeté, la tension retombait.

Il repensa à la première mission que le docteur Patterson lui avait confiée. Comment faire pour parler de son cancer à ses potes moniteurs ? *À propos, tu ne connais pas la dernière ? J'ai un cancer. Et dans six mois, je saurai si je vais survivre ou pas.*

Et ce serait pire encore de l'annoncer aux parents ! *Bonsoir, maman, j'ai une mauvaise nouvelle à t'apprendre. Voilà, j'ai une leucémie. Alexandre aussi d'ailleurs. Nous devons faire une chimiothérapie. Mais garde espoir, statistiquement l'un de nous deux va s'en sortir.* Impensable… Alex avait raison. Tant que leur traitement serait en cours, autant ne pas les inquiéter. Il sera temps de leur en parler après le verdict des résultats d'analyse. Quatre personnes étaient déjà au courant : Alex, Alyson et son ami Pascal, qui avait prévenu sa femme Romane. C'était déjà pas mal.

Pour se changer les idées, il alluma une cigarette. La quatrième depuis qu'il avait quitté le cabinet de Patterson. Le fait de les fumer en conscience ralentissait visiblement sa consommation. Était-ce l'objectif du médecin ? Mais alors pourquoi lui ordonner de ne pas diminuer ?

Cesser de fumer n'était de toute façon pas la priorité du moment. Alain portait deux plaies en lui. Si, par la grâce d'un praticien inspiré, sa peur de mourir s'était atténuée, son cœur restait en charpie. Il avait même la sensation que la peur avait cédé la place au chagrin, selon le principe des vases communicants.

Alyson… Partout où il posait son regard, l'empreinte de son visage s'imposait en filigrane. Leur rencontre avait été un véritable coup de foudre, suivi de six mois de folle passion. Mais quand ils décidèrent de concevoir un enfant, un nuage s'installa. Pour des raisons inconnues, Alyson ne tombait pas enceinte. Les spécialistes parlaient d'un blocage psychologique la concernant. Avec le temps, le ciel devint de plus en plus sombre, et l'espoir d'entendre un bambin rire dans leur chalet s'envolait chaque jour un peu plus.

Une sirène de police le fit sortir de ses pensées. Frigorifié, il rentra se coucher.

*

Cette nuit-là fut marquée par deux événements inhabituels. Il s'endormit en deux minutes, alors que depuis qu'il se savait gravement malade, il passait des heures à trouver le sommeil. Et il fit un rêve dont il allait se souvenir longtemps.

Assises dans la salle d'attente du docteur Patterson, six personnes aux visages indistincts tiennent sur leurs genoux une ardoise d'écolier. Chacune indique un chiffre écrit à la craie.

Alain se réveilla en sursaut. Des gouttes de sueur perlaient sur tout son corps. Son dos en particulier était trempé. Il chercha à se rendormir pour connaître la fin du rêve. Mais il restait bloqué au seuil de la porte, sans pouvoir ni entrer ni sortir de la salle d'attente, comme si la bobine du film s'était coincée. Que signifiaient ces chiffres ? Son propre vœu de voir son pourcentage de guérison évoluer ? Et qui étaient ces gens qui tenaient les panneaux ?

*« Le matin, soit tu te recouches*
*pour continuer à rêver,*
*soit tu te lèves pour réaliser tes rêves.*
*Choisis ! »*

Source inconnue

# 6

*J –143*
*Le lendemain, samedi 13 avril*

À Central Park, les premiers sportifs étaient déjà en action. Alain s'obstinait à venir tous les matins, car Alyson était fan de jogging. C'est donc ici qu'il la cherchait en priorité. Et puis, il prenait ainsi sa dose de nature, dans cet univers de bruit et de béton.

Au fil des jours, sa stratégie s'était affinée. Il avait conclu qu'il serait plus efficace de contrôler les entrées plutôt que d'errer à l'intérieur du parc, beaucoup trop grand. Il se postait donc à la lisière, tentant, lorsque cela était possible, d'avoir l'œil sur deux entrées à la fois.

Mais ce matin, ragaillardi par la consultation de la veille, il avait envie de courir. Au bout d'un moment, il bifurqua en direction du Jacqueline Kennedy Onassis Reservoir. Arrivé au bord de l'immense plan d'eau, il s'appuya contre un arbre au feuillage vert pâle et regarda passer les joggeurs qui empruntaient le Reservoir Running Track. Ce chemin entourant le lac n'était empruntable que dans un seul sens. Si Alyson venait courir là ce matin, il ne pourrait la manquer.

*

Vers 8 h 30, dépité et affamé, il alla prendre un *breakfast* dans un Starbucks situé à l'angle de Lexington Avenue et de la 87e Rue.

En compulsant plusieurs guides, il avait sélectionné quelques centaines de bars à Manhattan qui servaient des petits déjeuners. Il se débrouillait pour en inspecter trois ou quatre chaque matin. La connaissant bien, il savait qu'elle ne s'attarderait pas si elle venait y boire un café. Pour cette raison, il préférait s'attabler et attendre un bon moment au cas où elle passerait. Même si cette méthode avait ses défauts.

Pour les déjeuners, il procédait autrement. Il ne consommait pas. Quand un serveur lui demandait ce qu'il souhaitait, il prétextait avoir rendez-vous et vouloir vérifier si la personne qu'il attendait était déjà arrivée. Il avait calculé que cela lui permettrait de faire le tour d'environ mille restaurants par mois. Le reste de la journée, il écumait les galeries et autres endroits branchés fréquentés par les artistes. Il prétendait chercher des œuvres d'une certaine Alyson Brown et consultait toutes les plaquettes possibles, au cas où. Ce travail de fourmi pouvait paraître complètement absurde, mais il devait la retrouver.

Elle avait souvent rêvé à voix haute de vivre à New York, sans qu'il réagisse, englué dans son quotidien de montagnard. En le quittant, Alyson avait réussi à lui faire lâcher sa Haute-Savoie pour la suivre dans la ville la plus célèbre des États-Unis. Car il n'avait trouvé d'autre réponse au tsunami qui l'avait anéanti un mois plus tôt. Depuis, pour ne pas être englouti, il s'agrippait à son plan A : le plan Alyson. Ou le plan Amour.

Il n'avait pas de plan B.

*

Assis dans un coin près de l'entrée, Alain dégustait son cappuccino tout en regardant les gens passer sur le trottoir. À sa gauche, un couple s'adonnait à l'étude comparative de leurs cafés respectifs. Plus loin, quatre hommes en chemise cravate discutaient autour d'un mange-debout. D'autres clients, jeunes pour la plupart, s'affairaient devant leur ordinateur ou pianotaient sur leur téléphone autour de la grande table commune au large piétement de métal. Ce petit monde semblait démarrer la journée en douceur et avec insouciance… Tout ce qui manquait à Alain.

« *Un seul être vous manque et tout est dépeuplé.* »

Alphonse DE LAMARTINE

# 7

*J –138*
*Cinq jours plus tard, 15 h 04*
*Cabinet du Dr Patterson*

— J'ai à moitié rempli ma part du contrat, docteur. Je n'ai pas encore réussi à parler de mon cancer à de nouvelles personnes, mais j'ai ramené la liste des « pour quoi ». J'ai trouvé plus de soixante raisons de guérir ! Et j'ai apprécié chaque cigarette, même si j'ai moins fumé : j'ai diminué ma consommation d'un tiers environ.

— Et la cartouche, vous l'avez apportée ?

— La voici, répondit Alain en ouvrant sa sacoche.

— Merci. La prescription de dévoiler votre leucémie à quelqu'un reste valable pour la prochaine fois. Concernant la diminution de cigarettes, on verra tout à l'heure. J'aimerais d'abord voir votre liste.

Alain la lui tendit.

— Bien, voyons pour quoi M. Roignac veut guérir. « Créer une association pour offrir des vacances au ski à des familles en difficulté, être heureux avec la femme de sa vie, avoir des enfants, connaître ses petits-enfants... » Je vois que vous avez aussi des envies de voyage. Très bien tout ça !

Alain avait trouvé cette tâche captivante. Une multitude de projets enfouis avaient refait surface. Lawrence Patterson continua :

— Vous voulez découvrir de bons vins, apprendre à cuisiner... mais dites donc, vous êtes un vrai épicurien !

— Un épicurien qui a passé sa vie à travailler ! En pleine saison, je travaille souvent sept jours sur sept. Mais ça va changer. Depuis notre premier rendez-vous, je me surprends à être contemplatif. Hier, je suis allé sur le pont de Brooklyn regarder la ville à la tombée de la nuit. Il y a des années que je ne m'étais pas arrêté pour simplement contempler un coucher de soleil. C'est quand même fou de devoir tomber malade pour redécouvrir l'importance des choses simples...

— Combien de fois ai-je entendu cette réflexion ! La maladie recentre souvent sur ce qui est important. Dans notre société occidentale, nous sommes conditionnés à agir en fonction du futur. Dès l'enfance : « Si tu es sage, le père Noël t'apportera un beau cadeau » ou « Travaille bien à l'école, tu auras un bon métier plus tard ». Comme s'il fallait toujours attendre pour être heureux. Mais si nous ne sommes pas heureux maintenant, quand le serons-nous ?

Un silence se fit. Patterson ajouta :

— Et si nous ne sommes pas heureux ici, alors où ?

Alain médita quelques secondes en fixant ses mains. Relevant la tête, il crut voir chez son médecin le même sourire que celui de Gandhi dans le parc. Mais peut-être était-ce le fruit de son imagination.

— Revenons à votre liste, monsieur Roignac. Vous avez bien travaillé.

— Merci.

— Mais moi, non ! Je n'ai pas dû être assez clair quand je vous ai demandé de formuler des choses précises, annonça-t-il d'un air mystérieux.

Alain haussa les sourcils.

— La plupart de vos projets manquent de détails. Par exemple, quand vous écrivez « avoir une maison secondaire », c'est vague. Cela pourrait être « faire construire une villa avec des baies vitrées à galandages dans un village du sud de la France » ou bien « acheter la bicoque de M. Henry et casser la cloison pour avoir un grand salon », ou encore « bâtir une demeure en matériaux écologiques dans le quartier de la Poste »... À la place de « faire de beaux voyages », je préférerais « faire le tour des Annapurnas » ou « grimper pour voir la vue du Corcovado à Rio de Janeiro l'été prochain ». L'idée étant que votre cerveau puisse se faire une image concrète.

— Je ne comprends pas l'intérêt.

— Si je vous demande de penser à une voiture de course, que vous vient-il à l'esprit ?

— Je ne sais pas.

— J'insiste.

— Il me vient l'image d'un bolide que j'ai vu récemment dans un magazine.

— Voilà, comme je n'ai pas été précis, vous pouvez convoquer un tas de choses. Mais si je vous invite à vous imaginer au volant d'une Porsche décapotable rouge, sur une petite route sinueuse, dans les pinèdes au-dessus de Nice, et de prêter attention aux bruits…

— Ah oui, coupa Alain. Je suis dans la Porsche, j'entends le vrombissement du moteur et je sens même l'odeur des pins tout autour !

Le docteur Patterson afficha un air de contentement, tout en caressant d'un geste machinal le sous-main en cuir patiné de son bureau.

— Voilà l'impact d'une description détaillée ! On appelle cela le langage vidéo. Une caméra ne peut pas filmer « une belle journée de travail », il lui faut davantage d'informations. Elle peut cependant vous enregistrer en train de skier avec un client ressemblant à George Clooney sur une piste bleue un jour de plein soleil.

Patterson insista encore, le regard malicieux :

— Un jour, une actrice américaine de second rang a dit : « J'ai toujours voulu être quelqu'un. J'aurais dû être plus précise ! »

Alain esquissa un sourire.

— Si vous êtes d'accord, j'aimerais que vous repreniez votre liste en la détaillant davantage. Tout comme une voiture a besoin d'essence, notre cerveau a besoin de représentations claires pour bien fonctionner.

— Je dois reprendre les soixante points ?

— Non, certains comme « fêter les vingt ans de ma cousine à l'auberge du Loup blanc » sont limpides. Il va falloir préciser environ la moitié de ce que vous avez écrit.

— OK.

— À part ça, comment vous sentez-vous, ces jours-ci ?

— Un peu fatigué. Je n'ai pas non plus vraiment d'appétit. Mais dans l'ensemble, je vis normalement, si tant est que cela soit normal de passer ses journées à chercher une femme dans une ville aussi vaste et bruyante.

— Peut-être êtes-vous fou, monsieur Roignac ? répliqua Patterson en lui lançant un clin d'œil bien visible.

— Peut-être. Mais probablement moins que les millions de gens qui s'affairent à je ne sais quoi ici. Cette ville est démente pour un gars de la montagne comme moi.

— Bien que j'y vive depuis longtemps, je me dis cela très souvent aussi. En tout cas, je suis de tout cœur avec vous concernant vos recherches.

— Merci. Pour être franc, j'ai du mal à garder le moral. J'ai de nouveau surfé sur des forums de cancéreux. Ça fait peur. Je n'avais pas pris la mesure des galères et des souffrances qui m'attendent peut-être.

— Il faut être malade pour faire ça ! s'exclama le médecin. Vous ne guérirez pas en comparant votre situation avec d'autres, mais en puisant à l'intérieur de vous ! Ces internautes cherchent peut-être à être unis pour se rassurer, or ils oublient que chacun est unique. C'est une chose de s'informer, cependant, si vous êtes aussi influençable, évitez d'aller sur Internet ! J'ai besoin de votre moral pour mes pourcentages, monsieur Roignac !

Lawrence Patterson avait l'air vraiment remonté. Alain n'en revenait pas. Jusqu'à présent, il avait rencontré trois types de médecins. Certains, se voulant rassurants, donnaient nombre de conseils souvent paternalistes ; d'autres étalaient leur érudition, le noyant sous de longues explications ponctuées de mots incompréhensibles ; enfin, les plus détestables, qui semblaient avoir besoin d'asseoir leur pouvoir en en disant le moins possible. Avec Patterson, les échanges étaient simples et spontanés.

— Je comprends, mais être unique et seul, c'est parfois pesant.

— Si cela doit mettre en péril la thérapeutique que je vous propose, les forums ne sont pas la solution. Voyez-vous, dans mon métier, c'est avant tout le traitement qui m'intéresse. Je suis souvent en décalage avec la plupart de mes confrères quand je dis que les études de médecine devraient accorder autant d'importance à la thérapie qu'au diagnostic. Avez-vous une idée du pourcentage de cours portant sur l'élaboration d'un traitement durant les études de médecine ?

— Une bonne moitié ?

— À peine 10 % ! En dehors des heures d'anatomophysiologie et des stages à l'hôpital, 90 % du temps est consacré à ingurgiter des connaissances pour poser un diagnostic. Et ces cours à propos des moyens thérapeutiques n'abordent pratiquement que la pharmacologie occidentale. Il reste peu de temps pour réfléchir à la recherche d'un traitement original et adapté à chaque personne, n'est-ce pas ? C'est là que j'interviens, en collaboration avec un de mes collègues particulièrement important.

— Vous parlez du professeur Goodman ?

— Non, il s'agit de quelqu'un d'autre.

Il laissa couler une poignée de secondes.

— Votre médecin intérieur, finit-il par dire, les yeux fixés sur Alain.

— ...

— Votre docteur personnel, celui dont la médecine ne parle jamais. Et pourtant, il passe son temps à vous soigner. Prenons par exemple une infection qui provoque de la fièvre : le système nerveux neurovégétatif augmente le thermostat central et la température corporelle s'élève. Cela mobilise les mécanismes de défense de l'organisme et évite la prolifération des microbes. On prend souvent de l'aspirine un peu trop vite. C'est cette capacité du corps à s'autoréguler que j'appelle le « médecin intérieur ». Et il se trompe rarement, croyez-moi. Le véritable docteur n'est pas de mon côté du bureau. Il est en vous, et notre travail, à tous les deux, est de l'aider à vous guérir.

— Je comprends, répondit Alain.

— Parfois, il faut savoir s'écouter et écouter son corps. Il y a des décisions que vous devrez prendre seul car vous seul savez ce qui se passe en vous.

Le médecin jeta un œil à la petite pendule de bureau.

— Mais bon, il est l'heure. Pour finir, que vais-je vous demander par rapport à votre consommation de tabac ?

— Docteur, je sais qu'il faut que j'arrête de fumer, ne tournez pas autour du pot.

— Je ne tourne autour de rien du tout. Pour votre santé physique, oui, ce serait bien d'arrêter. Mais votre santé psychique est aussi importante. Si vous devez être plus relax en fumant quelques cigarettes par jour, il ne faudrait pas les supprimer. Vous avez besoin de toutes vos bonnes énergies pour guérir.

— Laissez-moi faire comme je veux. Vous n'auriez pas autant insisté pour que je fume comme d'habitude, j'en serais peut-être à la moitié certains jours.

— Ce n'est pas forcément une bonne idée ! De toute façon, même en ne fumant qu'une cigarette par jour, vous seriez plus près de dix que de zéro. Il y a une grande différence entre diminuer et s'arrêter.

Alain était dubitatif. Patterson étaya sa démonstration.

— La partie de vous-même qui veut que vous guérissiez de votre cancer aimerait bien ça. En même temps, il n'y a pas qu'elle en jeu. Qu'en pense par exemple votre adolescent intérieur ?

— Pardon ? questionna Alain en se demandant si Patterson avait encore beaucoup de personnages intérieurs à convoquer.

— Celui qui vous a fait découvrir la cigarette à seize ans, comme vous me l'avez indiqué à la première séance. Savez-vous ce qu'il en pense, lui ? Peut-être qu'il veut que vous repreniez vos quinze cigarettes par jour. On ne peut pas se passer de son avis comme ça ! Alors, voilà ce que l'on va faire : vous allez continuer de fumer en restant bien concentré, mais cette fois-ci en les fumant avec lui ! Sans parler à quelqu'un d'autre. Ça doit être un moment privilégié. Prenez le temps de bien discuter avec votre ado intérieur, vous aurez peut-être des choses intéressantes à échanger. Et ne le ménagez pas. Dites-lui bien que vous avez cette leucémie et que pour la combattre, vous avez besoin de votre énergie physique, psychique et émotionnelle. Qu'il vous donne son avis sur la cigarette, et sur d'autres choses si le cœur lui en dit. Nous ne prendrons une décision qu'après. En attendant, je vais garder votre cartouche, je pourrai piocher dedans si besoin.

— Vous fumez ?

— Non, je plaisantais, j'ai arrêté moi aussi il y a longtemps[1], répondit-il en imprimant son ordonnance du jour. Voici votre travail : parler de votre leucémie à des inconnus si c'est plus facile dans un premier temps, et dans l'idéal à des proches en France, puis préciser la liste des « pour quoi » et enfin griller des cigarettes avec votre ado intérieur. Je ne vous oblige pas à en fumer plus d'une dizaine par jour, puisque vous en êtes à peu près là. Sauf si votre adolescent intérieur le demande. Mais en tout cas, pas moins de cinq par jour, nous sommes d'accord ?

Alain ne savait que répondre. Cet homme le décontenançait presque à chaque phrase. Après avoir repris rendez-vous, il se retrouva dehors, ses lunettes roses sur le nez. Vu la température, il remonta le col de son blouson

1. C'était un des rares mensonges que le docteur Patterson faisait à ses patients. Il n'avait en réalité pratiquement pas fumé, en tout cas jamais régulièrement, mais utilisait cette stratégie pour suggérer qu'il était possible d'arrêter.

et marcha rapidement en direction du parc d'Union Square. Le dos contre un lampadaire, non loin de la statue de Gandhi, il se surprit à demander à son ado intérieur :

— Tu veux fumer avec moi ?

Imaginant qu'il lui répondait « oui », il grilla avec lui une savoureuse cigarette.

Devant eux, les amandiers tremblaient sous le vent comme si leurs premières fleurs étaient des porte-voix enfarinés qui exprimaient un mystérieux message printanier.

Éblouis par la beauté de ces arbres, les deux fumeurs laissèrent remonter quelques souvenirs communs. La plupart concernaient des regards de filles, des caresses données et reçues, des rencontres manquées aussi.

Tranquillement réunis, ils savouraient ensemble une nouvelle version du *carpe diem*.

« *Chaque fois que tu allumeras*
*une cigarette, médite.*
*Ou bien tu fumeras moins,*
*ou bien tu vas beaucoup méditer.* »

Louise LEBLANC

# 8

*Quinze minutes plus tard,*
*dans un Subway proche d'Union Square*

— Vous observez toujours autant les gens ?

Alain se détourna de la vitre du café à travers laquelle il contemplait les passants qui marchaient courbés en luttant contre le vent glacé.

— C'est à moi que vous parlez ? demanda-t-il à la jeune femme qui l'avait ainsi interpellé.

Debout, un gobelet de café à la main, et vêtue d'une épaisse veste en daim jaune, elle paraissait avoir une trentaine d'années.

— Oui. C'est votre manière habituelle de regarder les autres ?

Alain désigna son verre en carton.

— C'est le modèle moyen ou grand ?

— Vous répondez toujours à une question par une question ?

— Comment l'avez-vous deviné ?

— C'est bien ça, vous êtes M. Question. Dommage, j'aurais préféré rencontrer M. Réponse ! Je vous ai aperçu tout à l'heure au parc. Je n'ai jamais vu quelqu'un dévisager les gens comme vous le faites.

— Vous m'avez suivi ?

— Non, je viens juste de commander. Et vu ce qu'il reste de votre gâteau, vous avez l'air d'être là depuis un bon moment.

Son regard était franc, avec de grands yeux noisette qui lui mangeaient le visage. Brune, les cheveux en bataille, elle ressemblait à un personnage de manga. Son accent laissait deviner une origine slave ou scandinave.

— Puisque vous ne répondez pas, je vais imaginer: vous êtes peintre et vous cherchez des profils inspirants...

— Vous y êtes presque. À part que c'est le peintre que je cherche.

— Ah, enfin une réponse ! J'ai de la chance, aujourd'hui ! Et votre peintre, il aime se promener à Union Square ?

— Je n'en ai pas la moindre idée.

— Je crois que je préférais encore vos questions !

Alain reprit une gorgée de café. Malgré l'odeur de son breuvage, il percevait nettement le parfum citronné de la jeune femme. Il y débusqua une légère nuance de talc.

— Je ne me rappelle pas vous avoir aperçue au parc, poursuivit Alain.

— Vous regardez les gens, mais vous ne les voyez pas, c'est ça ?

— C'est un peu compliqué. Mais asseyez-vous, si vous le souhaitez, ajouta-t-il.

Elle s'installa à côté de lui, sur un des tabourets faisant face à l'immense baie vitrée. Posant sa veste et son sac sur la longue table étroite qui les séparait de la fenêtre, elle arrangea ses cheveux emmêlés par le vent.

Alain voyait bien qu'elle l'observait. Elle devait le trouver bizarre.

— La peintre, c'est ma femme. Mon ex. Enfin, je ne sais plus vraiment. La femme avec qui je vivais il y a encore un mois, en tout cas.

— Elle est partie, et comme elle avait l'habitude de se balader ici, vous la cherchez, c'est ça ?

— Pas vraiment. Elle se promenait dans les pâturages autour de Chamonix, dans les Alpes françaises, où nous habitons. Mais je pense qu'elle est à New York.

La jeune femme écarquilla les yeux. Ses sourcils se perdirent dans sa frange.

— Vous n'êtes même pas sûr qu'elle soit ici ?

— Cela peut paraître bizarre, mais non.

— C'est fou ! Et si vous ne la trouvez pas ?

— Je me pose plutôt la question inverse : « Et si je la trouve ? »

— Les deux réponses m'intéressent.

— Vous êtes toujours aussi curieuse ?

— Ça m'a permis de dénicher un de mes frères, gamine. Il avait fugué après s'être disputé avec mon père. Je l'avais vu se cacher pour fumer avec un copain, dans une ruelle près de notre école. On l'a retrouvé à la nuit tombante, au même endroit, planqué derrière des poubelles. Depuis, on m'a collé une étiquette de fouineuse dans ma famille.

Ils passèrent une demi-heure à échanger. D'origine bulgare, elle avait débarqué aux États-Unis à l'âge de vingt ans avec sa famille, profitant de la vague d'immigration qui avait suivi la destitution de Todor Jivkov. Peu après leur arrivée sur le sol américain, son père avait trouvé un poste de chauffeur de taxi. Aujourd'hui, elle travaillait dans la même compagnie comme standardiste, ses parents n'ayant pu lui payer des études. Elle lui révéla une foule de choses sur la profession de *taxi driver*. De son côté, Alain lui parla de ses activités de moniteur de ski l'hiver et de guide l'été, mais il s'abstint d'évoquer son cancer.

— Je vais devoir y aller, constata-t-elle en regardant sa montre. Il faut que j'aille récupérer ma fille. C'était sympa de vous rencontrer. Et au fait, je m'appelle Natasha.

— *Nice to meet you too*. Moi, c'est Alain, dit-il en lui tendant la main.

Il resta seul avec sa main dans le vide, tandis qu'elle se levait pour jeter son gobelet. De ce côté de l'Atlantique, un échange de prénom remplaçait couramment une poignée de main.

Comme elle revenait prendre sa veste, Alain perçut de nouveau la fragrance citronnée de son parfum. Il eut la vague impression que Natasha ralentissait ses gestes, comme si elle ne savait pas comment conclure leur discussion. Lui-même regrettait cette occasion perdue de parler de son cancer à quelqu'un. Il se jeta à l'eau :

— Puisque vous vivez ici, j'aimerais un conseil : comment fait-on en Amérique pour revoir quelqu'un que l'on vient de rencontrer par hasard ?

La jeune femme hésita. Finissant de boutonner sa veste, elle répondit en détournant les yeux :

— On laisse faire la chance, ou bien on la force un peu et on vient boire un café le matin à 9 heures au Starbucks de l'angle de Lexington Avenue et de la 85e Rue, à l'est de Central Park.

Elle sortit son téléphone de son sac, le salua de la main, paume ouverte à hauteur du ventre, à la manière des jeunes Japonaises, et laissa Alain à son poste d'observateur.

Alain griffonna l'adresse sur sa serviette en papier, se souvenant tout à coup qu'il avait pris un café il y a quelques jours dans ce Starbucks. Il y vit un signe. C'était bien la preuve que le monde était petit et New York encore plus.

Ragaillardi et réchauffé, il sortit reprendre sa filature hasardeuse, persuadé que la baraka serait bientôt avec lui. Ne lui avait-on pas seriné depuis tout petit que la chance souriait aux audacieux ?

Dès qu'il aurait retrouvé Alyson, il lui annoncerait trois nouvelles : il l'avait suivie jusqu'en Amérique, allait rester au minimum plusieurs mois à New York et avait 80 % de chances de guérir.

*« Qu'importe qu'il pleuve,*
*qu'il neige ou qu'il fasse froid,*
*pourvu qu'il ne fasse pas mauvais temps. »*

Proverbe bulgare

# 9

*J –135*

***Dimanche 21 avril, 9h35***

Il y avait un soleil radieux ce matin-là, même s'il faisait encore frais. Ayant passé la journée précédente à sillonner le sud de Manhattan, Alain avait décidé de retourner à Central Park. Un dimanche ensoleillé augmentait les chances de tomber sur sa compagne. Et puis, quitte à passer la journée dehors, autant le faire dans cet endroit magnifique.

Vêtu d'un pantalon de toile blanc et d'une veste bleu roi, cadeau d'Alyson lors de leur voyage en Grèce, Alain descendit du métro au niveau de la 110e Rue et marcha jusqu'au lac Harlem Meer.

Celui-ci était connu pour être très poissonneux. Les premiers pêcheurs s'installaient déjà. Ils venaient pour le plaisir, car toute prise devait être remise à l'eau, le lieu étant entièrement *no kill*[1].

Après avoir contourné le plan d'eau, Alain s'engagea dans une allée qui serpentait doucement entre deux collines aussi verdoyantes qu'une campagne anglaise. Les réverbères en fonte, espacés régulièrement, en ponctuaient le tracé, ajoutant au lieu une touche romantique.

Il marchait paisiblement, quand un vacarme le fit brusquement sortir de sa contemplation. Enveloppé d'un grand poncho à la gloire de Fidel Castro, un cycliste barbu le doubla sans un regard, en hurlant les paroles du morceau de salsa que crachait la radiocassette fixée sur son porte-bagages. Ses chaussettes, rouge à un pied et bleue à l'autre, couleurs du drapeau cubain, finissaient de donner une touche surréaliste au tableau.

Sérieusement barré le mec, pensa Alain. Au même instant, il se dit que lui-même, à la recherche d'une femme l'ayant quitté sur un autre continent, pouvait être perçu aussi comme assurément dérangé ! Résultat du match : FRANCE 1 – CUBA 1.

*

Il continua son chemin et ses observations. *Mon Dieu, là-bas ! Non, encore une illusion.*

---

1. C'est-à-dire qu'il y est interdit de tuer quelque animal que ce soit.

À force de chercher Alyson, il finissait par la voir un peu partout. Hier, la femme qui portait une robe couleur groseille, et maintenant celle-ci, au loin, dont la chevelure et la démarche rapide lui avaient semblé familières. Comme si l'esprit d'Alain transformait chaque rencontre en un miroir reflétant sa propre vie. Un miroir à double face. L'une qui renvoyait la silhouette d'Alyson, l'autre qui lui rappelait des souvenirs. Le phénomène paraissait s'amplifier.

La semaine dernière, en observant un couple contempler l'East River, au petit jour, il s'était revu quelques mois plus tôt avec elle, au bord du lac de Côme. Puis dans un magasin d'antiquité marine, où deux femmes riaient, avait surgi le fou rire qu'Alyson et lui avaient eu dans une pizzeria, à Chamonix. Une autre fois, entendant deux jeunes discuter dans un sabir mêlant anglais et espagnol, il s'était souvenu d'une discussion passionnée à propos des différences entre Américains et Français.

New York devenait un musée à ciel ouvert de leur histoire, offrant une variante au vers de Lamartine : « Un seul être vous manque et tout est souvenir. »

Ses rêveries de promeneur solitaire le conduisirent au niveau du Metropolitan Museum of Art. Laissant celui-ci sur sa gauche, il arriva devant une vaste pelouse déjà envahie par la foule du dimanche.

Il multiplia les allers et retours, mais dut faire le même constat : aucune trace d'Alyson. Cela faisait dix jours qu'il n'obtenait aucun résultat. Mais il savait bien qu'une montagne se gravit un pas après l'autre.

*

Vers midi, il descendit The Mall, déambulant tranquillement sous la haute voûte formée par la canopée des ormes centenaires, dont les troncs servaient de piliers à cette cathédrale naturelle.

Parmi les nombreuses choses qu'il aimait à Central Park figuraient les vignettes métallisées fixées sur certains bancs. Chacune d'elles délivrait un message personnalisé. Certaines rendaient hommage à un proche disparu, d'autres proposaient des citations. Un message l'interpella particulièrement :

> **Quand je serai grande,**
> **je serai amoureuse toute ma vie !**
> **Cindy, 7 ans**

Allait-il rester amoureux d'Alyson toute sa vie ? À quel moment un homme cessait-il d'aimer celle qui l'avait quitté ? Pour l'instant, il en était encore loin, très loin.

Poursuivant sa promenade, il arriva près du zoo. Un autre message s'affichait sur un banc.

**Aimer quelqu'un qui ne t'aime pas,**
**c'est comme attendre un bateau à l'aéroport.**
**Zayn Malik**

Une bouffée d'émotion l'envahit. Brutalement, le tragique de sa situation lui apparut. La gorge serrée, il s'affala sur le banc. Pour retenir ses larmes, il leva les yeux. À travers le feuillage, le soleil se frayait un chemin sous la forme de faisceaux de lumière, comme à travers les vitraux d'une église. Il aperçut un écureuil sauter d'une branche à une autre. Alain baissa les yeux et vit un blondinet qui marchait d'un pas hésitant, son nounours sous le bras et la main dans celle de son père. Sur la droite, un couple de personnes âgées avançait, affectueusement enlacées.

Pour quelle raison la vie lui proposait-elle tout ce à quoi il aspirait ? La bouche grande ouverte, il avait du mal à respirer. Il se trouvait devant un tableau idyllique dont il était le seul absent. Il ferma les yeux, réussit à se calmer un peu et laissa l'émotion refluer, comme une vague qui se retire.

Sa conscience le ramena au mois dernier, lorsque son destin avait basculé : le mardi 1er mars, il apprenait qu'il avait un cancer. Dix-huit jours plus tard, sa compagne le quittait. *Comment se remettait-on d'une double déflagration ?*

Il déplia la lettre de rupture d'Alyson qu'il gardait en permanence dans sa poche arrière, et qui avait pris avec le temps la courbure de sa fesse. Alain avait dû la lire une bonne trentaine de fois. Cela ravivait systématiquement sa blessure. Mais il préférait la laisser ouverte, imaginant la cicatrisation pire que la plaie elle-même.

Le fait de chercher Alyson, son âme sœur, comme il l'appelait souvent, lui permettait de rester actif et d'espérer. Mieux valait un espoir, pour l'instant déçu, que plus d'espoir du tout. Car derrière la porte de la résignation, il pressentait un anéantissement de l'âme qui l'effrayait au plus haut point. Lui qui pouvait passer des heures en montagne, isolé, ne se sentait pas capable de surmonter cette solitude-là.

Il avait lu, un jour, un article concernant un schizophrène qui se scarifiait régulièrement. Le jeune homme avait expliqué que la souffrance physique apaisait son angoisse de sombrer dans la folie. À sa façon, en relisant cette lettre, Alain se scarifiait.

Pour tenter de se changer les idées, il reprit sa marche, mais ne tint pas longtemps.

Brisé de chagrin et épuisé, il se laissa glisser contre un rocher qui se trouvait là. Les jambes allongées dans l'herbe, le nez dans les odeurs de fleurs et le regard sur les gratte-ciel au loin, il sombra dans le sommeil.

*« Le chagrin est une blessure qui demande*
*à saigner pour pouvoir guérir. »*

Frédérique DEGHELT

# 10

*J –134*
*Le lendemain, 17h45*
*Sixième Avenue*

Il tombait des trombes d'eau. Contournant une grosse flaque, Alain lut le mot « brasserie » sur un auvent rouge qui tremblait de toute sa toile sous les bourrasques. Au mur, une drôle de plaque :

> **Ici, le 14 juillet 1789,**
> **il ne se passa strictement rien !**

Dégoulinant, il s'engouffra dans l'établissement comme dans un refuge de montagne en pleine tempête.

Il s'installa au fond du restaurant-bar français comme New York en comptait de plus en plus. La lumière jaunâtre des ampoules, le carrelage à damier noir et blanc et les affiches publicitaires d'antan lui rappelaient un bistrot de Bourg-Saint-Maurice. Le French Roast proposait des vins au verre de très bonne facture, dans les deux sens du terme.

— Que désirez-vous, monsieur ?

— Un verre de graves rouge, mademoiselle.

— Château Latour-Martillac ou Carbonnieux ?

— Lequel me conseillez-vous ?

— En rouge, le Martillac.

— Va pour le Martillac.

La serveuse revint avec un verre d'une taille impressionnante, qu'elle tenait par le pied comme il se doit. Alain fut déçu qu'elle n'apporte pas quelque chose à grignoter, mais n'osa rien demander.

Après avoir humé le vin une première fois, une odeur de fruits rouges et de cuir emplit ses narines. Il fit tournoyer le breuvage pour l'aérer. Le deuxième nez se révéla plus musqué. Alain prit une gorgée qu'il garda en bouche un moment. Un délicat arôme d'humus se mélangea aux notes de mûres et d'abricot.

Telle une madeleine célèbre, ce vin le ramena à Chamonix, le fameux soir où il avait annoncé son cancer à Alyson. Après ce qu'elle avait vécu dans son enfance avec son père, il savait que ce serait terrible pour elle, mais ne pouvait lui cacher la vérité. Une fois sa journée de ski finie, il était passé boire une

Leffe au bar Chez Mélanie pour se donner du courage.

Puis il était rentré chez eux et avait sorti de sa cave un saint-julien de 1995. Au salon, Alyson regardait la télévision. Il avait ouvert la bouteille et servi deux verres.

— On fête quelque chose ? s'était-elle étonnée, l'air guilleret.

Alain lui avait demandé s'il pouvait éteindre le poste. Elle avait manifesté un signe de mécontentement.

— Mais qu'est-ce que tu…

— Il faut que je te parle, ma puce, ça ne va pas être facile, ni pour toi ni pour moi.

Aussitôt, il avait vu de la peur sur le visage d'Alyson. C'est dingue à quel point les émotions peuvent être volatiles, s'était dit Alain, étonné d'héberger ce genre de pensées à un moment pareil.

Il s'était assis à ses côtés sur le canapé et avait éteint la télévision.

— Voilà, mon ange. Tu t'es aperçue que j'étais différent depuis quelque temps et tu as bien raison. Tout a commencé par la lettre d'Alex. Tu te souviens ? Tu étais surprise qu'il n'envoie pas plutôt un mail.

Alain avait marqué une pause. Il avait la désagréable impression d'être un torero sur le point de planter sa première banderille en sachant que d'autres suivraient.

— En fait, on lui a diagnostiqué une leucémie. C'est-à-dire un cancer du sang.

Alyson avait ouvert la bouche, sans rien dire ni bouger, réfugiée contre l'accoudoir du canapé.

— Dans la lettre, il me conseillait de faire des examens. Le docteur Moirant m'a prescrit un myélogramme, que j'ai fait à l'hôpital.

Alyson s'était cabrée. Alain avait enchaîné avec une deuxième banderille :

— J'ai la même leucémie que lui, à quelques détails près. C'est pour cela que j'étais fatigué et que je manquais d'appétit, ces derniers temps.

Alyson s'était figée. Son regard était fixe, sa respiration paraissait bloquée et seules ses jambes tremblaient imperceptiblement. Alain lui avait tendu la main, mais elle n'avait fait aucun mouvement pour la saisir.

— La bonne nouvelle est que, comme mon cancer a été diagnostiqué tôt, le pronostic de guérison est meilleur.

Il n'avait pas osé lui répéter la réflexion d'Irène Moirant sur la maladie à pile ou face et avait poursuivi, sans savoir qu'il lui portait l'estocade finale.

— Je vais devoir faire une chimiothérapie pendant quelques mois.

Alyson avait enfoui son visage dans ses mains.

— Oh non, tout, mais pas ça !

Alain ne l'avait jamais entendue parler avec cette voix-là, une voix caverneuse semblant sourdre des entrailles de la Terre.

— Je sais ce que tu as vécu petite, Alysse. Mais une leucémie, c'est moins grave qu'un cancer du pancréas.

Alain avait vu sa femme se tasser sur elle-même. Il avait essayé de meubler le silence en lui expliquant tout ce qu'il avait appris sur les leucémies et les conséquences que cela pourrait avoir vis-à-vis de son travail pendant le temps du traitement.

Peu après, ayant besoin d'uriner, Alain s'était levé comme une ombre. Devant le miroir au-dessus du lavabo, il s'était fait l'effet d'un torero désabusé, sorti vivant de l'arène, mais ne voulant plus jamais entendre parler de corrida. À son retour, il avait trouvé Alyson immobile sur le canapé. Elle était terriblement pâle.

Alain s'était approché d'elle comme on le fait d'un oiseau blessé, à pas feutrés et gestes délicats. Il savait que, lorsqu'elle était mal, il était inutile de chercher à faire quoi que ce soit. Il fallait juste être là, attendre qu'elle descende au fond de son tourment et qu'elle en remonte par elle-même.

Dans le silence pesant, il avait goûté le bordeaux, sans oser le humer comme il l'aurait fait habituellement. Il avait reçu un choc gustatif. Sa gorge avait accueilli un visiteur de marque. Elle était devenue temple et célébrait un mariage important, l'union de la terre et des hommes réunis dans une même création, où chaque odeur soutenait une saveur, qui en échange renforçait un nouvel arôme.

Il avait trouvé étrange d'apprécier autant un vin dans un tel moment. *Comment le cerveau fait-il, lui qui est si apte à passer d'une émotion à une autre, pour refouler certaines souffrances ?* Reposant son verre, il s'était tourné vers Alyson, et avait dit :

— Je suis désolé.

Elle l'avait fixé, les yeux noirs.

— Pourquoi ne m'en as-tu pas parlé depuis le début ? Je suis ta femme, pas une potiche !

— Je ne te prends pas pour une potiche, que racontes-tu ?

— Depuis cette lettre, tu passes donc tous ces examens en cachette ! Ne crois-tu pas que j'aurais dû être la première au courant ?

— C'était au-dessus de mes forces.

— Alors, certains jours, lorsque tu me disais que tu allais travailler, ce n'était pas vrai ?

— Exact, avait-il confessé.

Alain avait senti que la fureur d'Alyson cachait un autre état. Plus difficile à gérer. Moins de dix minutes plus tard, confrontée à une insondable détresse, elle avait fondu en larmes. Alain s'était alors rapproché d'elle et l'avait serrée fort contre lui. Sans imaginer une seconde comment Alyson allait réagir quelques jours plus tard.

*

— Monsieur ? Ça va ?

Alain sursauta. Tournant la tête, il fut surpris que la serveuse s'adresse à lui en français. Sur son badge ovale, le prénom Colette, aussi ancien que la décoration du lieu, confirmait son origine francophone. Alain lui répondit dans leur langue natale :

— Ça peut aller, merci. C'est juste ce vin... Il me ramène à des souvenirs.

— Pas mal de gens viennent ici pour des souvenirs, et pas seulement des Français. La majeure partie de notre clientèle est américaine. Certains veulent se remémorer un séjour à Paris. J'adore voir un couple faire cela. D'autant plus que, souvent, il s'agit de leur voyage de noces. Le patron dit qu'ils viennent faire des ricochets !

Alain regarda la serveuse s'éloigner. Il reprit son verre dont les arômes le renvoyèrent illico à Chamonix. Et s'il ne pouvait plus déguster un bon vin rouge sans revivre ce souvenir ?

Il devait se ressaisir. Il n'était pas venu pour nostalgiser[1], mais pour prendre une décision. Il ouvrit un carnet et traça deux colonnes, une pour les côtés positifs et l'autre pour les négatifs. Qu'il retrouve Alyson ou non, il allait devoir rester ici plusieurs mois pour son traitement. S'il avait assez d'économies pour tenir,

1. Ce verbe n'existe pas. Pourtant, il est sympa, non ?

il préférait éviter de tout dépenser. Sa manière de parier sur l'avenir.

Depuis sa rencontre avec la jeune Bulgare, une pensée lui était venue : pourquoi ne deviendrait-il pas *taxi driver* ? Il s'était renseigné : l'hôpital pourrait l'aider à ce que les autorités lui délivrent un visa de travail provisoire. Et, preuve qu'il y avait du travail, certains taxis affichaient le téléphone de leur garage pour recruter des chauffeurs. De plus, cela lui permettrait de sillonner la ville de long en large, ce qui augmenterait ses chances de croiser Alyson.

Mais il y avait d'abord les deux semaines de stage obligatoire, puis l'examen pour la licence. Pendant cette période, il ne pourrait plus chercher sa compagne. Ensuite, la ville lui tendrait les bras. Une formation démarrait dans quelques jours et il ne restait que deux places, il fallait faire vite.

La solution paraissait bonne, mais quelque chose le retenait. En décidant de travailler, c'est comme s'il commençait à reprendre sa vie en main et à aller de l'avant. Or là, il voulait juste retrouver Alyson et sa santé. Revenir vers sa vie passée, pas avancer vers le futur.

Alain alla chercher un jeu de 421 qu'il avait repéré sur un guéridon. Il prit le plus gros dé et le fit tourner dans sa main droite. Si le résultat indiquait 4, 5 ou 6, il deviendrait chauffeur de taxi. Il le lança vivement : 2. Prenant une bonne inspiration, il attrapa son téléphone et laissa un message sur le répondeur de l'école, confirmant son inscription.

Ce n'était quand même pas un dé qui allait décider de sa vie !

*« Quand d'un passé ancien rien ne subsiste,*
*après la mort des êtres, après la destruction*
*des choses, seules, plus frêles,*
*mais plus vivaces, plus immatérielles,*
*plus persistantes, plus fidèles,*
*l'odeur et la saveur restent encore longtemps,*
*comme des âmes, à se rappeler, à attendre,*
*à espérer, sur la ruine de tout le reste,*
*à porter sans fléchir,*
*sur leur gouttelette presque impalpable,*
*l'édifice immense du souvenir.* »

Marcel PROUST

# 11

*J –131*
*Jeudi 25 avril*
*Cabinet de Lawrence Patterson*

— Docteur, comment pouvez-vous justifier qu'il soit bon pour moi de continuer à fumer ? commença Alain. Je suis quand même sérieusement malade et…

— Pardon ? Qu'avez-vous dit ?

— Ben, je suis tout de même bien malade et…

— Monsieur Roignac, ne prononcez plus jamais cette phrase ! Vous êtes français, vous êtes un homme, mais vous n'êtes pas malade ! Sauf cas incurables, la maladie est un état passager. Vous **n'êtes pas** leucémique. Vous **avez** cette leucémie ou, plus exactement, votre corps la fabrique ! Un cancer est un processus ! Écoutez sa définition officielle : « Le cancer est une maladie caractérisée par la prolifération incontrôlée de cellules qui se multiplient de façon anarchique. » Vous voyez, il s'agit bien d'une action et non d'un état.

— Ça me fait tout drôle de l'entendre. Comme si cela me donnait un peu de contrôle sur ma leucémie.

— C'est exactement ça. Alors, si vous le voulez bien, répétez après moi à voix haute : « Je ne suis pas malade, je fabrique une maladie. »

Alain fit une moue de désapprobation.

— J'ai compris l'idée, docteur, inutile d'en rajouter.

— Si votre cerveau l'a compris, c'est très bien. Mais j'aimerais que vos oreilles et votre bouche soient impliquées aussi. Plus il y a de sens concernés, plus l'idée sera vivante en vous. Bien sûr, vous pouvez refuser, si cela vous gêne trop.

Alain lâcha prise et répéta, d'une voix peu convaincante :

— Je ne suis pas malade, je fabrique une maladie.

— Je suis un peu sourd, pourriez-vous parler plus fort ? demanda le praticien en mettant sa main droite derrière l'oreille.

— Je ne suis pas malade, je fabrique une maladie !

— Et maintenant, suivez-moi.

Lawrence Patterson marcha vers la porte de la salle d'attente en tendant les jambes devant lui sans plier les genoux et en scandant d'une voix de stentor :

— Je ne suis pas malade, je fabrique pour l'instant une maladie !

Puis il revint vers son patient et l'exhorta à marcher ainsi :

— Levez en même temps le bras droit et la jambe droite. Ne croisez pas les membres comme dans une marche normale. Et scandez bien chaque mot !

— Qu'est-ce que ça change, de marcher comme ça ?

— Ça implique le corps en entier. Pas que votre parole. Le but est d'ancrer cette idée au plus profond de vous.

Lawrence Patterson voulait qu'il l'imprime en lui ? Banco ! Il se leva et brailla en marchant au pas :

— JE NE SUIS PAS MALADE, JE FABRIQUE POUR L'INSTANT UNE MALADIE !

On se serait cru sorti tout droit du film *Full Metal Jacket* de Kubrick. Puis le médecin ouvrit la porte de la salle d'attente, où se trouvaient un homme et une femme d'une soixantaine d'années, visiblement en avance, et beugla :

— *And now, in English !*

Emporté par l'euphorie du moment, Alain passa devant le couple éberlué en hurlant et en marchant comme un grenadier de la garde à Buckingham Palace. Patterson ne cachait pas sa joie de voir son patient se prêter au jeu. Après avoir fait le tour de la salle, Alain rentra dans le cabinet et attendit que Patterson ait expliqué la situation à ses prochains patients, qui semblaient prendre cela à la rigolade. Dès que le médecin referma la porte, Alain ajouta :

— Je ne suis peut-être pas malade, mais vous, vous m'avez l'air bien atteint, docteur !

L'homme à la blouse blanche explosa d'un rire à faire vaciller l'Empire State Building, entraînant avec lui Alain.

Ce dernier reprit ses esprits le premier.

— Vous les connaissez ?

— Oui, depuis longtemps. Je n'aurais pas fait cela devant des nouveaux, ils auraient détalé en courant !

— C'est sûr. Vous faites souvent des séances de ce type ?

— Oh non, et c'est bien dommage ! Le rire est l'un des traitements les plus efficaces qui soient. Un médecin, Hunter « Patch » Adams, l'a utilisé comme arsenal thérapeutique toute sa vie, obtenant parfois des résultats extraordinaires. Il estimait qu'il convient autant de soigner par l'amour, le soutien et l'humour que par la médecine conventionnelle. Il est très connu aux États-Unis et a engendré de nombreuses vocations médicales. Un film l'a rendu célèbre, *Docteur Patch*, avec Robin Williams. Peut-être l'avez-vous vu ?

— Il y a longtemps. Mais je ne savais pas qu'il était basé sur un personnage réel. L'histoire est un peu exagérée, tout de même, non ?

— Détrompez-vous, elle ne raconte pas le dixième de ce qu'a osé cet homme. Peut-être de peur de le faire passer lui aussi pour un fou, ajouta Patterson avec un sourire en coin. Mais dites-moi, comment vous sentez-vous après cet intermède ?

— Surpris. Et un peu dubitatif sur les conséquences thérapeutiques de ce genre de travail.

— Faisons un test : à votre avis, de 0 à 10, vous êtes malade à combien, cher monsieur ?

— Je ne suis pas malade. Je fabrique pour l'instant ce cancer, et je compte bien me débrouiller pour ne plus le fabriquer un jour, même si je ne sais pas encore comment !

Alain sourit tout seul. Après tout, même si ces moments ne le guériraient peut-être pas, ils étaient sympas à vivre, lui qui ne rigolait plus beaucoup depuis son arrivée aux États-Unis.

Patterson jeta un œil sur l'horloge murale et demanda :

— Une dernière chose, où pensez-vous que se situe l'épicentre de votre guérison ?

— Dans la moelle osseuse, puisque c'est là que ma maladie s'est déclenchée ?

— Non ! Il se situe là, dans votre boîte crânienne, dit-il en se levant pour toucher du doigt le front d'Alain. Voilà pourquoi le travail que je propose intègre autant le cerveau. La médecine classique se donne pour objectif de retarder la mort le plus possible. La médecine psychosomatique, de vivre le mieux possible. Et, bien souvent, le mieux entraîne le plus tard !

Lawrence Patterson insista ensuite pour qu'Alain parle de son cancer à d'autres personnes que celles qu'il avait mises au courant, puis il lui donna un exercice à pratiquer le lendemain pendant sa première chimiothérapie.

Pour finir, Alain voulut revenir sur la cigarette. Il commençait à en avoir marre d'être obligé de fumer.

— Plus le temps, répondit Patterson, catégorique. Continuez de fumer avec votre adolescent intérieur. Si vous voulez diminuer un peu, faites-le, mais interdiction formelle d'arrêter !

*« La médecine soigne, souvent,*
*mais c'est le patient, toujours, qui guérit. »*

Lawrence PATTERSON

# 12

*J –130*
*Vendredi 26 avril, 7 h 12*
*Appartement d'Alain, Little Italy,*
*sud de Manhattan*

Ce matin, Alain s'était levé particulièrement tôt. La terrasse était déjà illuminée par le soleil rasant. Sur la table – un vieux guéridon en agglo dont les bords s'effritaient comme une sculpture de sable –, il avait disposé un solide petit déjeuner : café, jus d'orange, muesli au yaourt, pain complet et ses confitures préférées, abricot et framboise.

Dans quelques heures, des produits agressifs allaient naviguer dans ses veines pour s'attaquer à ses cellules cancéreuses. Même préparé comme il l'était, il n'était pas rassuré.

Bien calé dans une chaise longue à la toile délavée par la pluie et le soleil, il regardait l'Empire State Building dominer les autres gratte-ciel au point de ridiculiser les tours de trente étages. Il repensa à ce matin où il avait préféré aller seul à Genève faire des examens approfondis.

*

Alyson s'était levée avec la mine défaite. Elle avait fait une ultime tentative :

— Tu ne veux toujours pas que je t'accompagne à l'hôpital, tu es sûr ?

— Affirmatif, lui avait-il répondu en essayant d'imiter la voix de Serge Gainsbourg. Ce cancer, c'est mon histoire. J'aurai l'impression de marquer un point si j'ose l'affronter seul. Mais je serais content que tu sois présente à mon retour, ma puce. Et avant de partir, j'aimerais beaucoup prendre un *english breakfast* avec des œufs au bacon, des toasts au beurre salé et un thé au lait. Je vais avoir besoin de forces aujourd'hui.

— *OK, as you like.*

Pour amplifier l'ambiance anglaise de ce drôle de *morning*, Alain avait mis un CD des Stones, le volume à fond. Sur *Start Me Up*, en caleçon rayé rouge et blanc, il s'était lancé dans une chorégraphie déhanchée, imitant le chanteur du groupe. Les cellules cancéreuses allaient avoir du mal à faire les malignes bien longtemps !

Alyson l'avait regardé évoluer d'abord sans réagir, concentrée sur la confection du petit déjeuner. Puis Alain l'avait vue esquisser un sourire. Au dernier refrain, elle avait même ri un peu. Il en avait rajouté jusqu'à ce qu'elle consente à entrer dans son jeu.

— Voilà, Sir Jagger, votchre they est chervi, avait-elle fini par roucouler.

— Merci, ma fille. Vous vous appelez comment ?

— Andjréa, je chui Norrvégienne.

— Vous n'avez rien contre coucher avec une rock star, Andrea ?

— Che sherait mon plus grand shouhait, Sir Jagger.

Alain adorait quand Alyson jouait à ce type de « jeu de rôle ». Sous le charme, il l'avait embarquée contre le rebord du canapé et avait relevé sa chemise de nuit ultracourte en nylon pour lui caresser les fesses. Vingt secondes plus tard, il l'avait prise debout et sans préliminaires dans la salle à manger. Ses halètements de Norvégienne s'étaient mêlés aux sons rauques des guitares de Richards et Wood. Et c'est sur le refrain de *Brown Sugar* qu'ils atteignirent ensemble le point d'orgue ultime.

Ce fut la dernière fois qu'ils firent l'amour. Le savait-elle déjà à ce moment-là ?

*

Alain détourna son regard de l'Empire State Building. Comment peut-on coucher avec quelqu'un et le quitter trois jours plus tard ? se demanda-t-il.

Après une dernière tartine, il se leva pour se préparer. Puis fit quelques rapides génuflexions en respirant bien fort, pour faire baisser son stress. Une demi-heure plus tard, il prit le chemin du Sloan-Kettering Cancer Center, tel un marin qui sort du port, les mains bien campées sur le gouvernail et les yeux fixant déjà l'horizon.

Seul maître à bord après Dieu.

*Start Me Up*, The Rolling Stones

# 12 bis[1]

*Le même jour, 9h45*
*Unité de chimiothérapie*

— Ne bougez pas, monsieur, sinon je ne réussirai pas à vous piquer !

Ne pas bouger, elle en avait de bonnes ! Ça faisait trois fois qu'elle s'y reprenait pour planter l'aiguille. Son bras n'était pourtant pas la cible d'un jeu de fléchettes !

Le calot blanc et désuet de l'infirmière accentuait l'austérité de son visage. Avec son air sérieux et ses sourcils froncés, elle aurait pu figurer au casting de *Vol au-dessus d'un nid de coucou*. Alain ne répondit rien, le regard fixé sur ses chaussettes, comme si elles étaient la huitième merveille du monde.

1. Ne cherche pas le chapitre 13 : par superstition, je ne l'ai pas mis. Car, moi aussi, j'aimerais qu'Alain guérisse et retrouve Alyson...

Il ne pouvait s'en prendre qu'à lui-même : le professeur Goodman lui avait fortement conseillé de se faire insérer sous la peau un *Port-a-Cath*, petit boîtier appelé aussi « cathéter à chambre implantable », afin d'épargner ses veines lors des séances de chimiothérapie. Mais la nécessité d'une anesthésie générale avait dissuadé Alain. Pour Patterson, c'était un exemple typique des choses qu'il devait décider lui-même. Comme un joueur de tennis, il lui revenait de choisir sa balle.

Alors que l'infirmière s'acharnait, il ne put retenir un cri.

— Voilà ! Cette fois, c'est bon, dit-elle en fixant le cathéter provisoire avec du sparadrap blanc.

Après avoir réglé le débit des deux poches transparentes, elle montra à Alain la sonnette grâce à laquelle il pouvait appeler en cas de besoin.

Spacieuse et lumineuse, la salle de chimiothérapie se trouvait à l'avant-dernier étage du service d'oncologie du Rockefeller University Hospital. Trois des six fauteuils inclinables étaient occupés par des patients déjà perfusés. Celui d'Alain était près de la grande baie vitrée. Il apercevait au premier plan le Queensboro Bridge reliant Manhattan à Roosevelt Island. Aujourd'hui, le vent soufflait fort et déplaçait les nuages à vive allure. Peut-être ferait-il s'envoler au passage mes cellules cancéreuses, pensa Alain. *Mistral gagnant, elle va s'appeler, ma guérison, tiens !* En attendant, les produits qu'on injectait dans ses veines portaient les doux noms d'inhibiteurs de tyrosine kinase et d'anthracyclines. *Pas vraiment poétique…*

Un téléphérique rouge passa au-dessus du pont. Alain eut l'impression fugace de se trouver à Chamonix.

Au plafond, un mauvais raccord de peinture attira le regard d'Alain, petite note d'imperfection dans ce service où tout était impeccable. Il était impressionné par le sérieux et la gentillesse du personnel. Même Miss Calot avait recouvré grâce à ses yeux, après avoir reconnu ses difficultés à le piquer devant une aide-soignante.

— Sois sympa avec ce monsieur, Jennifer. Tout à l'heure, je l'ai charcuté comme un poulet, avait-elle admis avec un regard désolé.

— Ce n'est pas votre faute si le poulet a la peau trop épaisse. C'est déjà oublié, je vous assure, l'avait excusée Alain en souriant.

Ce matin, il avait décidé de positiver. La bataille venait de démarrer, il voulait l'aborder dans le rôle de favori. Il continua l'exercice mental que le docteur Patterson lui avait conseillé la veille. Après avoir fini de nettoyer du matériel, Jennifer l'interrompit.

— Si je peux me permettre, que faites-vous avec vos mains ?

— Je suppose qu'elles accompagnent la visualisation sur laquelle je me concentre.

— En quoi cela consiste ?

— Je dois me représenter mes cellules cancéreuses. J'ai pensé à une publicité, avec des bonbons colorés, doués de parole et de mouvement.

— Ah oui, je la connais.

— J'imagine aussi mes cellules saines. Il m'est venu l'image de petits galets, blancs et gris. Pour finir, j'ai symbolisé les produits de la chimio sous la forme d'épaisses flèches noires. L'exercice est très simple : visualiser les flèches noires en train d'attaquer les bonbons.

Devant l'étonnement de Jennifer, Alain ajouta :

— Vous devez me prendre pour un fou.

— Pas du tout. Mais je viens d'une famille plutôt cartésienne et je suis sceptique de nature. En quoi le fait de visualiser quelque chose dans votre tête pourrait-il avoir une conséquence sur votre corps ?

L'occasion était trop tentante.

— Il me suffit de fermer les yeux en imaginant que vous vous approchez de moi, tout en déboutonnant votre blouse avec un regard sensuel, pour qu'il se passe rapidement une réaction dans mon corps…

La jeune femme rougit. Elle resta interdite une seconde avant de répliquer, bonne joueuse :

— OK, vous m'avez convaincue ! Je vous laisse, je dois continuer mon travail. Bon courage pour la chimio.

Et elle fila. Alain se retint de rire.

Il reprit son exercice, le regard perdu sur le raccord de peinture. Les flèches noires bombardaient les bonbons multicolores, au milieu d'un tunnel. Certains explosaient, d'autres se planquaient derrière les galets. Parfois, un galet se faisait transpercer, les gris surtout. De temps en temps, l'image de l'aide-soignante déboutonnant sa blouse se mêlait aux flèches et brouillait un peu l'ensemble.

L'homme installé en face de lui se leva péniblement après qu'on l'eut débarrassé de sa perfusion. Sa séance était terminée. Il paraissait vraiment mal, au point de ressembler à un cadavre ambulant.

Alain chancela. S'il avait pu jusque-là nier qu'il avait un cancer, la vue de cet homme le mettait face à sa réalité. Ce matin, équipé d'un vêtement stérile comme tous les patients du service, il avait réellement mis les pieds dans le monde de la maladie !

Incapable de se concentrer de nouveau, il se remémora la liste des raisons pour lesquelles il voulait guérir. La première était l'image d'Alyson lui donnant la main, en robe de mariée, dans la petite église de Chamonix.

*

Lorsque les deux poches de produits furent vides, une nouvelle infirmière lui ôta l'aiguille du bras. Trapue et bourrue, elle eut paradoxalement des gestes doux et précis. Quand

Alain pivota pour s'asseoir, les pieds au sol, le plafond et les murs se mirent brusquement à tourner. Les bruits de l'hôpital, eux, devinrent lointains, comme si on avait soudainement baissé le volume du monde. La nausée qui le taraudait depuis un moment s'amplifia et il vomit sur le sol, souillant au passage sa tenue. L'infirmière le rassura, il ne devait pas s'inquiéter, c'était fréquent. Elle l'essuya et l'aida à se rafraîchir puis, lui donnant le bras, le raccompagna à moitié titubant. Dans le couloir, il croisa la jeune aide-soignante de tout à l'heure. Il était bien en peine d'avoir la moindre pensée érotique. Dans le box où se trouvaient ses affaires, il se reposa un peu, puis se changea et se rinça la bouche.

*

Après avoir acheté des chewing-gums à la cafétéria, Alain sortit sur le parking où une ambulance devait venir le prendre. L'hôpital prenait en charge son transport, puisqu'il participait à une étude expérimentale. Assis sur le rebord d'une balustrade, l'attente lui sembla interminable. Même mâcher son chewing-gum était difficile. Et l'air frais le faisait frissonner.

Un sentiment d'injustice, plus ou moins tenu en laisse jusque-là, envahit son esprit qui s'en empara tel un os à ronger. Pourquoi le cancer, ce broyeur d'avenir, était-il tombé sur lui, alors que bon nombre de salauds avaient une santé de fer ? L'avenir… A-t-on le droit de prononcer ce mot quand son présent peut s'arrêter à tout moment ?

En guise d'ambulance, un vieux fourgon Dodge se pointa. Un rouquin d'au moins cent cinquante kilos en sortit. Sous son triple menton pendait un collier en cuir, noirci par la transpiration, auquel était accroché un crucifix en bois. Alain s'installa sur le siège avant, n'ayant aucune envie d'être transporté à l'horizontale. Quand son chauffeur se mit au volant, les ressorts de son fauteuil protestèrent en émettant un couinement métallique. Les deux hommes ne parlèrent quasiment pas. Alain regardait autour de lui, stupéfié une fois de plus par l'agitation ambiante. Entre le bruit du moteur, celui des autres véhicules, les conducteurs qui changeaient de file en permanence pour gagner quelques secondes que chacun devait estimer précieuses, il avait l'impression de se trouver au beau milieu du grand prix de Formule 1 de Monaco.

Sur les trottoirs, les gens avaient l'air tout aussi pressés. Certains téléphonaient, d'autres portaient des sacs de courses. Personne ne semblait savourer le simple fait d'être vivant et en bonne santé.

Alain prit conscience que le véritable miracle n'était pas de marcher sur l'eau, mais simplement de marcher sur cette bonne vieille Terre. Il allait peut-être mourir bientôt, cependant il mourrait vivant, les yeux bien ouverts à la formidable beauté du monde.

« *Finalement, la question essentielle n'est pas :*
*Y a-t-il une vie après la mort ?*
*Mais y en a-t-il une avant ?* »

Seamus HEANEY

### *Jour J*
### *Genève, mardi 3 septembre, 13 h 48*

*Plus que douze minutes.*

Alain est retourné s'asseoir dans son Land Rover pour y écouter de la musique. Tel un détective aux aguets, il garde un œil sur l'entrée du laboratoire médical, juste derrière le bougainvillier qui continue de parader dans son costume flamboyant. Il se demande comment un tel arbuste peut pousser à cet endroit. On doit probablement le protéger en hiver. Qu'importe. Découvrir sous cette latitude un végétal tropical en pleine santé lui paraît le signe que la vie est toujours la plus forte.

Après Pink Floyd et la Callas, King Crimson fait vibrer les haut-parleurs : un de ses morceaux préférés, *Epitaph*. Cette musique le ramène à ses quinze ans, lors de sa première boum. Il danse un slow avec une fille, mais pas celle qu'il souhaitait tenir dans ses bras.

Le temps semble lâcher prise. Les secondes, qui d'ordinaire se succèdent en vertu de règles immuables, se dispersent de manière aléatoire, comme des bulles de savon s'envolant par la fenêtre, chacune lui faisant revivre un instant différent.

Flotte le souvenir d'une virée à moto sous la neige, pour ses dix-huit ans. Puis, dans cette autre bulle, le jour où il a rencontré Alyson à la boulangerie, sur la place de l'église. Ce dimanche matin, dans sa jolie robe rose, elle avait fait rire tous les clients. Positionné juste derrière elle, Alain lui avait expliqué que les boulangers ne fabriquaient pas de « braguette » ! Il sourit encore à cette évocation, comme il le faisait chaque fois qu'Alyson allait chercher le pain.

Une nouvelle bulle semble provenir du futur. Il ferme les yeux et découvre le cimetière dans lequel il sera enterré. Un marronnier boursouflé en garde l'entrée. Alain pousse un portail gris un peu rouillé, et s'approche de sa pierre tombale. Aucune date n'y figure. Ni aucune épitaphe. Est-ce que tout le monde en met une ? Il ne s'est jamais posé la question. Mais qui y pense à trente-huit ans ?

# 14

*J –116*
*Deux semaines après la première chimio,*
*vendredi 10 mai, 12 h 15*
*Quartier de Harlem*

Voilà, ça, c'est fait ! se dit Alain, d'un air un peu las, en sortant de l'examen de taxi qui lui avait pris tout son temps et toute son énergie depuis quinze jours. Il se laissa tomber sur la première chaise à l'entrée du Corner Shop, un boui-boui à l'angle de la rue. Le propriétaire ne s'était pas foulé pour baptiser son établissement qui faisait office de bar, épicerie, droguerie, restauration rapide et kiosque à journaux.

Un jeune serveur vint vers lui. Le plateau sur sa main gauche tanguait comme s'il marchait dans un couloir de train.

— *Yes ?*

— *Hello. I would like a coffee, please.*

— *OK.*

L'endroit n'avait rien d'attrayant. Carrelage taché, revues posées en vrac sur des étagères à la couleur indéfinissable, comptoirs supportant des pyramides de charcuterie qui s'effondraient contre la vitre, et, pour couronner le tout, une odeur de graillon en provenance de la friteuse. Mais Alain comptait bien savourer cet instant, son premier moment de répit après deux semaines de stage intensif.

Dans quelques jours, il saurait s'il avait réussi. À présent, il en connaissait un rayon sur New York, ville bien plus grande que ce qu'il avait imaginé ! Seul Européen du stage, il était pourtant parmi ceux qui parlaient le mieux anglais, en dehors des trois Américains. Dans sa promotion, il avait dénombré quatre Haïtiens, trois Hispano-Américains, une douzaine d'Indiens et de Pakistanais. Et une femme pour vingt-deux hommes.

Sa demande d'inscription avait surpris les organisateurs, qui n'avaient jamais eu de stagiaire français. D'entrée de jeu, Alain les avait informés de son cancer. Cela n'avait pas semblé poser de problème. On l'avait même autorisé à s'absenter pour sa séance de chimiothérapie hebdomadaire.

Le garçon revint, tenant la tasse à la main, ayant renoncé au plateau.

— *Here is your coffee.*

— *Thanks.*

Tout en buvant son breuvage, plus proche d'une tisane que d'un expresso, Alain fit le point sur sa situation. En ce qui concernait Alyson, il n'y avait rien de nouveau. Même si, entre les cours et les révisions, il n'avait eu que peu de temps libre pour la chercher, il restait constamment en alerte, sa grammaire intérieure refusant de penser à elle au passé.

Sa manière de procéder avait évolué. Il ne regardait plus chaque silhouette une à une, mais scannait la foule de façon plus globale, comme avec un objectif grand angle. C'était moins fatigant et tout aussi efficace.

À l'inverse, dans son combat pour la santé, il avait l'impression d'avancer. Malgré la fatigue due à la chimiothérapie et aux révisions intensives, il se sentait plutôt en forme. En revanche, la solitude de sa nouvelle vie lui pesait énormément.

Heureusement, il y avait le programme du Sloan-Kettering Center et celui du docteur Patterson ! Incité à évoluer vers une alimentation plus saine, bombardé de conseils en matière d'hygiène de vie, initié à la visualisation positive et à la cohérence cardiaque, une méthode de respiration particulière, Alain s'estimait bien soutenu. Il était même prévu une séance de méditation, dans deux semaines.

La dernière discussion avec le professeur Goodman l'avait particulièrement intéressé.

— *Mister* Roignac, j'insiste sur la diététique. Les recherches font apparaître que 30 % des facteurs de cancer sont liés à l'alimentation contre seulement 15 % dus à l'hérédité. Un exemple parmi d'autres : les Japonais ont vingt-cinq fois moins de cancer de la prostate que les Américains. On pourrait croire que c'est leur constitution ou leur patrimoine génétique. Mais ceux qui vivent aux États-Unis ou en Europe en ont dix fois plus que chez eux !

Le médecin avait marqué une pause et attrapé un livret qu'il avait tendu à Alain.

— Tenez, lisez ceci, il s'agit des derniers conseils diététiques dans les cas de cancer. Tentez de vous rapprocher de ce qu'il préconise. Connaissez-vous la raison pour laquelle il est indispensable de manger beaucoup de légumes ?

— Pas vraiment…

— Les végétaux vivent dans un milieu où la densité de prédateurs est très élevée. Pour se protéger, ils se livrent à une guerre biochimique en produisant des milliers de molécules insecticides ou bactéricides. En les consommant, nous faisons profiter nos cellules de leurs propriétés anti-inflammatoires et antioxydantes.

— Intéressant. C'est plus facile de se motiver quand on comprend le pourquoi des choses.

— Tant mieux. Puisqu'on y est, des chercheurs ont montré l'importance d'un autre point. Cela concerne la quantité d'aliments que nous ingérons. Consommons moins et nous nous porterons mieux ! Les Japonais recommandent de « manger à 80 % ». Pour les bouddhistes, un repas idéal est constitué d'un tiers de nourriture, d'un tiers d'eau et d'un tiers de jeûne ! Sans aller jusque-là, je vous invite à prendre le temps de mastiquer longuement vos aliments. En faisant cela, vous saliverez davantage et le sentiment de satiété viendra plus tôt. Essayez de ne pas terminer votre assiette, avant d'apprendre à vous servir de plus petites portions.

— Pour parler de quelqu'un qui se sert trop généreusement, il existe une expression en français : « Avoir les yeux plus gros que le ventre. »

Le visage de Goodman s'était éclairé.

— Fantastique ! Je me resservirai de cette formule. En anglais, on parle de « ne pas mordre plus que ce que l'on peut mâcher ». La langue française est magnifique, *mister* Roignac !

— Merci, professeur. Mais il y a une chose qui me chagrine.

Goodman avait froncé les sourcils, laissant Alain poursuivre.

— La cigarette.

— Vous n'arrivez pas à arrêter ?

— J'aimerais bien, mais le docteur Patterson me l'interdit !

Jarrett Goodman avait semblé réprimer un sourire qui avait intrigué Alain.

— Ah, ça, voyez avec lui !

Trois jeunes Blacks entrèrent dans le Corner Shop pour commander des burgers. Le regard perdu sur la circulation, Alain terminait sa tisane au café, l'esprit embrumé. Dans ce coin de Harlem, les rues étaient larges, avec un terre-plein central et d'immenses trottoirs. Les immeubles, en brique rouge ou ciment gris, aux toits plats, faisaient maximum cinq étages et paraissaient tout petits en comparaison des géants de béton de Manhattan. Le fait de n'avoir aucune nouvelle d'Alyson lui pesait et il ressentait depuis quelques jours une lassitude qu'il n'arrivait pas à repousser aujourd'hui. Pour ne pas laisser cette impression s'amplifier, il choisit d'aller se dégourdir les jambes. Cela faisait un bon moment qu'il ne s'était pas ressourcé à Central Park.

Le destin allait en décider autrement.

*« Le destin n'est rien d'autre*
*qu'un peu de passé en retard. »*

Tonino BENACQUISTA

# 15

*40 minutes plus tard*

Pour se rendre directement de chez lui à Colombus Circle sans changer de ligne, Alain avait pris le métro à Spring Street. À cette heure-ci, la majeure partie des sièges étaient disponibles. Il s'installa dans le sens de la marche.

Au niveau de la 14e Rue, le train entra dans la gare à vive allure, puis décéléra. Une rame stationnait en sens inverse. Collant son nez sur la vitre pour éliminer les reflets, il aperçut un vieillard avec une casquette à la gloire des Celtics qui avait l'air de…

*Mon Dieu !*

Juste à côté de lui, dans son long manteau bleu, se tenait Alyson ! En chair et en os ! À moins de trois mètres !

Alain se leva d'un bond.

— ALYSON ! ALYSON !! ALYSON !!!

Il hurlait en tapant sur la vitre.

— ALYSON !

Visiblement, elle ne l'entendait pas. Quoi faire ? Casser la vitre, demander aux autres passagers de faire des grands signes, attirer l'attention de quelqu'un dans la rame d'Alyson…

Dans quelques ridicules secondes, les deux trains allaient repartir dans des directions opposées. À moins que, par chance, celui d'Alyson fît un arrêt technique ? Mais la sirène annonçant la fermeture des portes de son métro retentit. *Merde, merde, merde !*

— Tourne la tête, Alysse, tourne la tête !

Celle-ci gardait la tête baissée, semblant fixer quelque chose entre ses mains ; un livre ? Un magazine ? Son portable ? La voir juste là, derrière ces satanées fenêtres verrouillées, le rendait fou !

À l'instant où l'autre train démarrait, il croisa le regard d'un barbu en costume-cravate, debout derrière elle, qui le regardait d'un air ahuri. Alain eut juste le temps de lui faire signe d'interpeller Alyson que la sonnerie de son propre métro retentit. Il se précipita dehors en bousculant une passagère et dévala les escaliers quatre à quatre pour rejoindre le quai d'en face, avec l'intention de monter dans le train suivant.

En quelques secondes, il se retrouva sur la plateforme et demanda à la première personne croisée quel métro venait de partir.

— Le A, répondit une petite femme, dans une robe ajourée sur le côté.

L'information était tellement importante qu'Alain reposa la question à un jeune avec une tignasse brune impressionnante. Il confirma les dires de la femme aux jambes à demi dévoilées. Un nouveau train déboula, affichant la lettre C[1]. Alain ne savait que faire. Attendre le prochain A et laisser Alyson s'éloigner encore plus ? *Non.* Il monta dans la rame. Au-dessus des portes, un schéma indiquait que la ligne C passait par les mêmes gares que la A. En revanche, la A ne s'arrêtait pas à toutes les stations, et le terminus de la C était à Euclid Avenue tandis que la A continuait plus loin.

Il commençait à souffler. Pour se retenir de hurler, il serra le poing en se mordant la première phalange de l'index.

*Putain, Alyson est bien à New York !* Malgré la tension, il jubilait comme un champion venant d'accéder à la plus haute marche du podium. Il avait vu juste !

Il reprenait peu à peu ses esprits, ce qui fit redescendre légèrement son euphorie. Sa première impression était douloureuse. La tristesse qu'il croyait avoir lue sur le visage de sa compagne lui tordait le cœur. À quoi bon l'avoir quitté si ce n'était pas pour être heureuse ? La deuxième était plus ambivalente :

---

1. À New York, un même quai peut être utilisé par plusieurs lignes.

Alyson s'était fait des mèches blondes. Cela lui allait hyper bien, mais changer de look pouvait signifier qu'elle avait changé de vie et était passée à autre chose.

La dernière était mélancolique. Il se souvenait très bien du jour où elle avait dégoté son manteau bleu, en fouillant dans une boutique de fripes à Annecy. Elle avait rarement autant jubilé pour un vêtement.

Regardant de nouveau le plan situé au-dessus des portes, il s'aperçut que le terminus de la ligne A était Howard Beach JFK Airport, l'endroit d'où partait la navette pour l'aéroport international !

Et si Alyson quittait New York ? Si elle rentrait en France ? Il n'eut pas le temps de penser plus. Il arrivait dans la gare suivante. Alain courut comme un dératé sur le quai, en espérant qu'elle y soit descendue, tout en hurlant en français :

— Alyson, m'entends-tu ? C'est Alain !

Quand il entendit la sonnerie, il se rua à l'avant du train et souffla de nouveau. Il réfléchit à la meilleure stratégie et se décida. Il inspecterait les quais des deux prochaines stations communes aux lignes A et C, avant de reprendre son propre métro. En revanche, à High Street, premier arrêt après Manhattan, il attendrait un nouveau train A pour filer jusqu'à l'aéroport.

Sur le quai d'après, il revint sur ses pas toujours à toute allure et en criant.

Mais rien, aucun manteau bleu à l'horizon. Un Black avec une barbe hirsute l'interpella à son retour dans la rame :

— Tout va bien pour toi, *man* ?

Alain pensa aux préconisations de Patterson de sortir de son isolement.

— Pas de problème. J'ai juste aperçu ma femme dans le métro précédent. Elle m'a quitté et j'essaie de la retrouver.

— Si ta femme t'a quitté, c'est qu'elle ne veut plus vivre avec toi. Alors, pourquoi te fatigues-tu comme ça ? Accepte, *man*, accepte, voilà ton chemin !

— Il n'y a peut-être pas qu'un chemin dans la vie, mais merci de ton conseil, je m'en souviendrai, répondit Alain, détaché.

*

Une bonne demi-heure plus tard, il se trouvait devant le comptoir d'enregistrement d'Air France. Un vol partait dans deux heures pour Paris et, à 18 h 15, un autre décollait pour Marseille.

— Excusez-moi, madame. En quittant la maison, ma femme a oublié quelque chose d'important. Pourriez-vous me dire si elle a déjà enregistré sa valise ?

La préposée avait de beaux yeux verts, mais ses sourcils dessinés au crayon lui donnaient un regard de tortue.

— Sur quel vol se trouve-t-elle ?

— Paris, 15 h 40. Alyson Brown.

— Je ne vois rien. Êtes-vous certain qu'il s'agit bien de ce vol ?

— Oui. S'il vous plaît, vérifiez !

— Monsieur, si je vous dis qu'il n'y a pas ce nom sur la liste, j'aimerais que vous me fassiez confiance.

— Alors peut-être le vol pour Marseille.

Alain vit les faux sourcils de la femme se froncer.

— Désolée, monsieur, je n'ai pas le droit de révéler si quelqu'un est inscrit sur la liste des passagers. Merci de ne pas insister.

Comprenant qu'il n'obtiendrait rien ainsi, il se retira derrière un pilier afin d'observer les lieux sans attirer l'attention. Sur sa gauche, un balayeur épais comme un sandwich SNCF et flottant dans sa salopette verte semblait très intéressé par son manège. Quand l'hôtesse aux sourcils crayonnés quitta son guichet, Alain revint à la charge. Il passa devant trois personnes en leur montrant qu'il n'avait pas de bagage et se rendit directement au comptoir derrière lequel se trouvait un sosie d'Elvis Presley.

— Monsieur, veuillez attendre votre tour.

— Je vous prie de m'excuser, mais ma copine a oublié une lettre importante dans la voiture. Elle doit prendre l'avion pour Marseille et je voudrais la lui remettre.

— Ne pouvez-vous pas lui téléphoner ?

Alain avait prévu le coup.

— Elle a dû éteindre son portable. Je lui ai laissé plusieurs messages, mais je n'ai pas le temps de l'attendre davantage, je dois repartir travailler. Serait-il possible de la lui remettre ?

— Si elle a déjà enregistré ses bagages, elle ne repassera pas ici.

— C'est vrai, suis-je bête ! Pourriez-vous juste vérifier si elle est sur ce vol ? Si c'est le cas, je verrai s'il est possible que quelqu'un la contacte en salle d'embarquement. Elle s'appelle Alyson Brown.

— Un moment. Vous m'avez dit « Broom » ?

— Non, « Brown », comme la couleur. Alyson Brown.

Alain vit l'employé scruter son ordinateur avec application. Cinq secondes plus tard, la surprise s'afficha sur son regard.

— « Brown », avec un B comme British Airways ?

Sûr que le mec n'avait pas inventé le fil à couper le beurre !

— Oui, tout à fait, ce sont les mêmes initiales : B. A. Brown Alyson.

L'homme releva la tête et affirma, aussi tragiquement qu'un journaliste annonçant la troisième guerre mondiale, qu'il n'y avait aucune Alyson Brown sur le New York – Marseille.

Alain le remercia et déguerpit. Il fit la même tentative au comptoir de la SWISS où un vol partait en début de soirée pour Genève, mais sans résultat. Il arpenta ensuite au pas de course Kennedy Airport, fit le tour de tous les bars, restaurants, salles de repos et boutiques. À sa grande surprise, personne ne lui demandait quoi que ce soit. Ses déplacements effrénés avaient l'air de n'éveiller aucune suspicion des autorités aéroportuaires.

— Les passagers Smith Ronald et Ethan Shapiro, à destination de Miami par le vol UW 322, sont priés de se rendre immédiatement au hall 4.

*Voilà la solution !* Alain demanda à un steward où se situait le comptoir d'information et s'y rendit illico. Il adressa son plus beau sourire à l'hôtesse d'accueil, une élégante brune aux cheveux tirés en arrière.

— Bonjour, madame. Mon épouse a oublié le récépissé de son visa de travail et je crains fort qu'elle ne puisse entrer dans son pays. L'Angleterre est très pointilleuse sur le sujet. Elle a dû éteindre son portable, je n'arrive pas à la joindre. Serait-il possible de faire un appel au micro pour qu'elle vienne le récupérer ici ?

Alain se découvrait des talents insoupçonnés de bonimenteur. Quelques secondes plus tard, le nom d'Alyson Brown résonnait dans tout l'aéroport. *Incroyable ! Comment une société si bien organisée pouvait-elle laisser passer une énormité pareille sans rien vérifier ?*

Il ne lui restait plus qu'à attendre. Il s'assit sur un des grands sièges gris alignés non loin du comptoir en regardant tout autour de lui. La pression redescendant, la fatigue lui tomba dessus comme une chape de plomb. Plusieurs minutes passèrent.

Rien.

Plus le temps s'écoulait, plus il avait la conviction qu'Alyson était en ville. Par acquit de conscience, il demanda que l'on repasse l'annonce.

Sans succès.

Après avoir remercié l'hôtesse, il quitta l'aéroport et s'écroula sur le siège de l'express retour, aussi vidé que les bouteilles d'un alcoolique un soir de paie, mais plus euphorique que n'importe quel ivrogne !

Alyson, son Alyson, était bien à New York !

*« Si tu ne te bats pas pour ce que tu veux,*
*ne pleure pas pour ce que tu as perdu. »*

Source inconnue

# 16

*Même jour,*
*appartement d'Alain,*
*16 heures à New York*
*22 heures à Chamonix*

— Allô, Pascal ?

— Alain ?

— Perdu, Monica Bellucci à l'appareil !

— Ça ne s'arrange pas, toi, à ce que je vois !

— Tu n'es pas couché ?

— Non, je regarde la télé. Romane dort déjà. Elle était un peu fatiguée aujourd'hui, le bébé commence à bouger dans son ventre.

— Waouh ! Elle doit passer sa prochaine échographie quand ?

— Dans deux semaines. Mais pour le sexe, on a finalement décidé de ne pas savoir. Comme au bon vieux temps. Et toi, comment vas-tu ?

— Ça peut aller, merci. Je suis dans mon bain, figure-toi. Rempli de mousse. On dirait de la peuf[1]. Y a pire comme situation !

Pendant le temps de son séjour à New York, Alain avait passé son chalet à Pascal et sa compagne. Son pote enseignait la technologie au lycée de Bonneville, dans la vallée, où Romane était kinésithérapeute. Ils avaient un appartement là-bas, toutefois Alain savait qu'ils adoraient Chamonix. Ils avaient insisté pour payer un petit quelque chose, mais Alain avait refusé. « On ne fait pas payer des amis. Vous arroserez les fleurs. Et vous tiendrez compagnie à mon chalet, il n'aime pas rester seul ! »

Alain questionna :

— Dis-moi, pas de coup de fil d'Alyson ?

— Non, Alain, je t'aurais appelé, tu penses bien. Par contre, pas mal de gens me demandent de tes nouvelles. Eux, ils sont bien là et ils s'intéressent à toi. Il va falloir te rendre à l'évidence : elle est partie refaire sa vie ailleurs. Et une chance sur mille que ce soit à New York, le monde est grand.

— Plus petit que tu ne le penses. Je l'ai croisée aujourd'hui !

— Quoi ?!

Alain lui narra brièvement les événements de la journée. Son ami n'en revenait pas.

---

1. Poussière, en patois savoyard, mot que les montagnards utilisent pour nommer la neige poudreuse.

— Es-tu sûr que c'était bien elle ? Derrière deux vitres et…

— Arrête, Pascal ! Si tu voyais Romane à deux mètres de toi pendant plusieurs secondes, qui plus est avec un vêtement que tu lui connais, aurais-tu des doutes ?

— Non, c'est sûr. Que comptes-tu faire maintenant ?

— Continuer à la chercher. Avec encore plus de motivation, comme tu peux l'imaginer ! Je vais orienter mes recherches vers la ligne A. Peut-être l'emprunte-t-elle régulièrement. Et comme dans Manhattan il n'y a que cinq stations au sud de la gare où je l'ai vue, ça va me faciliter la tâche.

— Elle allait peut-être plus loin ?

— Possible. Mais habiter dans Brooklyn ou le Queens n'est pas trop son style. Donc si elle rentrait chez elle, il y a de fortes chances qu'elle réside près d'une des cinq sorties en question. Et dans quelques jours, j'aurai les résultats pour la licence de *taxi driver*. Tu vois, ça avance !

— Tu m'impressionnes, *amigo*. Je te savais opiniâtre, mais pas à ce point. Tu ne doutes donc jamais ?

— Si. Mais là, je n'ai que deux choses à penser, tout le reste est passé à la trappe : les clients, la météo, le fartage des skis, les courses à faire… Même le courrier, je ne m'en occupe plus puisque tu l'ouvres pour moi.

— N'empêche, je te trouve extraordinaire sur ce coup-là…

Venant de quelqu'un d'autre que Pascal, Alain aurait peut-être perçu de l'admiration derrière cette réflexion. Mais son ami n'était pas comme ça. Ils s'étaient rencontrés sur les bancs de l'école et leur amitié traversait le temps sans une ride.

Après avoir raccroché, Alain ajouta de l'eau chaude dans son bain. L'immeuble datait du début du XXe siècle. À l'origine, les salles de bains se trouvaient sur le palier. Dans les années soixante, modernité oblige, les propriétaires avaient fait installer des sanitaires individuels. Par manque d'espace, le sien avait mis une baignoire sabot dans… un coin de la cuisine ! Alain appréciait, le matin, de sentir l'odeur du pain grillé dans le toasteur à travers le rideau de douche ! Son appartement ne comportait que trois pièces, en enfilade, l'entrée où se situaient les W-C dans un coin, la cuisine et la pièce principale. Dans cette dernière, relativement spacieuse, trônait un espace salon constitué d'un fauteuil en rotin devant une table basse et d'un canapé-lit en velours vert amande qu'Alain ne repliait quasiment jamais.

Immergé aux trois quarts, il réfléchissait à ce que Pascal venait de lui dire. Effectivement, il avait fait preuve de ténacité. Mais il n'avait pas l'impression d'être si extraordinaire que cela. Son esprit fonctionnait comme un entonnoir, concentrant toutes ses idées dans la même direction. Il ne pensait plus qu'à son traitement et Alyson. Entièrement tendu vers ces deux objectifs, il avançait coûte que coûte, avec obstination, traversant les obstacles plutôt que les contournant.

Le premier blindage qu'il avait forcé était celui de ses habitudes. En un mois, il avait quitté ses montagnes pour vivre à New York, repris des études et retrouvé Alyson sans l'aide d'aucun indice. Plus difficile que de descendre une piste noire en pleine nuit !

À travers la fenêtre qui coulissait à l'anglaise, le jour déclinait aussi vite que la pulpe de ses doigts se fripait. *Allez, assez cogité !*

Il se sécha. Dans le miroir accroché au-dessus de l'évier, il trouva qu'il avait pris un sacré coup de vieux. Des cernes bien profonds, la peau plus flasque que de coutume et le blanc des yeux moins clair.

Si l'on sait que l'on prend chaque jour de l'âge, notre conscience fonctionne plutôt par paliers : elle s'installe sur une marche sur laquelle elle s'imagine à l'abri, jusqu'à ce qu'un miroir la pousse d'un coup trois échelons plus bas.

Entre les premiers stigmates de la chimiothérapie et la fatigue des derniers événements, il avait une tête à faire peur. Qu'était devenu le moniteur de ski bronzé et en pleine forme ?

Était-ce aussi pour ça qu'Alyson était partie ? Commençait-elle à le trouver vieux ? Indépendamment du cancer ? Non, il ne voulait pas croire qu'elle ait prémédité son départ. Mais refuser d'y croire était déjà y penser.

Il fit de nouvelles tentatives pour la chercher sur Internet, en ajoutant les noms des quartiers et des rues autour de la ligne A. En vain. Puis il envoya un mail à Alex pour prévenir son frère qu'il avait vu Alyson aujourd'hui. Avec Pascal, leurs compagnes respectives, et le docteur Irène Moirant, c'étaient les seules personnes en France à être au courant de son double tsunami. Ses parents et les copains ne savaient que pour Alyson. Après avoir mangé, il sortit griller une cigarette sur la terrasse, la cinquième seulement de la journée. Son adolescent intérieur commençait à s'énerver que Patterson l'empêche d'arrêter. La cigarette, c'est bien quand on y voit une forme de liberté ; si on est obligé de fumer, c'est beaucoup moins marrant.

Devant lui, l'Empire State Building illuminait le ciel, passant successivement du bleu, au rouge puis au blanc. Les responsables de l'éclairage signifiaient ainsi, comme le veut la tradition, que les Rangers jouaient ce soir un match de hockey au Madison Square Garden. Mais pour un Français, ces trois couleurs faisaient surtout penser au drapeau national. Alain imagina que New York fêtait le triomphe d'un moniteur de ski tenace de Chamonix.

Repassant le film de la journée, il se revoyait courir et hurler sur les quais à la recherche d'Alyson. Il comprenait maintenant ce que signifiait avoir toujours un métro de retard !

Il se coucha tôt, exténué par cette journée particulière, avec l'image d'Alyson, dans son manteau bleu, imprimée dans chacun de ses neurones. Dire qu'à midi il avait décidé d'aller faire un tour à Central Park. La meilleure façon de faire rigoler Dieu n'était-elle pas de lui faire part de nos résolutions ? Pour une fois, il était heureux qu'Il ait eu d'autres projets pour lui.

*« Il n'y a pas de gens extraordinaires. Il n'y a que des gens ordinaires avec une détermination extraordinaire. »*

Charles de Gaulle

# 17

*J –112*
*Mardi 14 mai, 13h45*
*Cabinet médical*

— Comment vous portez-vous après vos premières séances de chimiothérapie ? démarra Lawrence Patterson, en français, comme il en avait pris l'habitude.

Alain trouvait agréable de pouvoir parler dans sa langue maternelle, bien qu'il soit maintenant parfaitement bilingue au point de rêver parfois en anglais.

— Elles m'ont fatigué plus que je ne l'aurais pensé. J'ai quelques maux de tête et après les deux chimios, j'ai vomi plusieurs fois. Par contre, moralement, je me sens mieux. Il faut dire que j'ai revu ma femme dans un métro de New York.

Alain expliqua la scène de vendredi dernier dans le métro. Le médecin ouvrit de grands yeux ronds.

— Vous me bluffez, monsieur Roignac ! Pour tout vous avouer, quand vous m'avez parlé de cette histoire, j'avoue avoir douté. Je suis pourtant rarement pris en défaut d'optimisme.

— Je ne suis pas encore au bout de mes peines. Après ma chimio samedi qui m'a laissé sur le carreau toute la journée, j'ai passé deux jours à scruter différents quais de la ligne A, mais ils sont grands et ont plusieurs entrées. Quand j'en ai trop marre, je monte au grand jour surveiller alternativement chaque sortie. Passer ses journées sous terre, pour un montagnard comme moi, c'est presque une torture, je vous assure.

— Vous n'avez pas pensé imprimer une affiche, avec sa photo et vos coordonnées, et la laisser dans des lieux publics ? Vous augmenteriez vos chances de la trouver.

Alain y avait bien songé. Mais cette stratégie était à double tranchant. Comment réagirait Alyson si elle tombait dessus ? Sans parler du risque d'avoir des problèmes, avec le nombre d'avocats prêts à se faire du fric sur la moindre affaire dans ce pays. Non, pas une bonne idée, expliqua-t-il à son médecin qui lui posa ensuite une question directe.

— M. Roignac, pourquoi vous êtes-vous lancé dans cette recherche ? Vous êtes fou de rage et vous voulez une explication ?

— Je suis plutôt fou de tristesse. Mais je suppose qu'il n'y a pas que cela. Brutalement seul, je suis un peu comme ces gens qui viennent de perdre des proches dans une avalanche. On fait tout pour les retrouver vivants, mais même après, quand l'espoir est parti, on continue les recherches pour récupérer les corps et permettre aux familles de pouvoir faire leur deuil. Je fais un peu pareil, en espérant évidemment que quand je la reverrai, elle réévaluera sa position.

— Sur quoi vous basez-vous pour dire cela ?

— Entre autres sur le fait que je ne voulais pas entendre parler de quitter Chamonix.

— Et aujourd'hui ?

— Je ne sais pas trop. Je ne m'imagine pas vivre à New York toute ma vie, c'est sûr. Mais pourquoi pas s'installer quelque part ensemble en Amérique, et voir après.

Ils échangèrent un moment sur les conséquences positives que la vue d'Alyson pouvait avoir sur son moral, puis Patterson changea de sujet.

— Et sinon, avez-vous réussi à parler de votre cancer à quelqu'un ?

Alain savait qu'il y aurait droit. Il avait bien tenté, un soir après les cours, avec les Haïtiens, mais il n'avait reçu aucun écho et s'était arrêté aussitôt, tout penaud.

— Je reconnais, docteur, que là, je fais un peu de résistance. Vous savez, dans nos vallées, on est plutôt des taiseux. Ce n'est pas comme ici, où tout le monde raconte sa vie au premier venu.

— J'entends, monsieur Roignac. Vous pouvez effectivement ne pas vouloir le faire, mais mon rôle est de vous rappeler que la guérison ne se réalise pas toujours dans le confort. Je ne connais pas l'ampleur de votre blocage, mais je suis intimement persuadé qu'il serait bon pour vous de le dépasser.

Alain réfléchit. Il pourrait bien tenter d'aller revoir la serveuse française du French Roast. Mais faire cela lui paraissait tellement hors de son monde. Qu'est-ce qu'elle en avait à faire d'écouter quelqu'un parler de sa maladie, elle qui était jeune et en pleine santé ? Il pourrait aussi appeler ses potes moniteurs. Mais seraient-ils capables de garder le secret ? Les cancans se propagent tellement vite, il ne voulait absolument pas que ses parents soient au courant. Il tenta de négocier :

— En quoi cela est-il si important d'en parler ?

Patterson sembla hésiter à répondre, mais se lança quand même :

— On dit souvent que tout ce qui ne s'exprime pas s'imprime. À l'inverse, si vous exprimez votre cancer, il commence d'une certaine manière à sortir de vous. Nous sommes les ambassadeurs de ce qui nous compose. Parler de soi, c'est promouvoir son être. Alors, pourquoi dissimuler votre état ? Mon petit doigt me dit qu'en cachant votre leucémie vous voulez protéger quelque chose, comme si vous aviez une crainte. Avec l'expérience, j'ai appris que les peurs, surtout celles qui sont inconscientes, font toujours des ravages. Je vous propose donc ceci. Si vous n'en avez pas parlé à quelqu'un d'ici notre prochaine séance, nous chercherons ensemble ce que vous défendez. Je vous avertis, la recherche avec moi pourrait être plus « douloureuse » que le fait d'en parler, ajouta Lawrence Patterson en mimant les guillemets avec ses doigts.

Puis, le médecin passa à autre chose.

— J'aimerais qu'on aborde le sujet de la cigarette. Cela fait un moment que vous avez amené cette cartouche. Comment se passe le fait de fumer avec votre adolescent intérieur ?

— Les premières cigarettes ont été délicieuses. Mais petit à petit, j'ai l'impression qu'il me conseille d'arrêter ! J'ai tenu bon surtout parce que vous avez insisté. Mais hier, « nous » n'en avons fumé que trois.

Alain fit à son tour le geste des guillemets. Pour lui, parler une langue étrangère, c'est aussi épouser ses codes non verbaux.

— Pour ma guérison, ça devient vital d'arrêter, non ? ajouta-t-il.

— Peut-être pas vital, mais vraiment opportun, je vous le confirme. Vous seriez donc prêt à vous en libérer ?

— Je crois. Même si c'est étrange de l'envisager. Ça me calme vraiment quand je suis stressé. Et puis mon frère fume, ça me fait drôle d'imaginer m'arrêter pendant que lui continue.

— Bien sûr, vous avez des bénéfices secondaires, sinon, vous auriez déjà arrêté. On va jouer à un jeu, si vous êtes d'accord, ajouta

Patterson en sortant une pièce d'un demi-dollar de sa poche et en la lui tendant. Tenez, prenez la partie pile de cette pièce !

Alain voulut la saisir, mais le médecin la tenait fermement.

— Non. Que le côté pile.

— Mais ce n'est pas possible !

— Eh bien, c'est la même chose quand on fume. On ne peut pas avoir les bénéfices comme le calme ou la connexion avec votre frère, sans en avoir les inconvénients. Et les inconvénients, les connaissez-vous ? Ils ne sont pas faramineux, disons peut-être 3 % de chances en moins de guérir !

— 3 % juste pour ça ?

— Je préférerais vous dire 8 ou 10 %, mais ce ne serait pas honnête.

— C'est déjà énorme !

— Alors, venez, lui dit le praticien en attrapant la cartouche sur l'étagère. Prenez vos cigarettes avec vous et suivez-moi, s'il vous plaît.

Alain le vit sortir par la porte-fenêtre. Il le retrouva dans le petit jardin qui séparait le cabinet de l'appartement du médecin. Délimité par un muret de briques contre lequel butait une terrasse accueillant une table et trois chaises en teck, le jardin formait une mini-oasis de verdure au cœur de New York. Les murs de couleur rouille et les volets à claire-voie gris donnaient à ce lieu un air provençal. *Charmant.* Patterson l'entraîna vers la gauche, devant un trou rectangulaire de deux mètres sur trois.

Le médecin expliqua qu'il s'agissait d'un futur jacuzzi.

— Je vous ai laissé du temps, monsieur Roignac, en reculant ce moment au maximum. Vous me dites que vous vous sentez vraiment prêt, très bien. Je vous propose donc d'arrêter, définitivement. Avant qu'il ne soit trop tard. Regardez bien, dit-il en brandissant les paquets de Marlboro : ou vous mettez vos cigarettes dans ce trou maintenant, ou ce sont elles qui vous y mettront peut-être un jour !

L'air se remplit tout à coup d'une substance étrange. Alain se sentait pris dans une toile d'araignée dont il était à la fois l'araignée et la proie.

— Une seule cartouche, vous savez bien que ça peut tuer quelqu'un, insista le médecin en la posant par terre. Je vais retourner dans mon bureau pour vous laisser décider tranquillement. Quelle que soit votre décision, elle sera bonne puisque ce sera la vôtre.

Patterson mit les mains dans les poches de sa blouse avant d'ajouter :

— Une dernière chose : si vous vous arrêtez de fumer, vous serez quelqu'un de bien.

Pourquoi me dit-il cela ? pensa Alain.

— Et si vous décidez de continuer, vous serez encore quelqu'un de bien. Enfin, si vous hésitez entre arrêter ou continuer de fumer, vous restez toujours quelqu'un de bien. Vos choix n'ont pas de rapport avec qui vous êtes, ce ne sont que des comportements, conclut Patterson en laissant Alain face au trou et à sa décision.

Ce dernier s'assit sur le sol, les jambes pendant dans le vide. Il alluma une cigarette, sans la mettre à sa bouche, en songeant que la vie d'un homme est jalonnée de ces instants où, en tête de cordée, il lui faut choisir la meilleure direction. Seul.

Alain regardait la fumée de sa cigarette qui se consumait seule, elle aussi. Sentant le moment propice, son adolescent intérieur entama le dialogue :

— Dis, on laisse tomber, OK ?

— On voit que t'as pas vingt ans d'habitudes, toi.

— On s'en fout des habitudes ! On est un homme ou un automate ?

— Y a des hommes qui fument. Des cowboys aussi.

— C'est que d'la pub, ça ! Tu sais bien qu'on admire les gens qui forcent leur destin, non ?

— Et pour me calmer, je fais comment maintenant ?

— On arrivait bien à se calmer avant, et quand je vois la vie que tu mènes à Cham', franchement… Moi je dois affronter les parents, les profs, leurs notes à la con, les filles compliquées, les terminales qui nous cherchent des noises à la cafète.

— Hum…

— Allez, fais pas chier avec tes habitudes ! C'est un truc de vieux. Lâche ça. Je veux vivre longtemps, moi. Je m'en fous d'être calme !

L'ado lança d'autorité la cigarette allumée dans le trou. Alain prit la cartouche et en retira le papier d'emballage. Il jeta les paquets les uns après les autres, lentement, comme s'il attrapait des poissons morts par la queue pour les rejeter à l'eau. Le dernier, entamé à moitié et coincé dans sa poche droite, fut le plus difficile à lâcher. Mais il finit par rejoindre les autres. Repliant les jambes contre lui et enserrant ses genoux, Alain médita quelques secondes.

— Bon, viens, on va lui faire la peau à ce cancer, maintenant, lui glissa son adolescent intérieur.

Quelques instants après, Alain rentra. Le médecin s'avança et lui serra la main comme pour entamer un bras de fer, afin de sceller le pacte qui venait d'être pris.

— Bravo, vous avez fait quelque chose de très important. Je ne vous demande rien de spécial pour la prochaine séance. Profitez juste des bons moments de la vie. En particulier de la nature, même s'il y en a si peu ici. Vous savez mieux que moi toute l'importance qu'elle a.

*

Après avoir payé et pris rendez-vous pour la fois suivante, Alain sortit, partagé entre l'envie de clamer à la terre entière qu'il ne fumerait plus et celle de garder la nouvelle pour lui tout seul. Comme il le faisait désormais après chaque séance, il se dirigea vers Union Square.

Les amandiers, tout de blanc vêtus, le recevaient aujourd'hui en robe de mariée. Touché par tant de beauté, Alain s'invita à la noce, le cœur léger, et fit une longue marche entre les arbres d'où s'élevait un parfum de mousse et de fleurs. En harmonie avec le printemps, son âme était aussi fleurie que la nature autour de lui.

Devant la statue de Gandhi, il se souvint de la promesse qu'il avait faite de fumer sa dernière cigarette ici. Comme il n'en avait plus, il sortit son briquet de sa poche. Alex le lui avait offert il y a longtemps. Un de ses rares cadeaux.

Pour confirmer son engagement, il déposa le Zippo aux pieds du Mahatma.

*« Il fumait taffe sur taffe.*
*Et puis paf. »*

ÉPITAPHE

# 18

*16h30*

En rentrant chez lui, Alain alluma son ordinateur. Sa boîte contenait un message de Pascal qui partageait les dernières nouvelles de Chamonix et des copains. Après lui avoir répondu, il décida d'écrire à son frère. Depuis quelque temps, leur relation se réchauffait. C'était leur troisième échange de mails en dix jours.

À : alex.roignac
Objet : dernières news

Salut Alex,

J'espère que tes problèmes de sommeil s'arrangent. Je ne suis pas convaincu que cela soit une bonne idée de prendre des anxiolytiques, mais tu sais mieux que moi ce qui est bon pour toi.

Ici, certaines choses avancent, d'autres restent en stand-by. Je n'ai pas revu Alyson depuis le jour où je l'ai aperçue dans le métro, bien que je passe des heures devant les sorties de la ligne A. Mais le fait de savoir qu'elle se trouve à New York me fait un bien fou. C'est comme si j'avais déjà fait la moitié du chemin.

Autre chose. Grâce aux séances avec le docteur Patterson, dont je t'ai parlé dans mon dernier mail, je viens d'arrêter de fumer ! Ce fut plus facile que je ne l'avais imaginé.

Pour éviter les risques de rechute, je me suis aussi défait du Zippo que tu m'avais offert et auquel je tenais beaucoup. J'ai fait ça, car en jetant mes dernières cigarettes, j'ai eu l'impression qu'une partie de moi fumait pour garder un lien avec toi. Alors, de façon symbolique, j'ai déposé le briquet aux pieds d'une statue dans un parc de New York. Je souhaite toujours être proche de toi, sois-en certain, mais plus ainsi.

Côté santé, ça va plutôt bien, à part des vomissements les jours de chimio et quelques maux de tête.

Je saurai demain si j'ai réussi mon examen de *taxi driver*. Dans quelques jours, je serai peut-être au volant d'une Toyota Crown jaune, la voiture numéro un des chauffeurs de taxis ici !

Voilà pour les dernières news.

Et toi, comment vas-tu ?

Alain

« *Les mecs qui disent :*
*"Je fume deux paquets par jour",*
*il ne faut pas qu'ils s'étonnent d'être mal.*
*C'est les cigarettes qu'il faut fumer, les mecs !* »

Jacques DUTRONC

# 19

*Deux jours plus tard*
*J –110*
*Starbucks à l'angle de Lexington Avenue*
*et de la 87ᵉ Rue*

Alain pensait souvent à cette jeune femme rencontrée à Union Square qui ne savait toujours pas qu'elle l'avait aidé à devenir chauffeur de taxi. Un mois après leur rencontre, il s'était donc rendu de bon matin au Starbucks qu'elle lui avait indiqué. Natasha en avait franchi la porte peu avant 9 heures. Elle portait la même veste en daim que la dernière fois, sur un jean délavé et un chemisier pourpre.

Alain lui fit signe aussitôt. Elle lui répondit d'un geste ample, passa prendre son café, puis le rejoignit avec un grand sourire, saluant au passage d'autres clients, qu'Alain identifia comme les habitués du matin.

En se levant pour l'accueillir, il reconnut le parfum de Natasha. C'était comme si un nuage de talc citronné flottait au-dessus d'elle. Il lui annonça qu'il avait obtenu son diplôme *ès taxis* la veille. Le temps d'enregistrer sa licence auprès de la Taxi and Limousine Commission, d'effectuer les dernières formalités administratives, dont un test vérifiant qu'il ne consommait pas de drogues, et il serait fin prêt pour se lancer dans sa nouvelle activité.

— Quelle efficacité, Alain ! Si vous voulez postuler là où je travaille, je pourrais appuyer votre candidature, lui proposa-t-elle, aussitôt passé un moment de surprise.

— Même si je ne souhaite pas faire plus de quatre ou cinq jours par semaine ?

— Pour ça, vérifiez avec Tyson, le big boss. Il cherche à rentabiliser au maximum le nouveau macaron qu'il vient d'acheter. S'il trouve deux gars prêts à bosser sept jours sur sept et douze heures chacun, il leur donnera la priorité, c'est sûr. Mais ce n'est pas facile à dénicher.

— OK, Natasha ! Je vais l'appeler.

— Et où en êtes-vous pour votre femme ? osa-t-elle en coinçant une mèche de cheveux derrière son oreille gauche.

— Que croyez-vous ?

— J'avais oublié que vous aimiez répondre à une question par une question.

— Désolé. C'est peut-être un réflexe quand je suis pris au dépourvu. Figurez-vous que je l'ai aperçue dans le métro vendredi dernier !

Elle ne m'a pas vu, mais au moins, j'ai la certitude qu'elle se trouve bien à New York.

Alain prit une bouchée de son Cheese Toastie, une sorte de croque-monsieur au fromage, avant d'ajouter que depuis lors il concentrait ses recherches autour des sorties de métro de la ligne A.

— Vous rendez-vous compte ? À l'heure où il suffit de quelques clics sur Internet pour retrouver quelqu'un, je passe mon temps à faire le guet, comme un détective en planque !

Natasha lui souriait d'une manière énigmatique. Ses yeux immenses le fixaient intensément.

— Excusez-moi, je reviens tout de suite, dit-elle soudain, avant de se lever pour ajouter de la cannelle en poudre dans sa tasse.

Si elle ne correspondait pas aux critères des magazines, qui s'évertuaient à ne montrer que des adolescentes squelettiques aux lèvres pulpeuses, il émanait d'elle un charme certain. Frimousse de poupée, silhouette athlétique et allure citadine : un beau mélange.

Alain envisagea de lui parler de son cancer, à son retour. Mais il ne parvenait même pas à formuler la première phrase. Il sentit son ventre se nouer. Bon Dieu, pourquoi était-ce si difficile d'avouer à cette femme qu'il était malade ? S'agissait-il de pudeur ? De honte ? Ou parce que la dernière fois, Alyson l'avait quitté ?

Lorsque Natasha revint, elle relança la conversation sur l'agence de taxis qui l'embauchait.

— J'ai réfléchi et je pense que vous devriez téléphoner à mon boss assez rapidement. De mon côté, je vais lui parler de vous : il peut être intéressé par un chauffeur francophone ! Mais ne l'appelez pas Tyson, son vrai nom est Haichar.

Elle lui expliqua quelques points concernant l'endroit où elle travaillait et lui raconta deux ou trois potins comme il y en a dans toutes les entreprises.

— Tenez, s'interrompit-elle, avant de griffonner sur un morceau de papier. Voici mon numéro de téléphone et celui du patron. Prévenez-moi quand vous avez obtenu un rendez-vous avec lui. Si vous pouvez rejoindre notre équipe, je serai contente pour vous.

Alain prit la feuille. Elle ajouta en se levant :

— Et puis j'aurai plaisir à vous revoir.

Ne lui laissant pas le temps de répondre, elle fila, emportant avec elle son gobelet. Il la regarda s'éloigner. Sa manière de marcher était singulière. On aurait dit qu'elle dansait. Comme si sa tête impulsait le mouvement, entraînant d'abord sa chevelure puis le reste du corps. C'était à la fois charmant et hypnotique.

*« On contrefait aisément une démarche contrainte, on copie difficilement celle qui est naturelle. »*

Étienne BONNOT DE CONDILLAC

# 20

*J –104*
*Mercredi 22 mai, 11 h 15*
*New York*

Assis derrière son volant, Alain était pris dans un embouteillage sur le Queensboro Bridge, malgré les cinq voies disponibles sur deux niveaux en direction de Manhattan.

Depuis ce matin, il était officiellement *taxi driver* new-yorkais, avec sa photo et son numéro sur le pare-soleil. Avec des dizaines de milliers de confrères et des millions de clients potentiels, on était bien loin de la gentille pagaille en bas des pistes de Chamonix !

Il avait demandé à travailler du lundi au vendredi de 11 à 19 heures, afin d'avoir du temps libre pour chercher Alyson. Il craignait la fatigue, la chimio commençant son travail de sape, mais redoutait encore plus l'inactivité. Un chauffeur indien avait accepté d'effectuer le reste de la rotation, ce qui lui ferait ces jours-là seize heures de conduite d'affilée. Aucune loi ne l'en empêchait, dans ce pays où le travail est une religion.

Le patron de la société de taxis, Arkan Haichar, un Turco-Américain que tout le monde appelait Tyson tant il ressemblait au boxeur, louait ses véhicules dix dollars de l'heure. Alain lui reverserait donc chaque jour quatre-vingts dollars sur sa recette et garderait le reste, une fois les frais d'essence déduits.

Le pont débouchait sur l'est de Manhattan. Sur Park Avenue, il chargea son tout premier client, un courtier d'origine danoise, et le déposa plus au nord sur la 94e Rue. Il reçut six dollars pour la course et un septième en guise de pourboire. La question de l'argent était résolue. Mais il y avait le reste. Dans son ancienne vie, il respirait l'air frais des montagnes, était en pleine santé et retrouvait Alyson tous les soirs. Ici, il inhalait l'odeur des gaz d'échappement, son corps était porteur d'un cancer et il passerait la soirée sans Alyson.

Huit heures plus tard, lessivé par toute cette agitation, il rendait les clés de la Toyota à John, un sexagénaire roux qui réceptionnait et entretenait les voitures. Pour sa première journée, Alain avait gagné cent quinze dollars. Efficace pour financer son séjour, moins pour apercevoir Alyson. Impossible de conduire et de scanner ne serait-ce qu'un dixième des piétons passant dans son champ de vision. Trop de monde sur les trottoirs, trop de trafic sur la route. Il avait l'impression d'être immergé dans une page du livre *Où est Charlie ?*. En lui compliquant la vue, la foule lui compliquait la vie.

Alain salua John qui répondit par un vague grognement. Puis il sortit du garage sans passer par les bureaux, Natasha ne travaillant plus à cette heure. Il marcha trois cents mètres, dans une banlieue sordide, pour rejoindre la gare la plus proche.

Les transports souterrains commençaient vraiment à l'insupporter. Depuis l'apparition d'Alyson, il avait passé des heures dans le métro de la ligne A. Sa stratégie était rigoureuse. Il pénétrait à une extrémité du train, inspectait le wagon et, à l'arrêt suivant, s'élançait jusqu'au suivant, scrutant les gens sur le quai au passage. À chaque station, il en visitait un de plus. Ainsi, en une dizaine de gares, il inspectait l'ensemble du convoi. Puis il attendait le suivant et recommençait. Pas vraiment passionnant. Mais la vision d'Alyson avec son manteau bleu restait imprimée telle une décalcomanie sur sa rétine.

Tandis qu'il montait l'escalier menant aux quais, un sentiment de solitude l'envahit de nouveau. Pour le rompre et répondre à la demande de Patterson, il envoya un texto :

Bonjour Natacha, serez-vous au Starbucks vendredi matin ? J'ai un truc à vous dire.
Alain

Oui, j'y suis tous les jours en semaine, vers 9 h. Au fait, Natasha, ça s'écrit avec un s ;)

Oups, désolé

No problem, vous n'êtes pas le premier. La journée s'est bien passée ?

Oui, merci, malgré le trafic délirant ! Alors à après-demain au Starbucks

OK, bonne soirée,
Alain

De même, Natasha

« *New York aujourd'hui :*
*un seul être vous manque et tout est surpeuplé.* »

Alain Roignac

# 21

*Le lendemain, 11 h 47*
*Astoria Boulevard,*
*Queens*

Objectif du jour : dévoiler son cancer à un client pour s'entraîner avant de parler à Natasha.

Alain trouva rapidement une opportunité. L'homme, un Asiatique tiré à quatre épingles, avait dès son arrivée abordé ses problèmes personnels. La conversation fut tout de suite profonde, sans être grave.

— Ma vie est merdique en ce moment. Je suis en procès avec ma femme. Et hier, mon fils a fugué. Enfin, c'est ce que j'ai cru… Il ne décrochait pas son téléphone et restait introuvable, ajouta le client, la voix étranglée. Heureusement, la mère d'un de ses amis vient de m'appeler pour me prévenir qu'il était chez eux. Il dit qu'il ne veut plus me voir.

— Je suis désolé d'apprendre ça… J'espère de tout cœur que ça s'arrangera entre lui et vous. C'est précieux, les enfants.

— Oui, je l'espère aussi. Merci.

L'homme lui sourit faiblement. Alain le regarda dans le miroir et se lança.

— Moi, c'est mon cancer qui me tracasse. J'ai une leucémie. Et si j'en sors vivant, il faut encore que je retrouve ma femme qui a fugué pour de bon, elle.

— Mon Dieu…, souffla son client depuis la banquette arrière.

— Mais j'apprends peu à peu à profiter du moindre moment présent. Et puis en France, on dit que tant qu'il y a de la vie, il y a de l'espoir !

Discutant encore plusieurs minutes, les deux hommes finirent par conclure que ce n'est pas parce que l'on a une vie de merde que l'on doit passer une journée pourrie !

Alain redémarra, le cœur léger. Il avait non seulement parlé avec facilité, mais y avait pris du plaisir. Pourquoi se fait-on parfois une montagne d'une simple colline ?

En s'endormant ce soir-là, il rêva de nouveau de la salle d'attente, comme ça lui était arrivé après son premier rendez-vous avec Patterson. Mais si les autres personnages étaient toujours flous, la personne la plus à droite était l'homme asiatique. L'ardoise posée sur ses genoux indiquait le chiffre 82…

*« Il y a des moments de la vie où une sorte de beauté naît de la multiplicité des ennuis qui nous assaillent. »*

Marcel Proust

# 22

*Un jour plus tard,*
*Vendredi 24 mai*
*Starbucks de Lexington Avenue*

À peine installé dans un angle du Starbucks, Alain aperçut Natasha entrer à l'instant pile où l'horloge indiquait 9 heures. Il avait encore passé les deux dernières heures à scruter les joggeurs, persuadé que la combinaison lève-tôt-jogging-Central Park serait un jour gagnante. Mais cela n'avait rien donné, à peine une montée d'adrénaline en voyant une femme longiligne courant de la même façon qu'Alyson, les coudes très repliés.

Natasha lui adressa un petit signe de la main avant d'aller passer commande. Ce matin, sa tenue était printanière : pantalon ample, chemisier vert pomme et blouson léger. Elle demanda quelque chose au serveur, mais cela ne semblait pas couler de source, car une petite discussion s'ensuivit, qui se conclut par un échange de sourires.

Une impression indéfinissable se dégageait de son attitude. Discrètement expansive, elle délimitait naturellement son territoire sans empiéter sur celui de ses interlocuteurs. Elle avait l'air, par son attitude ouverte et affable, d'inspirer le respect tout en exprimant sa considération pour autrui.

La voyant arriver, avec un plateau supportant un gobelet grand modèle et un pot de sirop d'érable, Alain fit de la place sur leur table. Les rayons du soleil nimbaient le bar d'une couleur mordorée et les miettes qu'il balayait de la main ressemblaient à des pépites dorées sorties tout droit d'une rivière aurifère.

— Bonjour, Alain, commença-t-elle en posant délicatement son plateau sur le petit guéridon. J'ai une bonne demi-heure devant moi. Ça suffira pour ce que vous avez à me dire ?

— Amplement. Merci, Natasha. Grève de la faim aujourd'hui ?

— J'ai commandé un pancake, ils vont me l'apporter.

Derrière son sourire, Alain n'en menait pas large. Mais il devait se lancer. Il aborda la conversation comme en compétition, à fond sur les bâtons dès les premiers mètres. Sans oser affronter son regard, il attaqua, les yeux rivés sur une des miettes au sol.

— Voilà ce que je voulais vous dire, Natasha : j'ai un cancer. Un cas assez rare de leucémie.

Je le sais depuis deux mois, débita-t-il à toute vitesse, presque sans respirer. Mon frère jumeau en est atteint lui aussi. Les spécialistes parlent de 50 % de chances de guérison, mais j'ai rencontré un médecin qui est plus optimiste. Début septembre, les résultats d'une analyse de sang diront si je suis en voie de guérison ou si je dois me préparer à mourir.

En relevant la tête, le souffle court, il constata qu'une larme perlait au coin de la paupière gauche de la jeune Bulgare.

Une employée afro-américaine apporta le pancake sans se rendre compte de rien, ou faisant comme si. La larme ne tint pas plus longtemps et coula juste avant que l'œil droit ne s'y mette à son tour.

— Je suis désolée, répondit doucement Natasha.

Alain ne s'attendait pas à autant d'empathie de la part de quelqu'un qu'il connaissait à peine. Il voulut surmonter sa gêne en jetant un œil autour d'eux d'un air faussement dégagé, puis lui raconta le reste : la chimiothérapie, les entretiens avec un médecin spécialiste en psychosomatique et son régime alimentaire.

— Et ta compagne t'a quitté quand elle l'a appris, c'est ça ? demanda-t-elle, l'air navrée[1].

---

1. En anglais, il n'y a pas la nuance entre le « tu » et le « vous ». Mais si Natasha avait parlé en français, c'est à ce moment qu'elle aurait pris l'initiative de tutoyer Alain.

Alain admira sa perspicacité. Il se contenta d'opiner de la tête.

— Ça ne doit pas être facile à partager, tout ça.

— Non, ce n'est pas facile. Je n'ai pas trop le caractère à me... *Mince, comment dit-on « se confier » en anglais ?* À dire des choses personnelles.

— Si cela peut t'aider, raconte-moi le plus dur en français, tu pourras donner plein de détails intimes. Souvent, c'est parler qui fait du bien, pas forcément que l'autre saisisse tout.

— Tu veux que je parle sans que tu comprennes rien ? *Are you sure ?*

— *Yes,* Alain, *go. In French.*

Alain repoussa son gobelet et chuchota en français :

— Es-tu sûre de ne rien saisir, Natasha ?

Pour toute réponse, il la vit froncer les sourcils en entendant son prénom. Rassuré, il poursuivit :

— Eh bien, voilà. En plus d'être révolté par le fait d'avoir un cancer si jeune, je crois que j'ai honte d'être malade. Je n'ai pas été capable de créer un foyer et d'élever des enfants jusqu'à ce qu'ils puissent se débrouiller dans la vie. Si Alex y passe aussi, mes parents n'auront peut-être jamais de petits-enfants et notre famille disparaîtra.

Elle le regardait fixement. Alain avait l'impression étrange d'être écouté avec les yeux. Il prit une gorgée de café et ajouta, toujours dans sa langue natale :

— Voilà pourquoi c'est si dur pour moi de parler. Quand on a honte, on ne se plaint pas, on se cache.

Il se tut, presque soulagé. Natasha restait concentrée, on aurait dit qu'elle avait tout suivi. Ils se parlaient pour la troisième ou quatrième fois seulement et il semblait à Alain qu'ils se connaissaient depuis des années. Cette femme parvenait, tout en douceur, à ouvrir les portes de son âme. Comme si elle en détenait les clés.

— *That's all. Thank you !* conclut-il en anglais.

— C'est moi qui te remercie, Alain. Il faut un certain courage pour faire cela. Même si je n'ai rien compris, tes mots ont été déposés chez moi et tu n'es plus seul à les porter.

Alain pencha légèrement la tête. Le vrai courage aurait été de lui parler dans une langue qu'elle comprenait.

— Et si tu me parlais de toi, demanda-t-il pour changer de sujet. À part où tu travailles, je ne sais rien de plus.

— Aïe, c'est pas mon point fort, ça, répondit-elle avec une grimace. Je suis plus à l'aise pour écouter. Je peux tout de même te révéler que j'ai trente-deux ans et une fille de huit ans. Mais je suis séparée d'avec son père, je t'en dirai peut-être un peu plus sur lui, un autre jour. J'ai moi aussi un frère. Il est retourné en Bulgarie avec ma mère, après la mort de mon père, il y a deux ans. Ils sont montés dans le même avion qui a rapatrié son corps. Avec ma fille, je n'ai pas pu sortir du territoire, car je craignais que mon ex ne m'accuse de vouloir la lui enlever.

— Tu n'as pas revu ta famille depuis ?

— Non.

— À mon tour d'être désolé.

— Tu n'y es pour rien.

— Quand même. C'est dur.

Alain la regardait avec plus d'acuité. De fines rides d'expression apparaissaient autour de ses yeux noisette, lui donnant un air de sagesse malgré la fraîcheur de son visage. Elle passa la main sur sa bouche et détourna le regard. Pour finir, il demanda :

— Elle s'appelle comment ta fille ?

— Tatiana.

— C'est très joli.

— Merci. Et toi, pas d'enfant ?

— J'aurais bien aimé. Mais Alyson ne peut pas en avoir.

— Tu as une maladie grave, ta femme t'a quitté et elle n'a pas pu te donner d'enfant. Comment vis-tu tout ça ?

— Ça dépend. Certains jours, quand je suis au volant de mon taxi par exemple, je peux ne pas penser à mon cancer pendant des heures. Mais par moments, le tragique de ma situation me revient, sans prévenir. Un peu comme si mon esprit était embarqué sur des montagnes russes. Il y a mieux, comme manège.

— Pire aussi. Tu pourrais être perdu dans le palais des glaces, sans pouvoir trouver la sortie.

Cela rappela à Alain le rêve où il se tenait à l'entrée de la salle d'attente, incapable d'avancer pour voir le visage des personnes qui tenaient les petits tableaux sur leurs genoux.

Il rejoignit un temps les toilettes. En revenant, il aperçut Natasha qui regardait son téléphone.

— Tu as bien fait de te confier, reprit-elle.

Ah, voilà comment on dit « confier » en anglais[1], pensa Alain, avant de reprendre :

— Je crois que j'ai envie de te traduire ce que je t'ai dit, puisque tu m'accueilles comme je suis. Si tu as le temps bien sûr.

Jetant un œil à la pendule, Natasha l'invita à poursuivre. Il répéta sa confession en anglais et conclut :

— Voilà pourquoi je ne parle pas facilement de mon cancer. Pour moi, être malade, quelque part, c'est... honteux.

— Alain, ce n'est pas parce qu'on a honte qu'on ne parle pas. C'est parce qu'on ne parle pas qu'on a honte.

Cette dernière réplique fit mouche, même s'il avait l'impression d'avoir déjà entendu quelque chose de similaire.

— Si tu veux tout savoir, parfois, je veux guérir aussi pour battre mon frère, ajouta Alain, d'une voix rapide. Il mange n'importe comment, ne fait pas de sport et n'envisage

1. *To confide*. Pas de raison qu'Alain soit le seul à progresser !

pas d'arrêter de fumer. Je ne souhaite pas qu'il meure, évidemment ! Mais si mes analyses de sang pouvaient être meilleures que les siennes...

— Tu es en colère ?

— Non... Oui, peut-être, je ne sais pas trop, répondit-il, les sourcils froncés. Frustré en tout cas. Mes parents ont toujours admiré la réussite de mon frère, qui gagne mieux sa vie que moi. Ils se sentent plus proches de lui que de moi, qui ai plutôt cherché à vivre en accord avec mes valeurs, quitte à sortir des rails. Tu m'étonnes que le monde ne bouge pas ! Si chaque fois que quelqu'un s'élève dans la vie, il est tiré vers le bas par son entourage... Voilà, tu sais tout, maintenant.

Natasha n'avait pas lâché Alain des yeux et restait immobile. Ce dernier n'arrivait pas à déchiffrer clairement ce que son visage exprimait. Peut-être n'aurait-il pas dû se montrer vulnérable ? Pour dissimuler ses interrogations, il plongea son nez dans son café latte et attendit qu'elle parle.

— Merci, Alain. Je suis vraiment touchée de tout ce que tu viens de partager. J'aurais aimé pouvoir rester plus longtemps, malheureusement, je dois filer, Tyson est intransigeant sur les horaires, ajouta-t-elle en se levant.

— OK, on se voit lundi, j'ai posé une journée pour des examens cet après-midi.

Alain se passa la main dans les cheveux.

— Un dernier truc, Natasha, comment fait-on en Bulgarie pour dire au revoir à une femme ? On lui serre la main ?

— Ça dépend du lien que tu as avec elle. Et en France ?

— Au niveau de relation où on est, on se fait la bise. Cela n'a rien d'ambigu. Je peux ?

La jeune Bulgare hocha timidement la tête. Alain se leva et lui fit deux bises, ce qui la fit rougir instantanément.

« *La honte n'est pas d'être inférieur à l'adversaire, c'est d'être inférieur à soi-même.* »

Proverbe mandchou

# 23

*25 minutes plus tard*
*24e Rue, Queens*

En se dirigeant d'un pas rapide vers le garage, Natasha passa un appel à son formateur, le docteur Patterson.

— Bonjour, Lawrence. C'est Natasha, Natasha Vasileva. Je peux te parler ?

— Rapidement, je suis sur mon ordinateur et j'ai une consultation dans pas longtemps.

— Cool. Tu te souviens quand tu nous as parlé en stage d'un patient qui cherchait sa femme comme un fou à New York. Il semblait t'avoir touché.

— Oui. C'était pour donner l'exemple de quelqu'un qui allait au bout de ses idées.

— Eh bien, je l'ai rencontré !

— Comment ça ?! Je n'ai divulgué ni son nom ni son adresse.

— Je l'ai suivi à la sortie de ton cabinet, avoua-t-elle. Tu as dit que si l'une d'entre nous était intéressée, il y avait un beau moniteur de ski à consoler.

— Je disais ça pour plaisanter !

— C'est évident, tout le groupe l'a pris à la rigolade, d'ailleurs. Et quand Evelyn s'est amusée à faire comme si elle se portait candidate, tu as ajouté que vous aviez rendez-vous le lendemain de la formation à 15 heures... Eh bien, je l'ai attendu à la sortie de ton cabinet !

— Mais, Natasha, tout ça c'était pour rire !

— Je sais. Mais ça a fait tilt dans ma tête, je ne sais pas pourquoi. Et comme tu nous serines de suivre nos rêves car ils connaissent le chemin vers la version la plus grandiose de nous-même...

Natasha franchit le coin de la rue. Tout à coup, un bruit de klaxon sur sa gauche la fit sursauter. Par réflexe, elle recula brusquement, mais buta contre la bordure du trottoir et chuta lourdement. La surprise et la douleur l'empêchèrent d'invectiver le chauffard du pick-up qui s'éloignait comme si de rien n'était. Toujours sur les fesses, elle récupéra son portable qui lui avait échappé :

— Lawrence ?

— Ça va ?

— Ouille... je viens de tomber.

— C'est pourtant moi qui aurais dû tomber en arrière, ton histoire est proprement renversante !

La jeune femme entendit Patterson lui parler mais, occupée à se relever et essuyer son pantalon, elle ne comprit pas sa réponse. Sa paume de main toute râpée et pleine de gravier la piquait.

— Natasha, tout va bien ?

— Oui, rien de grave. Je te disais donc que j'ai rencontré Alain. On se voit régulièrement, d'ailleurs je viens de passer un moment avec lui.

— Waouh ! Pourquoi tu as fait ça ?

— Je ne sais pas. Une envie spontanée. L'exercice sur la ligne du temps, où j'ai pris conscience du continuum de ma vie, m'a secouée et fait beaucoup de bien. Comme si des neurones se reconnectaient en moi. Du coup, j'ai suivi un de tes conseils : celui de toujours écouter nos élans, surtout s'ils ne sont pas rationnels ! Un homme souffrait de solitude, je finissais de travailler exceptionnellement tôt le lendemain, rencontrer un inconnu me paraissait moins insurmontable, j'y ai vu un faisceau d'indices.

— Et j'avais parlé d'un beau moniteur.

— Ce n'est pas ça qui a joué. Je ne le trouve pas spécialement canon. Mais de plus en plus craquant, ça, oui.

— C'est quoi, la différence ?

— La beauté est plastique. Ce qu'il dégage est plus profond. Ce mélange de tristesse et d'opiniâtreté, de masculinité et de sensibilité, me touche.

Un silence se fit.

— Et alors ? relança Patterson.

— Alors, on s'est revus et il travaille depuis deux jours comme chauffeur dans l'agence de taxis pour laquelle je bosse.

— C'est dingue ce que tu me racontes !

La jeune femme ne répondit pas.

— Natasha, je suis content que tu te sois autorisée à suivre une impulsion personnelle. Mais je suis gêné, ça me met en porte-à-faux par rapport au secret professionnel.

Elle s'arrêta à cinquante mètres de son garage pour pouvoir parler tranquillement.

— Tu n'y es pour rien. J'ai agi de ma propre initiative.

— Mais tu as utilisé un partage que j'ai fait en stage. Et il contenait suffisamment d'informations pour que l'identité d'un de mes patients puisse être devinée, la preuve.

— Je comprends. Je ne lui ai pas dit qu'on se connaissait, je voulais t'en parler d'abord.

— Je n'ai jamais trop aimé les mensonges, même par omission. Mais tant que l'on n'en a pas reparlé, ne dis rien pour l'instant, s'il te plaît. J'ai besoin d'y réfléchir un peu. OK ?

— Ça marche.

— À part ça, il t'a dit qu'il me consultait ?

— Oui. Et il vient de me dévoiler son cancer, ça n'avait pas l'air facile de le partager.

— Natasha, tu es une magicienne ! s'exclama Patterson.

— Je n'ai rien fait, je t'assure. Il s'est lâché tout seul et m'a même parlé un peu de sa famille.

— Il est peut-être en train de s'enticher de toi.

— Ça m'étonnerait. Il cherche son épouse tous les jours. Même s'il...

— Oui ?

— Non... rien.

*« Le premier baiser, c'est le lien entre le silence des sentiments et leur mélodie. »*

Khalil GIBRAN

# 24

*J –101*
*Le lendemain, samedi 25 mai, 10h30*
*Sloan-Kettering Cancer Center*

La salle de méditation que cherchait Alain se situait au fond d'un couloir, au quatrième étage de l'hôpital. En ouvrant la porte, il eut l'impression d'entrer dans un monde parallèle.

Tout était étrange. Les quatre fenêtres donnant sur l'East River étaient rondes, contrairement à toutes les autres. Le sol était constitué de plaques de liège. Sur le mur du fond, un immense panneau végétal démontrait qu'un jardin pouvait être vertical et, dans un angle, un vieux coffre noir aux ferrures travaillées semblait cacher un trésor. On se serait cru dans un roman de Lewis Carroll.

Au fond de la pièce, vêtue d'un magnifique sari orange et vert, une jeune femme indienne, assise en tailleur, saluait chaque nouvel arrivant.

Trois hommes, dont l'un portait visiblement une perruque, chuchotaient autour du coffre.

Alain se déchaussa et s'installa sur un tapis de gym, près d'une fenêtre. En quelques minutes, une vingtaine de personnes entrèrent en silence. Certaines s'allongeaient, d'autres restaient assises, en tailleur ou à la japonaise. La plupart utilisaient un petit coussin rond et ferme. Après avoir changé plusieurs fois de posture, Alain s'assit les fesses sur les talons, la position du lotus étant trop inconfortable pour lui avec ses cuisses de skieur. À l'heure prévue, l'animatrice démarra, avec un délicat accent.

— Bienvenue à ceux qui sont déjà venus ici et à ceux qui viennent pour la première fois. Je m'appelle Shanti et je suis mandatée par cet hôpital pour proposer de la méditation. Comme il y a pas mal de nouveaux aujourd'hui, la séance sera guidée. Le thème est « Le chemin de la guérison ». Je rappelle les règles : silence absolu pendant toute la méditation et les dix minutes qui suivent. Avez-vous des questions ?

Une femme leva la main. Elle arborait un galurin marron et usé sur les bords, probablement destiné à cacher sa calvitie. Son visage était émacié par la fatigue, le traitement, le chagrin, ou les trois à la fois.

— En quoi la méditation pourrait-elle m'aider à guérir de mon cancer ?

Alain perçut des réactions d'irritation dans la salle, mais ne vit aucun agacement sur le visage de Shanti.

— Je pourrais répondre de plusieurs manières, mais je vais plutôt vous raconter une histoire.

« Il y a 2 500 ans, dans le nord de l'Inde, Siddhartha Gautama, plus connu sous le nom de Bouddha, proposait des consultations une fois par semaine. Un jour, un homme bien habillé, le port de tête bien droit, fit la queue parmi les nombreuses personnes voulant être reçues. Lorsque son tour arriva, il avança rapidement et se planta devant l'estrade sur laquelle trônait Bouddha et posa cette simple question : "Dieu existe-t-il ?" Bouddha lui répondit sans hésiter : "Bien sûr que non, Dieu n'existe pas."

« L'homme serra son poing droit, le remercia et partit rapidement. Deux semaines plus tard, à l'ombre d'un grand banian, une dame d'un âge avancé, habillée d'un long *kurta* blanc, attendait tranquillement sa consultation. Lorsqu'un organisateur vint la chercher, elle s'approcha de l'estrade en prenant tout son temps et s'assit en lotus sur l'épais tapis rouge posé sur le sol.

« Après une bonne inspiration, elle regarda intensément Bouddha et demanda : "Dis-moi, ô mon maître, est-ce que Dieu existe ?" Il lui répondit d'une voix rassurante : "Bien sûr que Dieu existe, ma fille." Le visage de la femme s'illumina. Elle se prosterna front contre terre et s'en alla. À quelques mètres de là, un des jeunes assistants du maître semblait extrêmement troublé.

Shanti ajusta un pan de son sari et continua son histoire, vérifiant que la femme au chapeau marron ne décrochait pas.

— Un an plus tard, un jour où le soleil brûlait tout ce qui ne se trouvait pas à l'ombre, un homme très maigre attendait assis en lotus à même le sol, apparemment insensible aux rayons ardents. Torse nu, il était ce qu'on appelle un *Sâdhu*. Il portait une barbe et des cheveux très longs.

« Lorsque son tour arriva, il posa d'une voix ferme la question que vous imaginez bien : "Maître, Dieu existe-t-il ?"

« Bouddha le regarda pendant une bonne minute. Puis deux. Personne ne parlait et chacun attendait la réponse. Le silence, aussi intense que le soleil, rendait l'attente insoutenable. Pour finir, le Sâdhu se leva, salua révérencieusement Bouddha et repartit sans avoir reçu de réponse.

« Le jeune assistant, n'y tenant plus, s'installa parmi la foule des visiteurs. Après une attente de plusieurs heures, ce fut enfin son tour. "Maître, pourquoi avez-vous répondu l'an dernier à un homme que Dieu n'existait pas, puis deux semaines plus tard, à une femme, qu'il existait ? Et aujourd'hui, pourquoi avez-vous gardé le silence ?"

« Bouddha regarda tendrement son disciple et lui expliqua: "Te souviens-tu comment le premier homme se comportait ? C'était un athée, alors je lui ai dit que Dieu n'existait pas. Et cette femme, rappelle-toi l'aura qu'elle dégageait. Elle était croyante, je lui ai confirmé que Dieu existait."

« "Je comprends, continua le jeune homme, mais pourquoi aujourd'hui n'avez-vous rien répondu ?"

« "Cet homme était un chercheur. Alors je l'ai laissé chercher."

Ne parvenant pas à discerner le visage de la femme au chapeau, Alain se demandait quelles sortes de réactions une telle histoire avait bien pu susciter en elle. Lui, cela lui parlait, et le rassurait, même. Il adhérait tellement à l'idée que certaines réponses sont à trouver à l'intérieur de nous, mais était-ce bien la morale de ce conte ?

— Vu la longueur de ma réponse, je propose de laisser les autres questions, s'il y en a, pour la fin de la séance, afin que nous démarrions maintenant, conclut Shanti. Vous pouvez fermer les yeux, c'est souvent plus simple, mais vous pouvez aussi les laisser se poser sur un point particulier. Vous pourrez toujours les fermer plus tard si besoin.

Ensuite, prêtez attention à votre respiration. Ayez conscience de votre inspiration, souriez à l'expiration. J'inspire en conscience, j'expire en souriant.

« Lorsqu'on médite, il est très difficile de ne pas penser, même pour quelqu'un d'expérimenté. Laissez vos pensées traverser votre esprit, en notant éventuellement "tiens, ce cerveau a une pensée". Et concentrez-vous ensuite sur votre respiration. J'inspire en pleine conscience, j'expire et je souris à ma respiration... C'est bien... J'inspire en conscience, j'expire en souriant.

Cela dura un bon moment. Sentant des fourmis dans ses pieds, Alain s'allongea pour mieux vivre la suite, les yeux fermés.

— La méditation d'aujourd'hui est en rapport avec votre chemin de guérison. Est-ce un petit sentier escarpé, qui monte et descend, ou une route plus large ? Ou un passage à travers autre chose ? Est-ce une bibliothèque, une île, un bâtiment ? Peu importe. Avancez, toujours concentré sur votre respiration, en souriant depuis ce chemin.

Quelque part dans la salle, quelqu'un pleurait.

— Oui, c'est ça, avancez encore un peu plus à l'intérieur de vous, méditant sur votre chemin de guérison...

Une image s'imposa à Alain : son frère et lui dans les bras l'un de l'autre. Il se voyait de face, qui enlaçait Alex. Dans sa tête, au rythme de sa respiration, il entendait « guérison, guérissons... ».

Il avait l'impression qu'il se guérissait lui-même en inspirant et qu'il aidait son frère à guérir en expirant.

*

Quinze minutes plus tard (mais peut-être était-ce trente ?), Shanti sonna la fin de la méditation. Alain rouvrit les yeux et s'étira. Il se sentait étrangement détendu et apaisé. Même son corps lui semblait plus léger. Un silence de cathédrale régnait et Alain, depuis son sanctuaire intérieur, observait le monde d'un regard empli de paix et d'harmonie.

Shanti proposa à ceux qui le voulaient de décrire leur chemin de guérison par un dessin ou un texte. Alain prit une feuille sur le coffre et écrivit en français :

***guérison, guérissons***

Il accrocha le papier sur le mur déjà tapissé d'une centaine de dessins et de citations et sortit, après avoir salué Shanti qui lui répondit en joignant ses deux mains devant elle.

*

Se repérant désormais facilement dans les couloirs de l'hôpital, il descendit tranquillement faire un tour à l'immense cafétéria du premier étage. Il retrouva Wyatt, un jeune New-Yorkais de dix-sept ans rencontré lors de sa dernière chimio, porteur d'un lymphome nécessitant une greffe de moelle osseuse, après une chimiothérapie à forte dose. Ils avaient discuté surf des neiges ensemble, quelques jours auparavant, et Wyatt lui avait révélé qu'avec d'autres ados cancéreux ils se rejoignaient quotidiennement dans ce recoin formé par le couloir menant aux ascenseurs et le début du self-service.

Ils avaient installé leurs fauteuils en cercle, façon « dernier salon où l'on cause ». La plupart de ces jeunes étaient hospitalisés à plein temps et certains étaient là depuis plus de six mois.

Quand Wyatt aperçut Alain, il l'apostropha bruyamment :

— Alan, viens, je vais te présenter !

Il n'arrivait pas à prononcer son prénom à la française.

— Voici Zachary. Lui, son dragon, c'est un ostéosarcome. Et voilà mon pote Alan. Profitez-en bien, les gars, dans trois mois, il sera retourné en France, sa petite leucémie emportée par le grand professeur Goodman. Attention, les mecs, ce type est moniteur de ski. S'il se met au skate, il nous mettra tous minables !

Alain serra des mains et distribua des checks au fil des présentations. Une femme vint les rejoindre avec quelques boissons et des biscuits.

— La mère de Zachary, lui souffla Wyatt.

On lisait sur son visage le drame qu'elle vivait, malgré ses efforts pour paraître positive. Comment faisaient l'angoisse et l'abattement pour creuser de pareils cernes ? Étaient-ce les pleurs répétés qui marquaient ainsi la peau, tel l'orage qui ravine les chemins de terre ? Alain songea que le cancer, même s'il n'était pas contagieux, faisait des ravages aussi chez les proches.

Il demanda discrètement à Wyatt si c'était grave pour Zachary.

— Stade quatre. Ouais, mec, t'as tout pigé, lui glissa-t-il à l'oreille.

À côté, Angie, bientôt seize ans, se bagarrait contre un cancer du poumon, affection rarissime à son âge. Malgré le visage gonflé par la cortisone, elle ressemblait à une biche, avec ses cheveux blonds et son regard doux. Wyatt la dévisageait avec des étoiles dans les yeux.

Alain resta une bonne heure avec eux. L'humour de ces jeunes lui faisait du bien. Angie en particulier faisait rire le groupe avec ses blagues foireuses. Alain ne pouvait s'empêcher de réfléchir aux pourcentages de guérison de chacun. Avec ses 50 % transformés en 82 %, le mistral gagnant soufflant toujours dans son dos, il faisait partie des privilégiés. Contrairement à Zachary. Il n'osa demander si ce dernier consultait Patterson. Tout génial qu'était son médecin, qu'aurait-il bien pu faire pour sortir ce jeune de la tragédie ?

*« Dans les moments*
*vraiment flippants de l'existence,*
*on est tout seul.*
*On est tout seul quand l'amour s'en va,*
*tout seul quand les flics*
*débarquent au petit matin,*
*tout seul face au médecin*
*qui nous annonce un cancer,*
*tout seul quand on crève. »*

Guillaume MUSSO

# 25

*J –99*
*Lundi 27 mai, 13 h 37*
*Manhattan*

— Grand Central Terminal, *please*.

L'homme qui venait d'entrer dans son taxi portait une veste noire un peu élimée et des lunettes rondes. Il tenait à la main une petite sacoche bleue. Sa voix était forte et légèrement rocailleuse. Il pouvait être gallois ou écossais. À moins qu'il ne soit texan. Alain peinait encore à distinguer tous les accents.

— *Let's go !*

Alain ne parlait pas systématiquement à ses clients, sauf lorsque ceux-ci engageaient la conversation. Celui-ci n'étant pas d'humeur bavarde, c'est en silence qu'ils se dirigèrent vers la gare centrale de New York. Ils n'échangèrent quelques mots que lorsque deux motards les doublèrent bruyamment.

Douze minutes plus tard, l'homme régla sa course et claqua la portière derrière lui, avant de s'éloigner d'un pas pressé vers l'immense bâtiment.

Alain redémarra aussitôt. Dix mètres plus loin, un pressentiment le fit jeter un œil sur la banquette arrière. *Merde, la sacoche du mec !* Il se gara contre le trottoir, warnings allumés, et chercha des yeux son passager. Mais la station l'avait déjà englouti. Il attendit quelques minutes, au cas où son client se serait aperçu de son oubli.

Alain attrapa le porte-documents. C'était un de ces cartables que l'on donne aux congressistes. Celui-ci portait en lettres jaunes le nom d'un colloque médical sur la douleur.

Alain l'ouvrit et découvrit un livre, deux stylos, quelques feuillets imprimés et le *New York Times* du jour. Dans une pochette intérieure figurait une fiche avec les horaires des vols New York-Montréal. *C'était donc un accent québécois.* Mais rien ne permettait d'identifier son propriétaire.

Il appela son bureau.

— Bonjour Natasha. C'est Alain. Un client vient d'oublier une sacoche, peux-tu noter quelques détails, s'il te plaît ?

— Vas-y, je t'écoute.

— Elle est en plastique bleu. À l'intérieur, aucun papier d'identité, mais un livre de couleur verte.

— C'est noté. Et son titre ?

Alain extirpa l'ouvrage.

— Tiens, il est en français ! En traduction mot à mot, ça donne : *Itinéraire d'un moment présent*.

Silence au bout du fil.

— De Roland Mitchell ?

— Tu connais ?

— Je suis en train de le relire. Ce bouquin est vraiment super.

Un appel pour une course dans le quartier de Hell's Kitchen les interrompit trente secondes.

— Où en étions-nous ? Ah oui, le livre. Je l'aime beaucoup. Si tu as le temps d'y jeter un œil, Alain, fais-le. J'aimerais bien avoir ton avis dessus.

— Je serais ravi d'en parler avec toi, mais son propriétaire va sûrement le récupérer rapidement.

— Détrompe-toi. La plupart des gens ne pensent pas à prévenir la centrale de taxis que je vais contacter, ils ne savent même pas qu'elle existe. Si toutefois le gars téléphone, ils lui donneront les coordonnées du garage. Du coup, je pourrai lui demander ce qu'il en pense.

— Tu es vraiment une drôle de fille, Natasha. J'ai l'impression que tu pourrais parler avec n'importe qui. En y prenant plaisir, en plus. Je me demande même si tu ne parles pas à ton canapé…

— Mais non, ça ne marche pas avec un canapé.

— Et pourquoi ?

— Parce que je n'aime pas spécialement les canapés, Alain. Moi, j'aime les gens !

Ne sachant pas quoi répliquer, il rit, avant que Natasha ne mît fin à la conversation pour s'occuper du standard, les appels ne cessant jamais. Alain observa le livre vert. Sur la photo de couverture, une femme vêtue d'une longue robe grise semblait léviter. Il l'ouvrit.

Roland Mitchell

# Itinéraire d'un moment présent

Un livre a toujours deux auteurs,
celui qui l'écrit, et celui qui le lit.
Ma tâche consistait à l'écrire. C'est fait.

La tienne va consister à le lire dans l'ordre que tu
veux, à fabriquer des images dans ta tête,
à faire des liens entre cette histoire et la tienne,
à mélanger tes propres souvenirs avec mes mots,
à souligner des passages ou corner certaines pages…

À la fin, je me demande qui de
nous deux aura le plus travaillé !

**Itinéraire d'un moment présent**

Alain poursuivit sa lecture.

Cher lecteur,

Je ne vais pas y aller par quatre chemins. Et il n'y aura pas de round d'observation.

Si le combat que je te propose est un combat que je rêve de te voir gagner, ne compte pas sur moi pour t'épargner les coups.

Oui, j'ai choisi de te tutoyer. Au Québec, c'est une marque de convivialité. Et puis, si cela peut diminuer la distance entre nous, c'est toujours ça de pris.

Pour commencer, réglons un point délicat. Plus de la moitié des gens qui achètent un livre le referment avant la fin. Je le fais parfois, moi aussi. C'est un peu idiot puisqu'on l'a payé, mais cela participe de notre liberté personnelle, non ?

Sache que cela ne changera rien, ni pour toi ni pour moi, si tu le refermes vite. Mais c'est ça qui est peut-être le plus bête : que rien ne change pour toi.

**Itinéraire d'un moment présent**

Il ne sera pas question de lire attentivement chaque phrase. Tu peux juste les laisser résonner en toi.

Souviens-toi, on ne voit bien qu'avec le cœur.

À toi donc de décider ce que tu feras de ces mots.

Bonne lecture, ou plutôt, bonnes résonances.

Et pour finir cette introduction, une petite devinette :

Sais-tu quelle est la différence fondamentale entre Gandhi, Martin Luther King, Mère Teresa, John F. Kennedy… et toi ?

Pourquoi sont-ils arrivés là où ils sont ?

**Itinéraire d'un moment présent**

La différence, c'est qu'eux sont morts !

Essaie de chercher un être humain qui échangerait sa place contre la leur, je ne suis pas sûr que tu en trouves beaucoup.

C'est cela, le miracle !

Le plus grand miracle du monde.

**Tu es vivant !**

**Itinéraire d'un moment présent**

*C'est quoi ce bouquin ?*

— Monsieur ? Monsieur !

— Euh, oui ? répondit-il, s'apercevant de la présence d'une femme en tailleur beige qui l'interpellait depuis le trottoir.

— J'ai besoin d'aller à la Columbia University.

— Bien sûr. Excusez-moi, je rêvassais en lisant.

La femme ouvrit la portière et s'affala sur le siège arrière. Elle portait au cou un énorme collier en jade. Peu discret, mais élégant. Alain mit le compteur en marche et démarra.

Au fil des rues, le montant augmentait. Lui voyait plutôt la vie fonctionner en sens contraire. Au fil du temps, il avait de moins en moins de jours à vivre.

La cliente à l'arrière ne le laissa pas longtemps à ses pensées. Elle lui parla de choses sans importance. Alain répondait mollement pour désamorcer la conversation, mais rien n'y faisait. Le livre avait provoqué en lui une réaction qui accaparait son énergie.

*Je suis peut-être vivant, mais je m'obstine à chercher Alyson, qui va peut-être m'envoyer paître si je la retrouve. Et je suis vivant pour combien de temps, d'ailleurs ?*

— Oh, monsieur, si vous saviez...

D'un ton amer, la femme se plaignait maintenant de ses jambes. Alain ne pouvait faire autrement que l'écouter, agacé. Néanmoins, après d'interminables minutes, comme si une digue venait de céder en lui, il explosa :

— Mais bordel, vous n'allez pas ameuter tout le quartier parce que vous avez les jambes lourdes ! Moi, j'ai une leucémie, je ne sais pas si je vais dépasser les quarante ans, et j'emmerde personne avec ça !

La femme ne savait plus où se mettre. Elle bafouilla quelques excuses et proposa même qu'il la laisse là, ajoutant qu'elle pouvait trouver un autre taxi. Alain, très gêné également, marmonna lui aussi des excuses avant de terminer sa course en conduisant du mieux possible.

Arrivé à l'université, il réitéra son mea culpa.

— Désolé, j'ignore ce qui m'a pris, je suis fatigué aujourd'hui.

La femme répondit que ce n'était rien et fila sans demander son reste ni sa monnaie. Alain se gara derrière une file de taxis en attente, à l'angle nord-ouest de Central Park, et, peut-être pour oublier l'incident, entama le premier chapitre.

Sais-tu comment John Lennon est tombé amoureux de Yoko Ono ?

Le chanteur raconte qu'il a été invité un jour en avant-première du vernissage d'une artiste japonaise qui exposait dans une galerie de Londres. Arrivé sur les lieux, il est accueilli par la créatrice, une petite femme dynamique au regard pétillant, tout de blanc vêtue. Après les photos et les sollicitations habituelles des fans, Yoko invite le chanteur pour une visite privée.

L'expo démarre dans une immense pièce vide, entièrement blanche du sol au plafond. Au beau milieu trône un escabeau de jardin peint en blanc lui aussi, situé sous une toile fixée au plafond et de laquelle pend une loupe suspendue à une chaîne.

Intrigué, John Lennon s'approche, lève la tête et aperçoit sur le tableau une flèche noire pointant une minuscule inscription indéchiffrable du sol.

Il raconte depuis avec enthousiasme qu'il est tombé amoureux de Yoko Ono en lisant, depuis la dernière marche d'un banal escabeau, un seul mot tracé à l'encre de Chine.

Alors, qu'est-ce qui a fait craquer John Lennon ? Quel est le mot qui fait éclore l'amour et libère les cœurs ?

Et si tu tentais de le deviner avant de tourner la page ?

**Itinéraire d'un moment présent**

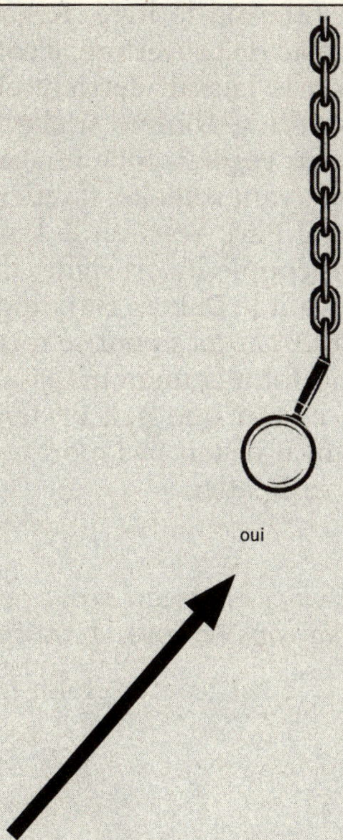


**Itinéraire d'un moment présent**

Songeur, Alain referma le livre. Regardant attentivement la photo de couverture, il constata que la femme en gris laissait derrière elle un sillage de feuilles vertes, comme si elle transformait le bitume en végétal. Jolie image.

Aucun client ne l'ayant sollicité, il redémarra et descendit Central Park West en le longeant sur sa gauche. Un couple lui fit signe, mais il l'ignora. Arrivé devant le Dakota Building, il se gara à la *je-m'en-fous-des-flics* pour se recueillir à l'endroit exact où John Lennon fut assassiné. Même s'il ne lui restait que peu de temps à vivre, pour l'instant il n'était pas mort et avait plus d'avenir que le Beatles.

*« La vie, c'est ce qui arrive pendant que vous prévoyez autre chose. »*

John Lennon

# 26

*Le lendemain, 14 heures*
*Cabinet du Dr Patterson*

Le médecin se prépara un thé et ouvrit son courrier en attendant Alain Roignac, son premier patient de l'après-midi. À la dernière convention organisée par Merck & Co, deux collègues l'avaient rassuré : il n'avait fait aucune faute professionnelle au sens strict du terme, juste été négligent. Il avait rappelé Natasha pour lui signaler qu'elle pouvait dire ce qu'elle voulait à son patient français.

Si certains de ses confrères lui avaient avoué ne pas vraiment savoir pourquoi ils étaient devenus médecins, Lawrence Patterson, lui, ne se posait pas la question. Alors qu'il avait à peine douze ans, il avait assisté en direct à la lente agonie de son père, provoquée par une dégénérescence neurologique. C'était comme s'il l'avait vu mourir deux fois : physiquement et psychiquement.

C'est le décès psychique qui avait le plus atteint le jeune Lawrence. Il aurait donné un empire pour que son père lui ait confié quelque chose avant de perdre la raison. N'importe quoi, un souhait ou une réflexion personnelle qui serait devenu leur secret et qu'il aurait pu transmettre ou faire vivre par la suite. Mais Andrew Patterson s'en était allé comme un suicidé qui ne laisse aucun message.

Son fils avait alors décidé de devenir médecin pour se consacrer à la guérison physique, mais aussi à l'accompagnement psychoaffectif et la prise en compte de l'entourage. Il voulait tout faire pour aider ses patients à guérir et rester vivants. Et lorsque la maladie était incurable, les accompagner, eux et leurs proches, du mieux possible.

Dès le début, il s'était senti différent des autres internes. S'il ne remettait pas en cause la médecine moderne, il n'acceptait pas qu'elle ne se préoccupe que du physique des patients. Lawrence Patterson n'était pas un rebelle, juste un écorché vif. Il militait pour que le corps médical inclue aussi le cœur médical.

Il s'était rapidement révélé un étudiant plus original que studieux, ce qui le desservit pendant ses études. Il était toujours surpassé par ses homologues zélés qui, pour certains, deviendraient des médecins médiocres, mais raflaient en attendant les premières places aux concours, avec les félicitations du jury.

Patterson se fichait d'être le major de sa promotion. Plutôt que d'un brillant doctorat, il était en quête d'une « maîtrise ès résultats », quitte à convoquer l'inconscient, les ancêtres et les Dieux. *Quand il s'agit de guérir, qu'importent les alliés !*

Pourtant, il n'était pas croyant. Le dogmatisme des religions le dérangeait. Mais avec le temps, il développait une spiritualité de plus en plus tangible.

S'il savait son projet et son attitude justes, il avait fait quelques erreurs de débutant, les premières années, en s'acharnant à vouloir sauver tout le monde.

Le docteur Jennifer Richmond, sa cheffe de service, aussi connue pour sa pertinence que pour sa ressemblance avec Meryl Streep, lui avait ouvert les yeux, un soir de garde.

— Lawrence, dans la vie, il y a certaines choses qui sont sous notre contrôle et d'autres non, n'est-ce pas ?

— Ben oui, répondit Patterson qui ne voyait pas où elle voulait en venir.

— Et face à ces deux situations, il y a deux options possibles : soit nous agissons, soit nous restons passifs. Ce qui donne quatre possibilités.

Elle s'était levée pour attraper une feuille qui traînait sur le réfrigérateur de la salle de repos. Elle y dessina un tableau :

| 2 faits / 2 attitudes | sous notre contrôle | pas sous notre contrôle |
|---|---|---|
| être actif | maîtrise | acharnement |
| rester passif | renoncement | lâcher-prise (ou acceptation) |

— Tu comprends peut-être déjà, ajouta-t-elle. La vie nous demande de nous comporter différemment en fonction des situations, ce qui n'est pas toujours facile. L'idéal est d'agir lorsque nous le pouvons et d'accepter la situation dans le cas contraire. En investissant les deux cases indiquées par la flèche. Sinon, soit on renonce, au risque d'avoir des remords un jour, soit on s'obstine, ce qui entraîne souvent de la fatigue ou de la colère.

Patterson avait reçu le message en plein cœur. Il savait qu'il avait tendance à s'acharner. Combien de fois ses collègues ou ses proches lui avaient suggéré de lâcher prise !

Plus tard, il avait lu cette jolie formule, connue sous le nom de « prière de la sérénité » : *Mon Dieu, donne-moi le courage de modifier les choses que je peux changer, la sérénité d'accepter celles que je ne peux pas changer et la sagesse d'en connaître la différence.*

Depuis, il était devenu « plus patient avec ses patients », comme il le disait, ce qui faisait toujours rire sa femme.

*« La religion, c'est pour ceux qui ont*
*peur d'aller en enfer, la spiritualité,*
*pour ceux qui en reviennent ! »*

Vine DELORIA

# 27

*Trois minutes plus tard*

Alain sonna et déclencha la petite sonate de Bach. Lawrence Patterson l'accueillit une tasse de thé à la main. Les deux hommes commencèrent à discuter debout sur le seuil du cabinet de consultation.

— Alors, monsieur Roignac, avez-vous retrouvé votre femme ?

— Toujours au même point, c'est désespérant. Si je ne l'avais pas aperçue il y a trois semaines, je me découragerais complètement.

— Quelle histoire ! En tout cas, je suis de tout cœur avec vous. Si je peux faire quelque chose pour vous aider, n'hésitez pas à m'en parler.

— Je veux bien que vous mettiez le FBI sur le coup, tenta Alain, à demi sérieux.

— La prochaine fois qu'ils me contacteront, je leur en toucherai deux mots, promis ! lui répondit le médecin avec son éternel sourire en coin.

Patterson invita Alain à s'asseoir et enchaîna, toujours en français :

— Est-ce indiscret de vous demander pourquoi elle vous a quitté ?

— Dans sa lettre, Alyson m'a expliqué qu'elle redoutait de me porter malheur. Son père est décédé d'un cancer du pancréas quand elle était petite. Mais j'imagine qu'il devait y avoir d'autres raisons, ce n'est pas possible de quitter quelqu'un juste à cause d'une vieille histoire.

— Les histoires sensibles, même anciennes, restent toujours d'actualité dans le cœur des gens. Tant que votre femme n'a pas **émotionnellement** cicatrisé de la disparition de son père, sa peur peut, à elle seule, justifier son départ.

— Alors tant que je ne serai pas sorti d'affaire, elle ressentira ça ?

— Non. Cela peut se travailler, en hypnose par exemple. Encore faudrait-il qu'elle consulte.

— Ça me fait du bien d'entendre ça. Je pourrai lui en parler quand je la retrouverai.

— Et comment allez-vous depuis les deux semaines où l'on ne s'est pas vus ?

— Les choses bougent. Les chimios continuent à faire leur travail de sape. Je les subis le samedi et mets deux jours à m'en remettre. Mais je sens qu'elles s'attaquent aussi à mes cellules cancéreuses, j'en visualise moins dans l'exercice des flèches et des galets que vous m'aviez prescrit. J'ai aussi complètement arrêté de fumer. Plus une seule cigarette depuis que j'ai tout jeté dans votre jardin. À propos, vous en avez fait quoi ?

— Les ouvriers qui ont construit mon jacuzzi les ont récupérées. J'espère que vous ne les vouliez pas ?

— Oh non, grand bien leur fasse, ajouta Alain. Et j'ai aussi un nouveau travail : chauffeur de taxi !

Son médecin ouvrit de grands yeux.

— Je ne vous en avais pas parlé, mais j'ai passé et réussi un stage intensif. Je vais essayer de conduire cinq jours par semaine, huit heures d'affilée. Quand je suis trop fatigué, je me mets dans un coin et je dors, j'ai toujours su faire des siestes flash. Ce job est bien moins agréable que moniteur de ski, mais il me permet de préserver mes économies tout en cherchant Alyson dans de nouveaux endroits.

— Vous continuez de me bluffer, monsieur Roignac. J'espère que vous n'avez pas réussi à parler de votre cancer, qu'il me reste un peu de travail pour cette séance !

— Loupé ! J'en ai parlé à deux personnes, répondit Alain, heureux d'annoncer sa réussite. Un client dans mon taxi, et une nouvelle amie qui m'a trouvé une place dans la compagnie de taxis où elle travaille. Et elle… elle ne s'est pas enfuie en courant !

Patterson lui jeta un long regard, songeur. Il semblait attendre qu'Alain en dise plus, mais celui-ci en avait fini. Le praticien se leva et applaudit.

— Je suis fier d'être votre médecin, cher ami ! affirma Patterson en le saluant de la tête.

Cette phrase toucha Alain, mais il le garda pour lui. Il était en train de devenir plus extraverti ; pour se défaire pleinement de sa pudeur, il faudrait patienter encore. C'est donc Patterson qui poursuivit :

— Que souhaitez-vous que l'on aborde aujourd'hui ? Puisque vous avez réalisé tout ce que je vous ai demandé, à vous de guider cette séance. Voici les clés du camion ! ajouta-t-il en mimant le geste de lui donner quelque chose.

Alain fit semblant de saisir ce qu'on lui tendait.

— En fait, j'aimerais comprendre votre manière de travailler. J'avoue ne pas vraiment saisir comment nos séances peuvent avoir un effet sur mon cancer.

Patterson pinça les lèvres, comme s'il regrettait d'avoir délégué l'ordre du jour à son patient, mais répondit :

— En plus des traitements médicaux et d'une bonne hygiène de vie, les trois ingrédients primordiaux pour guérir sont l'espoir, le sens et les liens.

Il marqua une pause.

— Par quoi préférez-vous commencer ?

— L'espoir, c'est le plus simple, non ? demanda Alain.

— C'est l'idée la plus connue. D'innombrables études ont montré que, de tous les facteurs psychologiques contribuant à la guérison, le fait d'y croire vraiment était le plus important. Vérifiez s'il n'y a pas, quelque part au fond de vous, l'idée saugrenue que vous pourriez ne pas guérir.

— Docteur, ne cherchez pas la petite bête, je sais que je suis sur la bonne voie.

— À quoi le sentez-vous, concrètement ?

— Au fait que j'aie de plus en plus envie de croquer la vie à pleines dents. Peut-être davantage qu'avant ma maladie.

— Montrez-moi ça.

— Quoi ?

— Votre envie de croquer la vie à pleines dents ! Je n'aperçois même pas vos incisives.

*C'est reparti !* Alain découvrit timidement ses dents en retroussant sa lèvre supérieure.

— C'est tout ? commenta le praticien avec une moue de déception.

— Vous voulez que je vous mime réellement mon envie de vivre, c'est ça ? devina Alain.

— Vous commencez à bien me connaître, cher monsieur.

Alain ne savait comment démarrer. Il ouvrit et ferma bêtement la bouche. Le médecin fit une mimique de désapprobation. Alain mit ses mains sur les hanches et se lança :

— Raaah ! rugit-il, tel un félin.

— Ah ! réagit Patterson. Voilà un homme qui a soif de vivre !

— Roaaar ! répliqua son patient, avant de redevenir plus sérieux. C'est bon, ce genre de délires, mais il ne faut pas être trop coincé.

— Détrompez-vous. Le côté sérieux n'est souvent qu'un vernis. Et face à la maladie, le vernis craque toujours, croyez-moi. Si vous saviez tout ce que j'ai pu voir et entendre ! En fait, c'est auprès du corps médical que j'ai rencontré le plus de résistance. Mes confrères ont encore du mal à accepter l'idée que les pensées, les émotions et les relations puissent soigner aussi. Mais reprenons, si vous le voulez bien. Prêt pour la suite ?

— Prêt !

— Très bien. Le deuxième point, c'est le sens, c'est-à-dire la signification des choses. En vous demandant pour quoi vous souhaitiez vous en sortir, je vous ai interrogé sur le sens de votre guérison.

— Vous savez, depuis, je n'arrête pas de penser à cette liste.

— Parfait. Les pensées sont comme des graines qui engendrent de la motivation. Mais elles pourraient aussi provoquer de la peur, de la tristesse ou du découragement. Il n'y a pas que les médicaments qui soignent, les graines de l'espoir et du désir soignent aussi. Et comme vous avez bien ensemencé votre esprit, vous récoltez déjà des fruits. Le premier étant votre envie de croquer la vie à pleines dents. Abordons maintenant le troisième et dernier point : les liens. Nous, les humains, sommes faits pour vivre en tribu, pas en solitaire dans une grotte.

Le médecin saisit machinalement son stylo-plume.

— Les relations que nous avons les uns avec les autres ont un impact significatif sur notre santé mentale et physique. Et je ne parle pas seulement des relations avec nos proches. Il y a un réel bienfait à parler et à se confier, mais aussi à écouter les autres.

C'est donc pour ça qu'il voulait que je parle à quelqu'un, se dit Alain.

— Parmi des centaines de publications, une étude américaine m'a particulièrement frappé, continua Patterson en faisant tourner son stylo entre les doigts. La durée de vie des patients vivant seuls, après avoir subi un pontage coronarien, est multipliée par deux chez ceux qui ont un chien !

— Par deux ? Juste pour un chien ? C'est ahurissant…

— Je ne vous le fais pas dire. Ce n'est pas dû à l'animal en soi, mais à sa présence. On parle d'animal de compagnie, on ne peut être plus clair.

— Êtes-vous en train de me suggérer d'en adopter un ?

— Non, dans votre situation, cela vous compliquerait la vie plus qu'autre chose. Mais si vous pouviez établir un maximum de contacts humains, ce serait parfait. Je vais vous confier un secret, monsieur Roignac : j'ai décidé de faire ce métier et de communiquer du mieux possible parce que c'est bon pour ma santé !

Alain respira un grand coup. Il avait un peu de mal à suivre le rythme de la conversation.

— Vous me prescrivez donc des contacts humains ?

— Oui ! Et sans modération ! À vous de multiplier la quantité et surtout la qualité de vos rapports humains. Il est temps de reprendre contact avec les vieux copains oubliés en route, de rencontrer de nouvelles personnes. Et je n'ai pas encore mentionné la relation peut-être la plus importante : celle que vous entretenez avec vous-même !

Alain venait d'atteindre le point de rupture. Il n'arrivait plus à suivre et l'avoua franchement.

— Très bien, alors lâchez prise et fermez les yeux si vous le souhaitez.

Alain posa la tête contre le dossier.

— Imaginez que vous vous trouvez dans une calèche tractée par quatre chevaux, sur un chemin de terre. Sur le siège avant, deux personnes sont assises : vous aujourd'hui et l'enfant que vous étiez. Qui tient les rênes ? Vous devez avoir tant de choses à vous dire, je vous laisse du temps…

Alain ferma les yeux et partit dans une rêverie éveillée et décousue. Son esprit sautait d'une image à une autre. Tantôt c'était lui qui dirigeait les chevaux, tantôt c'était l'enfant. Il imagina son frère, à l'arrière, adulte, un cigare aux lèvres, comme si les deux cochers le guidaient vers son chemin de guérison.

— Maintenant, vous vous rapprochez tout contre l'enfant, reprit la voix en enchaînant lentement. Et, au détour d'un virage... il vous confie son secret.

Alain avait l'impression de recevoir un message en rapport avec le rêve de l'évolution de son pourcentage de guérison, mais rien de très précis.

Les images de la salle d'attente lui revinrent. Le client asiatique tenait toujours l'ardoise portant le chiffre 82 et les visages des autres personnes restaient flous. Mais désormais, ils étaient reliés par un câble lumineux qui changeait de couleur en permanence.

*« Lâcher-prise :*
*moyen de libération psychologique consistant*
*à se détacher du désir de maîtrise. »*

Dictionnaire LAROUSSE

# 28

*Le lendemain*

Alain parcourait encore une fois Central Park, un sac sur le dos. Le soleil était radieux et la température déjà douce malgré l'heure matinale. Il marchait à vive allure, explorant de nouveaux chemins, afin de bien quadriller le parc. Pour finir, il s'arrêta vingt minutes au bord du plan d'eau à scruter les joggeurs, au cas où Alyson en aurait fait le tour.

Pourquoi ne tombait-il pas sur elle ? Et pourquoi ne l'appelait-elle pas ? Elle avait pourtant écrit qu'elle prendrait de ses nouvelles. C'était quand même effarant de disparaître en déposant juste un courrier sur la table. Ça ne laissait aucune chance à l'autre ! Alain commençait à se demander si tout le mal qu'il se donnait en valait la peine.

*

Quand il pénétra dans le Starbucks, Natasha était déjà là. La grosse horloge n'indiquait pas encore 9 heures. Il se fit rapidement servir un café latte au comptoir et se dirigea vers la jeune femme, dont il perçut le parfum citronné une fois près d'elle. Le nœud blanc qui retenait ses cheveux lui allait à ravir.

— Tu es en avance, non ? fit-il remarquer.

— Oui, Tatiana était pressée d'aller en cours. Elle devait dire un truc à une copine, elle n'a pas voulu me répéter quoi. Elle commence à grandir. Avant, j'étais au courant de tout.

— As-tu une photo d'elle ?

— Bien sûr !

Elle fit défiler sur son téléphone quelques clichés récents montrant sa fille en train de faire du roller, une grosse écharpe rouge autour du cou. La petite avait le même nez effilé que sa mère, le même regard pétillant. Natasha semblait très fière d'elle.

— Elle est vraiment mignonne. Et a l'air sportive.

— Oui, elle n'arrête pas de bouger. Cette année, elle s'est mise à la danse rythmique, j'ai droit à toutes les répétitions à la maison !

— C'est trop chou.

— Tu m'avais dit que ta femme ne pouvait pas avoir d'enfant. C'était définitif ?

— Non, les médecins parlaient de stérilité fonctionnelle, c'est-à-dire sans cause médicale avérée. Ces derniers temps, je commençais à lui parler de plus en plus d'essayer une fécondation in vitro.

Alain s'arrêta net. Pour la première fois, il se dit que le départ d'Alyson pouvait être lié à cela. Lui avait-il mis la pression sans le vouloir ? Mais pourquoi alors ne l'avait-elle pas écrit dans sa lettre ? Il se frotta le visage, pensif.

Natasha n'insista pas. Elle attrapa le livre de Mitchell, qui dépassait du sac à dos d'Alain. Elle regarda la femme en robe grise qui semblait marcher au-dessus du sol, sur la couverture.

— C'est drôle, sur la version américaine, on voit un type en costume noir de dos.

— Tu préfères laquelle ?

— Celle-ci. Ce livre t'aide, en ce moment ? demanda-t-elle franchement.

— Oui... beaucoup, répondit sincèrement Alain. Il m'accompagne dans mes réflexions.

Alain trouvait facile de communiquer avec elle. Natasha savait poser une question importante, puis écouter la réponse sans gravité de convenance. Elle dégageait une impression d'équilibre étrange entre plusieurs éléments contraires, sans compromis. Un peu comme ses tenues vestimentaires, qui mêlaient toujours des éléments originaux à un zeste de classique. Chez elle, le contenu coïncidait avec l'emballage.

En buvant son café, Alain se demanda si elle avait toujours été ainsi ou si sa personnalité s'était façonnée au fil des événements.

Il l'aurait bien questionnée, mais, aujourd'hui encore, c'était elle qui menait la conversation. Tout semblait l'intéresser. Elle lui posait mille et une questions si bien qu'Alain finit par lui raconter son rêve à répétition.

— Elle est intrigante, ta rêverie, Alain ! D'après toi, qui sont ces autres gens dans la salle d'attente ?

— Aucune idée. Je ne vois pas leurs visages, à part l'homme asiatique. Comme s'ils avaient été floutés par le réalisateur d'un reportage télé.

— C'est ton inconscient, le réalisateur. Alors, pourquoi veut-il te les cacher ?

— Mais je n'en sais rien, Natasha. Un rêve, c'est juste un rêve !

— Ouais…

Prenant une gorgée de cappuccino, elle reprit la parole :

— Il y a longtemps, j'ai lu un livre de Freud sur l'analyse des rêves. Ses recherches ont ouvert des portes. Ça te dirait qu'on tente de les ouvrir ?

— Comment ?

— Laisse venir. Ces gens, à ton avis, ça pourrait être qui ?

— Pff… Je ne sais pas.

— Le seul que tu reconnais est un client, et les autres ?

Alain appuya son dos sur le dossier de la chaise tout en croisant les bras. Soudainement, il bougea imperceptiblement la tête.

— Là, tu viens de penser à quoi ?

— Ils pourraient aussi être des clients.

— Que tu connais ?

— Je ne crois pas. Peut-être de futurs passagers ?

— Et ?

— Et il y aurait un élément dans ma rencontre avec eux… ou chez eux, je ne sais pas, qui pourrait m'aider à guérir. Guérir ou comprendre un truc ?

— Et c'est en comprenant que tu augmenterais ton pourcentage de guérison ?

— Peut-être. Ou en faisant quelque chose. Avec cet Asiatique, c'était plutôt une action, celle de lui avouer mon cancer. Mais, action ou compréhension, comment les reconnaître ? Dans mon rêve, ils ne sont que six ou sept. À peine le quart du nombre de personnes que je prends en une journée.

Un silence s'installa. Alain en profita pour terminer sa boisson. Il voulait bien donner du sens aux événements, mais là, c'était vraiment loin de son fonctionnement habituel !

— Dis, tu ne crois pas qu'on débloque un peu ? objecta-t-il.

— Quels risques prends-tu à être attentif à tes futurs clients ? rétorqua Natasha. Avant de t'endormir, tu pourrais même demander à ton inconscient qu'il te renvoie ce rêve pour en savoir plus. Je l'ai déjà fait, ça marche parfois très bien !

Il commençait à s'habituer à ces moments où Natasha se focalisait sur une idée et ne la lâchait plus.

— En tout cas, poursuivit-elle, si tu rêves de nouveau de ta salle d'attente, dis-le-moi, ça m'intrigue.

— Merci, Natasha. Ça me fait vraiment du bien de te parler. Mais tu n'en as pas un peu marre de m'écouter ?

— Parce que tu crois qu'il n'y a qu'à toi que ça fait du bien, nos discussions ?

Elle s'interrompit, réfléchit un instant, puis ajouta :

— J'y prends beaucoup du plaisir, moi aussi.

Alain retint un sourire.

— On dit « beaucoup de plaisir », pas « du plaisir », corrigea-t-il sérieusement.

— Ah, merci. Je crois que je ferai des fautes en anglais jusqu'à la fin de mes jours.

— Je les adore, tes fautes. Ça fait partie de ton charme, voulut la rassurer Alain.

Natasha rougit. Elle attrapa ses lunettes de soleil et les mit sur son front, ce qui dégagea son visage.

— Je n'ai malheureusement pas le temps de m'étendre sur le sujet, je dois y aller !

Alain jeta un coup d'œil à la grosse horloge. Elle n'indiquait pas encore la demie.

— Tu pars déjà ?

— Oui, comme il fait beau, j'ai envie de profiter du trajet. On passe parfois à côté de choses incroyables si l'on ne prend pas le temps de regarder autour de soi.

Que pouvait-il répondre à cela ? En le privant de cinq minutes, elle lui rappelait qu'il était possible, à tout moment, de profiter de l'instant présent, même en se déplaçant pour se rendre au travail.

— À bientôt, Nat. J'ai des examens médicaux aujourd'hui, je ne viendrai pas travailler. Tyson est au courant.

— Je sais, il me l'a dit. Et appelle-moi Natasha, si tu n'y vois pas d'inconvénient, je préfère mon prénom en entier.

— Natasha, j'ai rarement rencontré quelqu'un qui ose dire aussi simplement ce qu'elle pense. C'est une caractéristique bulgare ou ton tempérament ?

Elle posa un doigt sur ses lèvres avec une moue joueuse, visiblement amusée de le laisser sans réponse.

Alain sourit, fit le tour de la table et l'embrassa sur les joues. Même si elles se colorèrent encore, Natasha parut moins surprise que la première fois.

— Merci pour cet échange, dit-il.

— De rien, Alain. À un de ces quatre, tu connais mes habitudes.

— Oui, à bientôt. Même heure, même lieu et même punition…

Natasha fronça les sourcils.

— Qu'entends-tu par là ?

— Chut, susurra Alain, en mettant son index devant sa bouche.

Et il s'en alla le premier, pas mécontent de sa sortie.

*« Si vous rêvez petit,*
*vous serez obligé de poursuivre votre rêve.*
*Mais si vous rêvez grand,*
*c'est votre rêve qui vous poursuivra... »*

Roland Mitchell

# 29

*J –95*
***Deux jours plus tard***
***Sloan-Kettering Center***

Alain regardait la poche de produits se vider. C'était sa cinquième séance de chimiothérapie. Dorénavant, il en aurait une chaque vendredi, jusqu'à mi-août. Le professeur Goodman avait décidé de rapprocher les séances et de diminuer les doses.

Alain ne conduisait donc plus son taxi que quatre jours par semaine, du lundi au jeudi. Cela lui suffisait pour payer ses frais. Tyson avait maugréé, mais comme le chauffeur avec qui il partageait la Toyota Crown s'était arrangé avec son cousin pour prendre le relais, il avait accepté.

En plus de son immunothérapie expérimentale et ciblée, des oligoéléments et de la méditation, il avait depuis peu appris la gestion du stress par la cohérence cardiaque. Additionné à tout ça, il courait quand il le pouvait, avait une alimentation équilibrée, riche en légumes, bio de préférence, et pauvre en sucreries. Seule exception : le café bien sucré, qu'il continuait de boire régulièrement.

Ces efforts ne lui coûtaient pas vraiment. Il savait que son frère conservait son hygiène de vie déplorable, alors il voulait être irréprochable. Comme s'il était rigoureux pour deux. Était-ce par esprit de compétition ? Voulait-il convaincre Alex en lui donnant le bon exemple ? Ou tout simplement s'assurer qu'au moins l'un des deux survive ?

Aujourd'hui, il était loin des fenêtres. Dommage, il faisait beau dehors, mais tous les fauteuils étaient occupés ce matin. Les veines martyrisées, il avait finalement accepté qu'on lui implante un cathéter sous la peau. Il se retrouvait donc avec une étrange petite bosse au niveau de la clavicule.

Il était plus détendu que la première fois. Patterson lui avait expliqué qu'il ne devait pas se focaliser en permanence sur les flèches noires, il suffisait qu'une partie de son esprit s'y consacre, ce qui lui permettait de réfléchir à autre chose. Ils avaient ri, Natasha et lui, en imaginant le cerveau masculin d'Alain faisant deux choses à la fois. « Gare à l'explosion des neurones ! » avait-elle plaisanté.

Ses écouteurs en place, il sélectionna un morceau de Sakamoto qu'il affectionnait particulièrement. Bercé par le piano du Japonais, il contemplait le plafond de la salle, comme s'il se trouvait dans la chapelle Sixtine.

Une fois que sa dose lui fut administrée, il se leva avec la souplesse d'un cardinal octogénaire en fin de conclave. S'il supportait plutôt correctement la chimiothérapie, les premières heures étaient toujours difficiles. Après une courte pause dans la salle de repos, pendant laquelle il regarda passer les bateaux sous le Queensboro Bridge, il se dirigea vers l'ascenseur pour saluer les jeunes au premier étage.

À l'expression de leurs visages, il comprit qu'un des leurs avait disparu. Wyatt lui apprit qu'il s'agissait de Camilla, dont Angie était très proche. Cette dernière était effondrée. Touché par la détresse de la jeune fille, Alain se tint un moment derrière elle, une main sur son épaule, sans rien dire. Qu'elle eût si jeune à affronter la maladie et le deuil le bouleversait.

Ces ados étaient un hymne à la justesse. Francs, directs, sans faux-semblants, ils riaient quand une bonne blague circulait et se taisaient lorsque la situation était vraiment trop dure. Jamais de jérémiades ni de paroles mielleuses. Jour après jour, dans ce recoin de la cafétéria, ils composaient un vrai cours de philosophie appliquée.

*

Quelques heures plus tard, chez lui, en début de nuit, une surprise attendait Alain dans un méandre de son inconscient. Dans la salle d'attente, à côté de son premier client, l'homme qui avait oublié le livre vert dans son taxi tenait un petit tableau avec le chiffre 85 écrit dessus ! Plus de doutes, l'analyse faite avec Natasha était la bonne ! Il ouvrit les yeux en sursaut et écrivit illico un texto qu'il n'enverrait que le matin, pour ne pas risquer de réveiller la jeune femme :

> Coucou Natasha,
> Les inconnus de la salle d'attente sont bien des clients. Il y en a un autre qui a débarqué dans un rêve !
> Alain

*« Un type qui doit être vachement frustré,*
*c'est celui qui a réalisé*
*le plancher de la chapelle Sixtine. »*

Philippe GELUCK

# 30

*J –75*
*20 jours plus tard*
*La Guardia Airport*

En tête de station, les mains à 10h10 sur le volant, Alain observait une adolescente sur le trottoir du sous-sol de l'aéroport. Elle ne semblait pas chercher de taxi, pourtant il la vit soudain saisir ses bagages et marcher vers lui, avec une allure apathique. Entièrement vêtue de noir, à l'exception d'un chapeau rouille, qui faisait ressortir ses lèvres aussi noires que ses ongles, elle était un parfait spécimen de l'espèce gothique et devait avoir environ seize ans.

Alain sortit de son véhicule, formant un contraste avec elle, dans sa chemise Desigual bariolée.

— Bonjour, mademoiselle. Où allez-vous ?

— 52, Grove Street à Manhattan.

— Jolie rue, j'adore ce coin du Village. Montez, je vais mettre vos bagages dans le coffre.

La fille s'assit en silence. Ouf, elle pesait deux tonnes, sa valise ! Que pouvait-elle bien trimballer là-dedans ?

— Vous rentrez ou vous partez en vacances ? demanda-t-il.

— Ça ne vous regarde pas, répondit l'adolescente.

Il y a encore peu de temps, Alain aurait été déstabilisé par son hostilité. Ce jour-là, il l'accueillit avec calme.

— Vous avez raison. Restons silencieux, si vous préférez.

Habituellement, Alain mettait un point d'honneur à se faufiler rapidement dans le flot des embouteillages. Là, il conduisait sans chercher à gagner de dérisoires secondes. La jeune fille semblait triste ou résignée. Elle paraissait nerveuse, aussi, se tripotant sans cesse les mains. Remarquant le regard d'Alain dans le rétroviseur, elle lâcha brusquement :

— Mes parents ont divorcé il y a trois mois et je viens habiter chez mon père pour l'été.

— Ah, répliqua Alain, qui comprenait mieux son attitude de défiance. Ça ne doit pas être facile à vivre.

— Le pire reste à venir : mon daron prétend être seul, mais je le soupçonne d'avoir rencontré quelqu'un. Et je ne le supporterai pas.

— Je compatis, j'ai ressenti la même chose il y a longtemps.

— Vos parents ont divorcé ? demanda la jeune fille, soudainement intéressée.

— Mes grands-parents. J'avais quelques années de moins que vous.

Alain s'interrompit pour écouter un message radio.

— Mais je n'ai pas oublié combien ce fut difficile, reprit-il. Quand je tombe sur une scène de retrouvailles au cinéma, ça m'émeut à chaque fois. J'aurais tellement voulu qu'ils se remettent ensemble.

— Peuh ! fit soudain l'adolescente, avec une moue de mépris.

— Ça vous choque que je parle de mes émotions ? Tout le monde a des émotions, moi, votre père, vous.

— Mon père, ça m'étonnerait.

Alain vit sa passagère lever les yeux au ciel, mais il sentit qu'elle baissait un peu la garde. Il roula en silence.

— Vous connaissez *Sur la route de Madison* ? Le film, pas le bouquin, demanda-t-elle brusquement.

— Jamais vu.

— Il a battu tous mes records de consommation de mouchoirs.

— Ça parle de quoi ?

— Si je vous le raconte, ça n'aura plus aucun intérêt.

— Logique, répondit Alain, conciliant. Je vais me le procurer. Ça me ferait du bien de pleurer un bon coup pour un film.

Alain s'arrêta à un feu rouge. Quel drôle de métier, pensa-t-il. Il était là, en train de discuter tranquillement avec une jeune fille qu'il ne connaissait pas un quart d'heure plus tôt et se sentait tout à fait à l'aise. À Chamonix aussi il rencontrait plein de monde. Mais là-bas, c'étaient ses clients qui suivaient ses directives. Ici, c'était plutôt lui. Il allait devenir un vrai caméléon.

— Dites, vous travaillez toujours pour la même compagnie ? Je vais avoir besoin d'un taxi régulièrement et mon père préfère me le payer plutôt que de me laisser prendre le métro, où il y a toutes sortes de paumés, comme il dit. Ça va lui coûter cher, tant mieux.

Décidément, sous son abord lymphatique, cette fille était vraiment en colère.

— Oui, dit-il en lui tendant la carte du garage, demandez Alain. Si c'est pendant mes horaires, ce sera bien volontiers. Mais ne m'appelez pas pour une petite course dans Manhattan. Vous attendriez trop longtemps et ça ne serait pas rentable pour moi.

— OK. Moi, c'est Corrie, ajouta-t-elle finalement.

— Ça s'écrit C – O – R – I ?

— Non, deux R. Et un E à la fin.

*

Le soir même, Alain trouva le film dont elle lui avait parlé. C'était un vrai activateur de glandes lacrymales. Si l'histoire se passait bien sur la route de Madison, pour lui, c'étaient plutôt les chutes du Niagara !

*« Si tu veux rendre fou un caméléon,*
*fais-le marcher sur une chemise Desigual. »*

Source inconnue

# 31

*J –71*
*Lundi 24 juin*
*Kennedy Airport*

En ce début d'été, une foule considérable sortait de l'aérogare de JFK.

Alain vit son frère arriver, traînant deux valises avec lui. Il savait qu'Alex avait perdu ses cheveux, mais ne s'attendait pas à ce que ses cils aussi soient tombés. Il lui trouva un air de Martien[1].

— Alors, comment me trouves-tu ? démarra Alex après un échange de bises.

— Chauve ! répondit Alain.

Il avait décidé de rester positif et léger. Pour la légèreté, il ajouta en souriant :

1. Alain n'était pas concerné par l'alopécie (chute des cheveux), grâce à sa chimiothérapie expérimentale. Ses cheveux étaient néanmoins devenus plus fins et un peu cotonneux.

— Mais mieux vaut être chauve que mal coiffé !

— C'est pour moi que tu dis ça ? s'avança Monique, vêtue de rose et blanc.

Aïe, la femme d'Alex n'avait pas changé. Avec elle, la moindre discussion pouvait se transformer en combat de rue.

— Pas du tout, Monique, la rassura Alain. C'était juste pour plaisanter. Je te trouve comme toujours bien coiffée et très élégante, si tu veux savoir. Mon frère a de la chance de t'avoir à ses côtés.

Alain eut un pincement au cœur, juste après avoir prononcé cette phrase. Puis, aussitôt, il se demanda s'il n'en avait pas trop fait. Mais visiblement, sa réplique avait fait mouche.

— Merci, Alain.

Parfois, la gentillesse est plus importante que la sincérité.

— Allez, je vous emmène dans mon carrosse. On discutera en route.

Prenant d'office une des valises, Alain les guida vers son taxi garé au sous-sol. Dehors, il pleuvait des cordes.

Alexandre et Monique étaient venus à New York pour voir Alain et rencontrer la consœur oncogénéticienne de Goodman, ainsi que Lawrence Patterson dont Alain leur avait dit le plus grand bien.

Depuis quelque temps, Alexandre semblait s'intéresser au traitement de son frère. Lui qui ne consultait que des pontes de la médecine classique ne pouvait que constater les effets positifs de la prise en charge holistique qu'avait choisie Alain.

Alain conduisait prudemment, à cause du déluge qui s'abattait sur la ville. Il demanda des nouvelles de leurs parents, qui ne savaient toujours rien de leur cancer. Depuis leur maison dans le Péloponnèse, en Grèce, où ils avaient choisi de passer leur retraite, ils souffraient de ne plus voir leurs deux fils, Alexandre ne leur ayant plus rendu visite depuis qu'il avait perdu ses cheveux, prétextant un surcroît de travail. Et ils ne comprenaient vraiment pas pourquoi Alain ne faisait pas son deuil d'Alyson et ne rentrait pas en France.

— Regarde, là-bas, derrière le téléphérique, dit Alain à son frère en haussant la voix pour couvrir le bruit de la pluie. L'immeuble ocre aux fenêtres blanches, c'est le Sloan-Kettering Center.

Vingt minutes plus tard, Alain se gara devant l'entrée détrempée de l'imposant hôtel Waldorf-Astoria, dont l'enseigne en grosses lettres dorées n'arrivait pas à égayer la façade grise. Un groom muni d'un immense parapluie bleu marine s'avança immédiatement.

— Vous venez d'économiser soixante dollars de taxi, ça vaut bien un apéro ! plaisanta Alain. Installez-vous et essayez de faire une sieste, car ce soir on sort, pour vous mettre tout de suite à l'heure américaine. On se retrouve au Sir Harry's Bar vers 18 heures, d'accord ? Ils font, paraît-il, un daïquiri à tomber par terre.

— Tu bois de l'alcool avec ton traitement ? s'étonna Alexandre.

— Très peu. Mais ce n'est pas tous les jours que je reçois la famille. Et je suis suffisamment sérieux pour pouvoir me lâcher de temps à autre. Le plaisir de vivre est un des meilleurs médicaments qui soient, me serine le médecin que tu verras demain. Et puis Monique n'a pas besoin de faire attention, à ce que je sache.

*

Après l'apéritif, Alain les invita au Jean-Georges, un des restos les plus réputés et onéreux de Manhattan, qui ne manquait pourtant pas de lieux où essorer son portefeuille. Confortablement installés autour d'une table ronde, ils partagèrent un excellent repas, malgré le décalage horaire qui empêchait Alex et Monique de profiter pleinement de leur burger de langouste.

En pleine forme, Alain passa une soirée délicieuse avec son frère et sa belle-sœur qui, peut-être à cause de la fatigue, le laissèrent parler plus que de coutume. Pour être tout à fait heureux, il ne lui manquait plus qu'Alyson.

*« Aimer et être aimé, c'est comme sentir la chaleur du soleil des deux côtés. »*

David VISCOTT

# 32

*J –70*
*Le lendemain matin, 10 h 15*

— Alex, voici le fameux docteur Patterson.

— Bonjour, monsieur Roignac, salua le médecin en français. Ah oui, même sans cheveux, la ressemblance est réelle. Merci d'être venu de si loin. Vous me mettez la pression, j'ai intérêt à être bon !

Cela faisait tout drôle à Alain de se retrouver ici avec son frère. Il se sentait fier et content qu'Alex ait traversé l'Atlantique pour consulter son médecin.

— J'avais prévu de vous recevoir seul, et c'est ce que l'on va faire, dit Patterson en s'adressant à Alexandre. Mais puisque vous êtes tous les trois, autant démarrer par une petite séance collective, si vous êtes tous d'accord. Je considère la famille comme un élément de guérison important, même si parfois, certains systèmes familiaux font plus office de frein qu'autre chose. L'un de vous aurait-il quelque chose à exprimer pour commencer ?

Pendant un instant, ils se regardèrent sans mot dire. Puis, Monique prit la parole :

— Oui, docteur, j'ai une question. J'espère que vous ne la trouverez pas déplacée, Alain nous a dit que vous aimiez bien la franchise.

— Je n'aime pas la franchise, chère madame, répliqua-t-il, presque penaud.

Monique s'immobilisa, surprise.

— Je l'adore ! la tranquillisa Patterson.

Tout le monde sourit, mais Alain eut l'impression que Monique était un peu tendue.

— Très bien. Alors voilà. Mon beau-frère nous a rapporté hier soir que vous insistiez sur l'importance de ne pas se dire malade, mais d'exprimer qu'on a juste une maladie. Je me demande en quoi un simple changement d'expression peut avoir le moindre impact sur la guérison d'un cancer.

— Je n'ai pas entendu de question aussi stupide depuis un bon moment ! répondit Patterson, après une seconde d'hésitation.

Monique et Alain sursautèrent. Alexandre s'apprêta à intervenir, abandonnant son habituel sourire professionnel, qui n'atteignait jamais ses yeux, mais Patterson l'arrêta d'un geste.

— Laissez-la se défendre, elle est assez grande, non ?

Alain regarda sa belle-sœur. Ses lèvres étaient pincées et son regard faisait des allers-retours de droite à gauche comme pour chercher un soutien. Personne ne venant à son aide, elle se leva et demanda sèchement :

— Pourquoi me parlez-vous ainsi ?

— Lorsque je vous vois pâlir et trembler, chère madame, juste parce que vous avez entendu une réponse qui vous a humiliée, je me dis que, vous aussi, vous êtes très sensible aux mots. Pour vous faire pâlir, votre système nerveux neurovégétatif s'est mis en mode orthosympathique, ce qui pourrait entraîner à la longue des déboires corporels plus ou moins embêtants. Voilà l'impact des mots sur notre physiologie. C'est pour cela que j'y suis attentif. Autant à ceux que je prononce qu'au vocabulaire qu'emploient mes patients pour parler de leur état. Ceci n'était qu'une mise en scène de ma part, je ne pensais évidemment pas un mot de ce que j'ai dit. Vous pouvez vous détendre et vous rasseoir, si vous n'êtes pas fâchée contre moi. Et si je vous ai froissée, je vous prie d'accepter mes plus sincères excuses.

Avec une expression remplie de douceur, il ajouta en inclinant la tête :

— Ai-je répondu à votre question ?

Monique était toujours debout, figée. Reprenant vie, elle répliqua, tentant de garder le contrôle :

— On peut le voir comme ça. Je préfère aller dans la salle d'attente, si cela ne vous gêne pas.

Et elle quitta la pièce, son sac à main Gucci sous le bras. Dès que la porte se referma, Alexandre apostropha le médecin :

— Docteur, vous venez de mettre ma femme en pétard de bon matin. Ça n'augure pas une bonne journée. Alors, autant vous le dire d'entrée : je fume, je ne fais pas de sport, je bouffe autant de pâtisseries que je veux et je me fous des médecines parallèles.

— Vous m'avez l'air en colère, monsieur Roignac.

— Bien sûr que je le suis ! Je me bagarre chaque jour pour supporter ma chimio, surmonter ma fatigue et les aphtes qui envahissent ma bouche. Je suis plus qu'en colère, je me sens... en guerre !

— Et en guerre contre qui ?

— Mon cancer pardi !

— Mais qu'est-ce que votre cancer ? Une partie de vous. Une mutation de vos cellules sanguines. Vous êtes en guerre contre vous-même, monsieur Roignac ! C'est une guerre civile ! Moi, ce que je propose, c'est de lutter avec votre cancer, avec toutes les forces vives de votre corps, pas contre lui.

— C'est enfantin, ce blabla. Je me demande même si vous êtes médecin, riposta perfidement Alexandre Roignac.

Alain faillit sortir de ses gonds. Putain, voilà ce qu'il était venu faire à New York ! Discréditer son médecin !

Il pensa au passage du livre vert qu'il avait lu ce matin :

« En communication, le grand secret consiste à s'intéresser au point de vue de l'autre. Même si cela paraît parfois étrange, le moindre comportement est soutenu par une intention positive. Quelqu'un qui fume un paquet par jour – et voudrait s'arrêter – agit ainsi pour en retirer divers avantages : se calmer, prendre un moment pour lui, entretenir une identité de rebelle... Je ne dis pas que c'est positif de fumer, je dis que ce comportement est provoqué par une ou des intentions qui le sont. »

Alain était songeur.

Et si Alex était arrogant parce qu'il cachait quelque chose ? Un sentiment d'insécurité ? Une sensation de vide ? La peur de ne pas être aimé s'il se montrait faible ?

L'attitude dominante de son frère dissimulait peut-être sa fragilité. Pour la première fois de sa vie, Alain se sentait plus solide que son jumeau. Plus serein aussi. Il lui avait fallu trente-huit ans pour comprendre que ce n'était pas celui qui criait le plus qui était le plus fort. Incroyable !

— Vous pouvez tenter un combat contre moi, monsieur Roignac, lui répondit Patterson. Vous n'y arriverez que si j'accepte la joute verbale que vous me proposez. Je pourrais vous demander de sortir. Mais je suis sûr que vous fanfaronneriez ensuite, prétendant que vous m'avez eu.

Alors, je vais venir dans votre cour. Vous êtes un guerrier et vous voulez de la bagarre, vous allez en avoir !

Alain observait son frère. N'importe qui serait déstabilisé après une pareille tirade. Alex, lui, semblait satisfait de trouver du répondant. Il faisait partie de ces gens qui ne respectent que ceux qui les affrontent, considérant tous les autres comme des chiffes molles.

Patterson se leva et demanda à Alexandre d'en faire autant. Contournant son bureau, il s'arrêta à vingt centimètres d'Alex, qui fut obligé de lever la tête pour continuer de le regarder, le médecin le dominant de quinze bons centimètres.

Alexandre tenta de reculer, mais Patterson avança. Il allait devoir écouter en posture d'infériorité, ou se rasseoir, ce qui serait pire. Il resta donc immobile, le nez en l'air, tentant de faire bonne figure. Ça, il en avait l'habitude.

Patterson reprit, la voix forte :

— Vous doutez de mon statut de médecin ? Alors, essayez de comprendre cela : la leucémie dont vous souffrez est un cancer de la lignée myéloïde des leucocytes, caractérisé par un envahissement médullaire de cellules immatures dû à un hiatus leucémique des globules blancs dans la moelle osseuse. L'aspect morphologique des cellules leucémiques permet de classer ces leucémies myéloïdes aiguës dans huit catégories, de M0 à M7 selon la classification FAB qui est issue de nos pays respectifs, FAB voulant dire French-American-British Cooperative Group. Si ma mémoire est bonne, la forme des cellules d'Alain est de type promyélocytaire avec des granulations peroxydases positives nombreuses. Dois-je vous demander de résumer grossièrement ce que je viens de vous décrire ?

— Moi aussi, en utilisant mon jargon d'agent immobilier sur les variations du taux de construction en fonction de l'offre et de la demande, je vais vite vous perdre, rétorqua Alex. À chacun son boulot.

— On est bien d'accord, à chacun ses compétences ; et si je ne doute pas des vôtres, je vous prie de ne pas mettre les miennes en cause non plus.

Alain vit clairement Lawrence Patterson postillonner. Après la diatribe contre Monique, c'était au tour d'Alexandre de se prendre des embruns.

— Si je vous ai froissé avec mes doutes sur votre statut de médecin, vous vous êtes bien défendu, n'en parlons plus. Et rasseyons-nous, nous serons plus à l'aise.

— Il me reste une chose à vous dire et je préfère le faire debout, je n'en ai pas pour longtemps. Vous m'avez reproché mon discours enfantin. Alors je vais le muscler un peu. Sous couvert de médecine douce, les traitements psychosomatiques que je propose ne sont pas si faciles à mettre en œuvre et se heurtent souvent à des résistances. Vous verrez avec votre frère, s'il veut bien vous en parler. Si un jour nous travaillons ensemble, je ne vous demanderai pas de faire risette à votre cancer, mais de le forcer à reculer. La chimio, violente, le fait déjà. Pour être encore plus efficace, on pourrait ajouter d'autres armes. Je sais précisément ce que je vous préconiserais, si vous souhaitiez devenir mon patient. Ce dont je doute, car il est plus confortable pour vous de continuer à agir comme vous le faites.

— Dites toujours, répondit Alexandre, nettement moins virulent.

— Cessez de collaborer avec votre cancer, monsieur Roignac ! Arrêtez de jouer à colin-maillard avec lui. Enlevez le bandeau et affrontez la situation ! Vous nourrissez votre leucémie en mangeant des pâtisseries, car vos cellules cancéreuses ont besoin de glucides pour se multiplier. Le régime idéal ne se limite pas à supprimer les sucreries, mais à éliminer un tas d'autres aliments. Et puis, arrêtez de fumer. Définitivement ! Et ce n'est pas seulement pendant trois mois que vous allez devoir vous battre, car ensuite, vous ne serez qu'en rémission. Alors, autant démarrer le deuxième combat dès maintenant. Plus vous prendrez de l'avance, plus vous vous donnez des chances sur le long terme.

Alexandre croisa les bras. Cette fois, Patterson le laissa prendre un peu de distance et croisa aussi les siens. Le duel n'était visiblement pas terminé.

— Et puis, dès que votre état vous le permettra, mettez-vous au sport. Et pas qu'un peu. Les dernières études vont toutes dans le même sens : une demi-heure de footing ou de vélo trois à six fois par semaine, cela dépend des gens, a un impact mesurable réel sur les taux de rémission. Regardez-vous ! Vous nourrissez tous les jours votre cancer avec votre hygiène de vie. Et vous dites que vous êtes en guerre contre lui ? Je n'y crois pas un seul instant. Vous êtes en guerre contre l'univers parce que vous êtes tombé malade. Mais pas contre votre leucémie. Si vous vouliez que je sois votre médecin, je vous demanderais de signer l'armistice avec la vie et d'entrer en guerre contre votre cancer !

Là-dessus, le médecin se rassit, dans un silence assourdissant.

Alain se leva sans piper mot et laissa Alexandre seul avec Patterson. Il rejoignit Monique dans la salle d'attente. Il lui sembla qu'elle avait pleuré. Aucun des deux ne mentionna ce qui s'était passé dix minutes plus tôt. Ils discutèrent sincèrement, en particulier de ce que leur couple endurait depuis l'annonce de la leucémie d'Alex. Monique, qu'il avait souvent trouvée mesquine, le toucha par sa loyauté envers son frère. Il comprit à travers les silences de sa belle-sœur qu'Alex était devenu très dur à vivre depuis qu'il était malade. Pour la première fois de sa vie, il la regarda avec plus de compassion que d'énervement.

*« Le cancer ne se contente pas de tuer.*
*Avant, il déclenche de la frayeur,*
*de la rage et de la résignation. Tiercé perdant.*
*Le traitement doit entraîner de l'espoir,*
*de la volonté et de l'amour. Tiercé gagnant. »*

Lawrence PATTERSON

# 33

*Dans la soirée*

Après avoir visité le MoMA[1] et être monté en haut du Rockefeller Center avec Alex et Monique, Alain les laissa se reposer. Il avait senti son frère un peu déboussolé. Alex avait peu parlé de la suite de sa séance du matin, révélant juste à Monique que le médecin avait sérieusement insisté pour qu'il s'arrête de fumer.

Accoudé à la fenêtre de sa cuisine, Alain se demandait pourquoi Patterson avait procédé de la sorte alors qu'il l'avait quasiment contraint au tabagisme pendant plus d'un mois.

Il se mit au lit de bonne heure pour plonger dans le livre vert, qui le captivait de plus en plus. Survolant un chapitre où il trouvait l'auteur un peu trop donneur de leçons, Alain lut un passage qui plairait certainement à Lawrence Patterson.

---

1. Le musée d'Art moderne de New York.

## Les médecines douces

Les médecines douces sont appelées par certains des médecines parallèles.

Te souviens-tu de la définition des droites parallèles ? Elles ne se rencontrent jamais ! C'est bien cela qui cloche.

Alors que si on les considère comme des médecines sécantes, perpendiculaires ou obliques, il y aura des points de *rencontre*, comme les colloques par exemple.

À force de croiser leurs connaissances, les chercheurs obtiendront un tissu de fils entremêlés qui envelop-pera les hommes de demain dans une étoffe de santé, de bien-être et de longévité encore insoupçonnables de nos jours.

**Itinéraire d'un moment présent**

Il prit une gorgée de thé vert – un aliment anticancer d'après le livret donné par Jarrett Goodman – et s'imagina, grâce à ce fil-là, renforcer sa propre étoffe de santé. Comme le lui avait suggéré Patterson : « Si l'on souhaite que quelqu'un s'invite chez nous, ne faut-il pas au préalable lui laisser la porte ouverte ? »

Après avoir corné la page, Alain continua sa lecture comme il le faisait depuis le début : dans le désordre. Il tomba sur ces citations de l'auteur.

Ma vie a changé le jour où
j'ai donné priorité à l'affirmation de moi
plutôt qu'à l'approbation de moi.

Et ça n'a pas été une décision facile !

Si tu veux prendre ta place, prends-la d'abord à l'intérieur de toi. C'est là que se trouve le plus beau et le plus luxueux palais du monde. Quand tu l'auras découvert, tu n'auras plus besoin de chercher l'amour ou la reconnaissance à l'extérieur, car tu sauras qu'ils se trouvent là, tout au fond de toi… dans ton palace intérieur.

Prendre sa place, c'est habiter son palace.

**Itinéraire d'un moment présent**

Le destin de l'homme est de descendre
au plus profond de lui-même, pour extirper le diamant
qui s'y cache. Une fois ce diamant ramené
au grand jour, le travail consiste ensuite à le tailler
en mille facettes, jour après jour,
en se confrontant sans cesse aux autres et à l'univers.

Comment savoir si la taille est finie ?
Lorsqu'il reflète toute la lumière du monde.
Et là, comme son diamant, l'homme devient éternel…

Le seul but de la vie est de vivre pleinement.
Ne cherche pas le bonheur.
Cherche à être vrai et vivant, sans tricher ni te trahir,
ton bonheur viendra tout seul.

**Itinéraire d'un moment présent**

Notre destinée se cache derrière ces deux questions :
Qu'est-ce qui ne va pas ?
Qu'est-ce que je veux à la place ?

Deux enfants peuvent avoir les mêmes rêves :
voyager, écrire un livre, bâtir un empire,
ou soigner des gens.
L'un poursuivra son rêve, l'autre rentrera
dans le rang.
Rentrer dans le rang, plutôt militaire
comme façon
de conquérir sa vie, non ?
Est-ce en marchant au pas que l'on forge sa destinée ?
Ou en pensant par soi-même, en surmontant
ses peurs, et en prenant des décisions difficiles ?

Le jour où l'on a trouvé le sens de *sa* vie, on ne se pose plus de questions sur le sens de *la* vie.

**Itinéraire d'un moment présent**

La dernière affirmation résonna fortement en Alain. Il avait l'impression d'avoir déjà eu cette idée. Il ferma les yeux pour tenter de se souvenir quand, mais le sommeil le gagnait. Pour finir, il jeta un œil à la dernière page.

**Quelques mots sur l'auteur**

Je n'ai pas toujours été celui que je suis aujourd'hui.

Il y a une quinzaine d'années, autant dire un siècle, j'étais chauffeur de taxi à Montréal. Un matin comme les autres, mon destin a basculé : une cliente avait oublié un livre dans ma voiture.

Si, depuis quelques années, j'écris et je fais des conférences dans le monde entier, je le dois à la lecture de cet ouvrage.

Non pas parce qu'il m'a tout appris, mais parce qu'il a tout déclenché.

Aujourd'hui, je sais que je ne suis pas un chauffeur de taxi devenu écrivain, mais un écrivain passé par la case chauffeur de taxi.

**Itinéraire d'un moment présent**

Mais qu'est-ce que c'était que cette histoire ?

*« Parfois, ce ne sont pas les idées nouvelles*
*qui nous font le plus de bien,*
*mais les mots qui reflètent*
*ce que nous pensons déjà. »*

Michel Rolion

## *Jour J*

*Mardi 3 septembre, 13 h 57*
*Laboratoire d'analyses médicales de Genève*

Plus que trois minutes.

Une Clio rouge sang, aussi rutilante qu'un tube d'hémoglobine, se gare sur une des deux places réservées, à quelques mètres du bougainvillier. En sort la secrétaire de vendredi, qu'Alain reconnaît immédiatement. Blonde, élancée, une très jolie bouche dotée d'une incisive qui est légèrement décalée. « Une dent qui dit merde aux autres ! » dirait son frère Alex, qui ne manque pas d'expressions moqueuses.

Décidément, la réputation de ponctualité des Suisses n'est pas usurpée. Après *Epitaph*, *Mistral gagnant* résonne dans l'habitacle.

*« À m'asseoir sur un banc cinq minutes avec toi*
*Et regarder les gens tant qu'y en a [...]*
*Et entendre ton rire qui lézarde les murs*
*Qui sait surtout guérir mes blessures »*

Alain a toujours été touché par les jolies mélodies, en particulier lorsqu'elles sont jouées au piano. Aujourd'hui, cela dépasse la simple émotion. Écouter cette chanson juste avant de connaître le résultat de ses analyses le bouleverse.

*« À marcher sous la pluie cinq minutes avec toi*
*Et regarder la vie tant qu'y en a »*

Il voudrait fredonner avec Renaud, mais sa gorge est nouée. Alors, il regarde marcher la femme qui tient son destin entre ses mains, en comptant le nombre de pas qu'elle fait jusqu'à l'entrée du labo. Quarante-six. Ce chiffre ne lui évoque rien de spécial. Sauf qu'il est pair. Serait-ce un bon présage ?

# 34

*J –60*
*Dix jours plus tard*
*Salle de réunion du Park 79 Hotel, 16 h 10*

— À vous de jouer maintenant ! déclara Lawrence Patterson après avoir jeté un œil sur la pendule en forme de chronomètre. Mettez-vous par trois et faites un entretien d'explicitation en utilisant le plus de recadrages linguistiques possible. Oui, Bill ?

— On a combien de temps ?

— Trois fois vingt minutes. Pas la peine de faire tout un recueil d'informations, c'est juste pour vous entraîner à recadrer. Allez, *go* !

Les quarante stagiaires se levèrent bruyamment. Si certains, comme Natasha, vivaient aux alentours, beaucoup venaient de loin. Pour cette seule session, pas moins de huit États américains étaient représentés. Il y avait même deux Canadiens de Vancouver.

Patterson s'approcha de Natasha, qui s'apprêtait à démarrer l'exercice en posture d'observatrice.

— Pourrais-je te parler, après la fin du cours ? demanda-t-il.

— Pas ce soir. Je dois récupérer ma fille juste après.

— Alors, dis à ton groupe de démarrer sans toi et rejoins-moi au buffet.

Le médecin se servit un thé au citron en jetant un œil sur son synopsis. Outre ses consultations, il dispensait depuis une quinzaine d'années des formations en hypnose ericksonienne et en programmation neurolinguistique, appelée communément PNL. Avec cinquante jours d'animation de stage par an, plus ses activités de médecin et de psychothérapeute, il avait une vie professionnelle bien remplie.

Il prit une part de moelleux au chocolat et posa ses fesses contre la table, les jambes croisées. Natasha ne tarda pas. Il démarra aussitôt :

— C'est au sujet d'Alain Roignac. Lui as-tu dit que l'on se connaissait ? Tu sais combien j'aime la transparence.

— Je n'y arrive pas, répondit-elle. Car il se passe quelque chose de mon côté.

— Droit ou gauche ? plaisanta-t-il.

— Arrête ! Avoue qu'organiser sciemment une entrevue avec un homme qui vient de se faire larguer, ça fait un peu la nana qui cherche à se caser, non ?

— Tout dépend de ton intention de départ.

— Je voulais juste aider quelqu'un à se sentir moins seul. Avec ma propre famille à l'autre bout du monde, son histoire m'avait touchée. Mais je ne me doutais pas qu'il allait me faire craquer. Du coup, je me trouve manipulatrice.

— Tu sais bien que pour manipuler il faut deux ingrédients : d'abord agir à l'insu de quelqu'un et ensuite pour notre propre intérêt. Là, ton intention était tournée vers lui, non ?

— Au départ, oui. Mais si je tombe amoureuse, ça change la donne.

— En quoi ?

— Dans le sens où je profite du fait de l'avoir rencontré.

— Tu profites, c'est vite dit. Si ce n'est pas réciproque, tu souffriras plus qu'autre chose. Et s'il répond à ton élan, alors, c'est que Cupidon avait un projet pour vous. Et contre ses flèches, tu sais qu'il est impossible de lutter.

— N'empêche qu'en m'immisçant dans sa vie, sachant qu'il cherchait sa femme ici, et en laissant mes sentiments évoluer, je peux le déstabiliser, lui et son couple.

— Oui, ça peut le déstabiliser, Natasha. L'amour déstabilise. La vie aussi. Je comprends ton embarras. Vous ne partiez pas à égalité puisque tu savais des choses sur lui qu'il ignorait de toi. Mais en ne lui parlant pas de tes sentiments aujourd'hui, tu aggraves la situation puisque tu poursuis la rétention d'information. Sois la plus transparente possible. Tu connais l'adage qui dit : « Faute avouée à moitié pardonnée. »

Natasha soupira.

— Cesse donc de culpabiliser et avoue-lui tout, ça lui fera le plus grand bien d'apprendre qu'il plaît à une jolie femme.

— Je n'arrive pas non plus à lui parler de mes sentiments. Il va m'envoyer paître, puisqu'il est venu ici retrouver sa femme.

— Oui, il peut te renvoyer dans tes buts. C'est une option, ça s'appelle son droit de réponse. Et, entre nous, cette position pourrait évoluer à travers le temps. Mais reviens un peu sur ton langage. Que penses-tu de formuler ta pensée ainsi : « Quand j'envisage de lui parler de mon attirance, j'imagine qu'il va m'envoyer paître » ?

— Même dit comme cela, je bloque. J'ai l'impression d'être seule face à l'Everest. Sans corde ni piolet.

— Ça tombe bien, il est guide de haute montagne l'été.

— Ahah. Elle est facile celle-là.

Lawrence Patterson regarda sa montre et ajouta :

— Primo, en imaginant qu'il va t'envoyer paître, tu fais une projection. La réalité sera forcément différente, surprenante ou plus nuancée, je ne sais pas. Deuzio, tu crains d'être rejetée, c'est bien ça ?

— Oui.

— Tu as peur du rejet, mais, en ne formulant pas ta demande, tu obtiens d'avance un refus.

Ne pas demander, c'est toujours recevoir un non !

Le visage de la jeune femme s'éclaira.

— Je n'avais pas vu les choses sous cet angle. Mais, même si quelque chose démarrait un jour entre nous, il y aurait toujours une épée de Damoclès au-dessus de notre histoire puisqu'il peut mourir prochainement.

— Natasha, à ton avis, de quoi souffre-t-on le plus : de ne pas être aimé ou de perdre son amour après avoir vécu une belle histoire ?

« *L'impossible ne semble*
*pas exister en amour,*
*seuls existent des possibles,*
*quand nous avons traversé*
*nos peurs et nos résistances,*
*ou renoncé à des projections*
*erronées sur l'autre.* »

Jacques SALOMÉ

# 35

*J –56*
*Mardi 9 juillet*
*Greenwich Village, Manhattan*

Alain prit la direction de l'adresse que l'on venait de lui donner par téléphone. Quand il arriva, il reconnut Corrie à l'angle de la rue. La jeune fille avait dû spécifier au standard qu'elle le voulait comme chauffeur. Sans lui laisser le temps de sortir, elle ouvrit la portière et s'assit à l'arrière.

— C'est combien de l'heure, un taxi ? commença tout de go l'adolescente, encore vêtue de noir malgré la chaleur.

— Où voulez-vous aller, Corrie ?

— Nulle part, je veux juste connaître votre tarif horaire.

— À quoi bon, si vous ne souhaitez pas vous déplacer ?

— J'aimerais savoir combien ça me coûterait de rester dans votre taxi à discuter !

— Vous voulez me payer pour parler ? demanda Alain en se retournant, déconcerté.

— Je dois prendre une décision, mais je n'aboutis à rien avec toutes les idées qui tournent dans ma tête.

— Et vous croyez que j'ai le pouvoir de les faire s'arrêter ? Et puis, de quel droit me ferais-je payer pour discuter avec vous ? Si ça ne va pas, on peut prendre un petit moment pour en parler, je ne vous demanderai rien. En revanche, si un client se présente, on devra s'arrêter.

— Écoutez, j'ai dit à mon père que je voulais aller voir un psy. Il m'a donné deux cents dollars. Ça correspond à une ou deux séances chez un professionnel, je le sais, j'ai l'habitude d'y aller. Mais les psychologues ne sont pas toujours ce qu'ils prétendent être et les psychiatres encore moins. Si je vous demande de m'aider, ce n'est pas par hasard. La discussion qu'on a eue l'autre jour m'a fait plus avancer que les dernières séances avec ma psy de Boulder, débita-t-elle avec une assurance déconcertante.

— Mais, Corrie, je travaille, là !

— C'est justement pour ça que je propose de vous payer. Si je vous paie pour une heure, nous pourrons parler pendant une heure entière. Donc : combien prendriez-vous de l'heure pour qu'on discute dans votre taxi ?

Alain était abasourdi. Un type avec un drôle d'attaché-case lui fit signe, cinquante mètres devant.

— Je ne peux pas, regardez.

Corrie, visiblement excédée, sortit. Le client qui s'était avancé profita de la portière ouverte pour s'installer lourdement sur la banquette.

— Au 54, Troisième Avenue s'il vous plaît.

Alain enclencha son compteur quand Corrie ouvrit la portière avant et se pencha à l'intérieur.

— Bonjour, monsieur, lança-t-elle au client. Ça ne vous dérange pas si je monte ? Je suis sa fille et il doit me déposer à mon cours de danse !

— Pas de problème, mademoiselle, répondit l'autre.

Estomaqué, Alain ne sut comment réagir tandis que l'adolescente montait à ses côtés, un sourire victorieux aux lèvres.

Le trajet fut silencieux. Pendant que Corrie jubilait et que le gars à l'arrière lisait *USA Today*, Alain réfléchissait. Que voulait cette gamine ? Avait-elle vraiment besoin d'un psy ? Ou juste d'écoute ? Et pourquoi lui ?

Mais au fond, cela ne lui déplaisait pas. Voilà un futur sujet de discussion avec Natasha : le syndrome du quadragénaire attendri par une adolescente se faisant passer pour sa fille !

Après avoir réglé sa course, le client leur dit en ouvrant la portière :

— Profitez bien du temps que vous avez ensemble. Je ne peux plus le faire, ma fille est décédée d'un accident de la circulation à l'âge de douze ans. Depuis, j'ai compris que ne plus communiquer est pire que mal communiquer. Alors, même si ce n'est pas facile tous les jours, essayez de vous parler avec le cœur.

Et il les planta là, sans se retourner, comme un guerrier qui vient de décocher sa flèche, confiant dans l'issue du combat.

Alain resta le long du trottoir, moteur allumé, ne sachant trop quoi faire.

— Corrie, je ne peux pas accepter. Mais je pourrais vous aider à trouver un psy qui fera ça très bien. Je connais un médecin extraordinaire qui…

— Ne me donnez pas d'adresse, je n'irai pas. C'est vous et personne d'autre. Puis-je au moins passer à l'arrière et vous demander de me raccompagner chez moi ? En faisant un détour par Times Square, pour que le trajet soit plus long. Je vous paie, bien sûr.

— Mais, Corrie, je ne veux pas me faire payer pour discuter !

— Qu'est-ce qui vous en empêche ?

— Je n'en ai pas le droit. Pour conduire un taxi, il faut une licence, faire un stage et passer des examens. C'est pareil dans toutes les professions : il doit falloir un diplôme, je suppose.

— Les meilleurs psys que j'ai eus, et ils ne sont pas légion, étaient des gens qui avaient étudié dans des instituts de formation privés, sans diplôme d'État. Il n'est pas possible d'apprendre à la fac l'analyse transactionnelle, la sophrologie ou la Gestalt dans notre pays soi-disant moderne. N'importe qui peut se faire rémunérer pour proposer des entretiens d'aide ! Renseignez-vous, vous verrez bien.

— N'empêche que, même s'ils ne sont pas diplômés officiellement, ces gens sont formés à des techniques dont je ne connais même pas les noms. Moi, je n'ai aucune formation, il est hors de question que je vous serve de psy, c'est tout !

— Je ne vous demande pas d'être mon psy, je veux juste parler avec vous. Si vous ne souhaitez pas que je vous paie, rien ne m'empêchera d'oublier un billet en sortant de votre voiture.

Vaincu par tant de volonté et curieux de voir ce qui allait se passer, Alain démarra. Une rue plus loin, il aperçut un renfoncement derrière une benne à ordures. Pas très bucolique, mais ils y seraient tranquilles. Il se gara en s'y reprenant à deux fois pour le créneau, tout en lui expliquant :

— Je ne vois pas l'intérêt de polluer en tournant en rond. Je mettrai le compteur en mode attente, on ne sera pas dérangés. Ce taxi me coûte dix dollars de l'heure : vous me devrez juste ça, je ne veux rien de plus. Et quand on aura fini, je vous laisse là, je dois bientôt rendre ce véhicule. Et ne vous avisez pas de me laisser un billet supplémentaire, un deal est un deal.

— Ça roule !

L'adolescente était ravie. Elle avait obtenu ce qu'elle voulait.

*

Alain apprit qu'elle envisageait de couper les ponts avec son père. Elle le décrivit comme un homme tyrannique, qui projetait que sa fille unique reprenne un jour ses affaires, une chaîne de restaurants spécialisée dans la viande rouge. En conflit ouvert avec lui depuis un an, elle était devenue végétarienne et avait obtenu exprès des notes minables à ses examens.

— Je vous comprends, Corrie. Ce n'est pas parce qu'on hérite d'une laiterie que l'on doit forcément aimer les yaourts. Mais rien ne vous empêche d'écrémer un peu l'influence de votre père et d'ouvrir un jour des snacks spécialisés dans les salades, répondit Alain, d'une voix mesurée. Ou d'inclure des plats végétariens aux menus des établissements déjà existants. C'est en restant à l'intérieur du système que vous parviendrez à l'influencer. En fuyant, vous ne ferez que jeter le bébé avec l'eau du bain. Vous vouliez mon avis, le voici : il me paraît prématuré de vouloir vous émanciper de votre père.

Mon Dieu, mais qui suis-je pour parler comme ça ? se demanda Alain.

Ensuite, Corrie lui raconta deux épisodes de son enfance. Elle conclut qu'à cause de ce qu'elle avait vécu petite avec son père elle ne pourrait rien changer au cœur de leur relation.

Alain sortit le livre vert de la boîte à gants.

— Je vais vous traduire un passage. Essayez de ne pas m'interrompre, vous pourrez toujours réagir après. Ça marche ?

— OK, bougonna l'adolescente.

Ne négligeons pas le passé, laissons-le juste là où il est, ou, plus exactement, là où il a été, et étudions ce qu'il en reste aujourd'hui.
Il n'est pas question d'exclure l'importance de certains traumatismes anciens, mais de les placer en perspective avec l'actuel, pour nous permettre une intelligence du présent afin de le modifier.
La psychologie pense parfois au passé comme quelque chose d'observable en soi, qui aurait une sorte d'existence propre. En faisant cela, elle le fige dans un état qui n'existe plus !
Ce n'est pas le passé qui importe, mais la trace qu'il continue d'imprimer dans le présent. Il ne s'agit pas de l'histoire vécue, mais des histoires que l'on se raconte à propos de son histoire.

La dépression ou les angoisses ne viennent pas uniquement de ce qui est arrivé. Elles viennent surtout des conclusions et des élaborations que l'on a tirées. Ce qui est fondamentalement différent.

Si l'histoire vécue est immuable, le regard que l'on y porte aujourd'hui est évolutif. À nous d'en prendre conscience et de nous employer à le changer s'il ne nous convient pas.

**Itinéraire d'un moment présent**

En résumé, tu peux modifier ta vie à tout moment. Tu peux modifier tes réactions, ta santé, ton environnement, tes relations, tes croyances, ton idée sur toi-même, les autres et la vie. Tu peux vivre une vie plus libre, plus vraie, plus pleine.

Tu peux aussi être encore plus malheureux ou te sentir plus coupable.

**Choisis !**

**Itinéraire d'un moment présent**

Corrie avait écouté en mordillant la première phalange de son auriculaire.

— C'est quoi ce bouquin ?

— *Itinéraire d'un moment présent*. Vous pourrez le trouver facilement en anglais.

Alain le lui passa.

— Selon vous, Corrie, quel est le contraire de la dépendance ? lui demanda-t-il, se souvenant d'un autre passage du livre de Mitchell.

— L'indépendance, non ?

— Et que croyez-vous que vous fassiez avec votre père ?

— Ben justement, c'est pour être indépendante que je veux me casser.

— Se casser, comme vous dites, n'est pas une preuve d'indépendance, mais de contre-dépendance. Être contre, c'est toujours être avec, puisque vous vous situez par rapport à lui. Être libre, c'est être ni pour ni contre, mais avoir ses propres idées, indépendamment de celles des autres. En vous opposant à votre père, vous lui restez soumise.

Voilà ce qu'avait besoin d'entendre la jeune fille. Pour profiter de l'heure entière, elle prolongea la discussion, mais l'essentiel était dit.

Alain reçut ses dix dollars et eut même droit à un *hug* chaleureux lorsqu'il la remercia de lui avoir conseillé le film *Sur la route de Madison*.

En la regardant s'éloigner, il se demanda où il la reverrait. Dans la vie réelle ou dans la salle d'attente de ses rêves ?

*« L'important n'est pas ce qu'on a fait de nous,*
*mais ce que l'on fait soi-même*
*de ce qu'on a fait de nous. »*

Jean-Paul SARTRE

# 36

*J –54*
***Deux jours plus tard***
***Manhattan, est de Central Park, 86e Rue***

En voyant Natasha, Alain posa le livre vert sur la table. Il était venu directement de chez lui sans chercher Alyson. Cela lui arrivait de plus en plus souvent ces derniers jours, même s'il poursuivait toujours sa traque en conduisant son taxi.

Désormais, Natasha et lui se retrouvaient deux fois par semaine au Kitchen Friendly Cafe, un petit bistrot situé dans une rue parallèle à celle du Starbucks, dont la décoration en bois clair suggérait un cottage scandinave. L'école de Tatiana était juste à côté du Starbucks et certains parents que Natasha connaissait fréquentaient parfois cet endroit. Alain n'y avait vu qu'une manière pour elle de se protéger de ragots. Aujourd'hui, elle portait une charmante jupe cintrée blanche dont les motifs rouges faisaient penser à des rubans entremêlés.

— Voilà vos cafés, annonça le serveur, qui ressemblait comme deux grammes de cocaïne à Keith Richards, le guitariste des Stones.

Il portait un T-shirt avec le logo de l'établissement, un rond beige avec les lettres KFC écrites en forme de smiley, pour bien se différencier de la chaîne internationale de poulets en batterie.

Natasha sortit deux petits sachets de sucre roux de son sac à main et en versa un dans chaque tasse, disant que, pour la santé, c'était meilleur que le sucre blanc.

— Il est vraiment bon leur café, remarqua-t-elle. Il faudra que je leur demande quelle marque ils utilisent, il est bien meilleur qu'au bureau.

— C'est vrai, répondit Alain, mais un poil trop amer, non ?

Natasha fit une drôle de moue.

— Ah oui ? Moi, j'aime bien. Où en es-tu de ta lecture ?

— Je ne sais pas exactement, car je picore dans le désordre. En ce moment, je relis certains chapitres que j'avais survolés.

— As-tu vu le passage sur le plus grand des professeurs ?

— Pas encore. Qui est-ce ?

— Devine !

— Mitchell ?

— Il faudrait qu'il soit sérieusement prétentieux pour affirmer ça dans son livre. Non, il le présente comme celui sur lequel nous pouvons toujours compter pour nous guider dans la vie, si nous écoutons les enseignements qu'il délivre régulièrement.

Alain réfléchit quelques secondes et tenta :

— Notre inconscient ?

— Ton inconscient sait certaines choses que tu as refoulées, mais il les garde pour lui. Non, le professeur en question est plus puissant que tous tes maîtres d'école réunis.

— Un super-enseignant, quoi !

— Si tu veux.

— Ce n'est pas une personne, je suppose ?

— Gagné, toute personne a ses limites.

— Dieu ? hasarda Alain.

— Le connais-tu ?

— Personnellement, non. Et je ne compte pas le rencontrer bientôt, ajouta-t-il en lui faisant un petit clin d'œil complice.

Alain vit Natasha esquisser un sourire, puis rougir un peu avant de se reprendre.

— Alain, celui dont on parle se tient tous les jours à tes côtés, si tu le sollicites, bien sûr.

Natasha ouvrit le livre. Elle l'avait tellement lu que, même écrit en français, elle trouva rapidement la page qu'elle cherchait.

— Voilà, c'est ici.

**Mon plus grand maître,**
**c'est l'expérience…**

**Itinéraire d'un moment présent**

Alain était perplexe. Cela lui paraissait trop simple. Bien sûr, expérimenter une nouvelle situation nous apprend quelque chose au passage, mais pas au point d'en faire un principe universel. Il s'apprêtait à expliquer cela à Natasha quand elle reprit la parole.

— Penses-y. Ou, mieux, teste cette maxime in vivo ! Une idée qui reste sur une étagère n'a jamais changé le monde.

— Comment ça ?

— Je ne sais pas, expérimente quelque chose de différent, comme déposer une offrande aux dieux pour leur demander de te guérir. Va danser en boîte de nuit ou appelle quelqu'un que tu n'as pas contacté depuis longtemps...

— En somme, tu veux me pousser à faire n'importe quoi !

— Pas n'importe quoi ! Seulement un truc un peu difficile et qui ne soit pas interdit. Quelque chose qui te fait envie et honte, ou envie et peur, ou les trois réunis, pourquoi pas !

— Si j'ai bien compris, tu me conseilles de sortir de ma zone de confort ?

— *Да*[1].

Depuis l'annonce de son cancer, il passait tout son temps en dehors de sa zone de confort ! Que pourrait-il faire de plus ? Inviter Natasha à sortir un soir ? Mais il savait qu'elle élevait seule sa fille et il ne voulait pas qu'elle se méprenne sur ses intentions, qui n'étaient même pas claires. Il était bien avec elle, c'était peu de le dire, mais sa mission était toujours de retrouver Alyson afin de donner une dernière chance à leur couple. De plus, rien ne pouvait lui faire croire que Natasha accepterait. Il n'était pour elle qu'un nouvel ami, malade de surcroît. Bref, rien de très palpitant.

— Tu as remarqué que le serveur ressemble à Keith Richards ? lui demanda-t-il pour rompre le silence.

— Qui ça ? Ce nom ne me dit rien, avoua-t-elle en regardant l'employé, sourcils froncés.

---

1. « Oui » en bulgare. Se prononce « da ».

Nouveau silence.

Pour masquer sa gêne, ce fut elle qui le brisa cette fois-ci, un trémolo dans la voix, signe que le masque n'était pas si hermétique que cela.

— À ton avis, Alain, pour qui est-ce que je suis venue ici, ce matin ?

Surpris par la question, ce dernier répondit en hésitant :

— Pour me voir, non ?

— Je serais donc venue pour toi ?

— Ben… oui, admit-il, un peu déstabilisé.

— Désolée de te décevoir, beau moniteur, je suis venue pour moi. Si ça ne me faisait pas plaisir ou si ça ne m'apportait rien, je ne serais pas là. Même si je suis venue pour être **avec** toi, et que je ne serais pas dans ce bar si l'on ne s'y retrouvait pas, je le fais **pour** moi. C'est ainsi pour tous les actes de la vie : nous passons notre temps à faire ce que nous avons choisi de faire.

Alain réagit.

— Mais on ne peut pas vivre toute sa vie en ne faisant que ce qui nous plaît ! Il faut bien travailler par exemple.

— Je ne crois pas, Alain. Tu me dis que tu dois travailler, comme si tu y étais obligé.

— Bien sûr que je le suis !

— Et si tu n'y allais pas, que se passerait-il donc ?

— Eh bien, je n'aurais pas d'argent !

— Qu'est-ce qui t'empêche de vivre sans argent ?

— Mais je ne pourrais plus payer ma nourriture ni rembourser le crédit du chalet.

— Et alors, que se passerait-il ? Tu dormirais dehors, tu ne serais pas le seul.

— Mais je n'ai pas envie de vivre comme un clochard, Natasha !

— Tu ne veux donc pas coucher sous les ponts et c'est pour cela que tu as choisi de travailler, c'est ça ?

— Oui, bien sûr !

— Alors, ne dis pas que tu dois travailler. Tu l'as choisi, car tu préfères vivre dans une maison. C'est un choix, Alain. Toujours. Nous sommes libres, beaucoup plus que nous ne le croyons. Et il y a une variété de gens qui ne passent leurs journées ni dans la rue ni au travail : les moines dans leur monastère, les jeunes qui vivent dans des communautés basées sur la décroissance, etc.

Troublé par ce qu'elle venait d'exprimer, Alain réfléchissait en regardant un cycliste téléphoner au feu rouge.

— Natasha, où as-tu appris tout cela ?

— Joker ! répondit-elle avec un regard semblable à celui d'un chiot qui vient de faire une bêtise et cherche à se faire pardonner. Je t'en parlerai une autre fois. Mais n'imagine rien de spécial. Je ne fais pas partie d'une secte ou d'un quelconque club bizarre. J'ai simplement lu quelques livres et participé à des stages de développement personnel.

Il n'insista pas. Le cycliste redémarra au feu vert, sans interrompre sa conversation téléphonique. Natasha poursuivit :

— Réponds-moi vite, Alain. Pour qui es-tu venu dans ce café aujourd'hui ?

— Drôle de question. Pour te voir, Natasha.

Elle fit une moue sceptique. Alain se rattrapa.

— Non, en réalité, je suis venu pour moi, car ça me fait plaisir que l'on se voie.

Cette fois-ci, elle lui décocha un sourire radieux.

— Allons un peu plus loin, si tu veux bien. Pour qui Mère Teresa agissait-elle ?

À présent sur ses gardes, Alain tourna trois fois sa langue dans sa bouche avant de répondre :

— Pour elle, non ? hésita-t-il.

— Oui ! Et pour qui Hitler agissait-il ?

— Pour lui aussi ?

Elle acquiesça d'un léger mouvement de tête.

— Donc, avec ta théorie, Mère Teresa était aussi égoïste que Hitler ?

— Quelque part, oui, Alain ! L'énorme différence est que l'égoïsme de la Sainte est utile et orienté vers les autres quand celui du dictateur est orienté vers le pouvoir et la destruction. Je ne prône donc pas l'altruisme, auquel, tu l'as compris, je ne crois pas vraiment. Mais l'égoïsme qui apporte du bonheur, de la dignité ou juste du bien-être. Le sien, celui des autres ou de la planète.

— En clair, vive l'égoïsme généreux, c'est ça ?

— On peut le dire ainsi.

Alain était circonspect. Si l'idée paraissait logique, elle remettait pas mal de choses en question, en particulier les notions de bien et de mal. Avec ce raisonnement, il recherchait donc Alyson pour lui. Et s'il voulait vivre avec elle, c'est encore parce que cela lui faisait plaisir. Pas très romantique, mais ça tenait la route.

*

*10 minutes plus tard*

Natasha venait de sortir du Kitchen Friendly Cafe où elle avait laissé Alain à ses cogitations. Elle marchait vite pour attraper son métro. Une fois assise, elle envoya un SMS à son formateur en PNL.

> Lawrence, je n'ai toujours pas avoué à Alain que je te connais, mais j'ai réussi à lui dire que je le trouve beau et que je prends du plaisir à le voir. Ils doivent bien décrypter cela, les Français, non ?

« *Un mot qui est dit est une pierre jetée.* »

Proverbe bulgare

# 37

*J –50*
*Lundi 15 juillet, 16 h 20*
*United Nation Plaza*

Au volant de sa Toyota Crown jaune, Alain roulait sous un véritable déluge. Il se dirigeait vers le bâtiment des Nations unies, qui ressemblait à une gigantesque boîte d'allumettes posée verticalement. Il passa près des drapeaux des pays du monde entier. Gorgés d'eau, ils pendaient lamentablement en haut des mâts, comme des régimes de bananes multicolores. Le temps était en harmonie avec son moral. Il commençait à en avoir plus qu'assez de passer ses journées enfermé dans cet environnement aux tentacules de béton.

Il aperçut un type en costard gris qui le hélait en tentant de se protéger comme il le pouvait sous son attaché-case. Trente mètres derrière, une femme blonde lui faisait signe aussi, bien abritée sous son large parapluie aux couleurs de l'ONU.

Alain s'arrêta au niveau de l'homme qui s'empressa de se réfugier à l'arrière. Dans la manœuvre, sa cravate violette se coinça dans la portière, ce qui l'obligea à la rouvrir tandis que la voiture redémarrait déjà.

La blonde tenta de négocier en s'avançant sur la chaussée et en faisant un V avec les doigts pour indiquer qu'elle demandait au taxi qu'il prenne deux personnes. Alain fit un écart pour la contourner et accéléra : ici, comme ailleurs, c'était premier arrivé, premier servi.

Alors que le taxi la doublait, elle replia l'index pour montrer ostensiblement son majeur, seul doigt maintenant pointé vers le ciel.

Alain pila et fit marche arrière. Une fois à la hauteur de la femme, il descendit sa vitre.

— Excusez-moi, dit-elle en baissant le majeur.

— Gaëlle, c'est toi ? demanda Alain en français.

Sourcils froncés, elle répliqua sèchement, dans la même langue :

— Quoi, c'est moi ?

À cet instant, elle aperçut le visage du chauffeur et changea d'expression.

— Oh, ça alors ! Je suis désolée pour mon geste, je…

— Laisse tomber. Tu montes ? dit Alain en ouvrant la portière avant.

— C'est incroyable, que fais-tu là ? demanda Gaëlle.

— Je t'expliquerai.

Une voix à l'arrière se mêla de leur conversation :

— *May I have an explanation ?*

— Cette femme est une amie. Elle peut venir avec nous ?

— *Yes, no problem !* accepta le cravaté qui semblait le prendre à la rigolade.

— *Thanks*, fit Alain.

Encore tout éberlué, Alain s'enquit de leurs destinations respectives. Il proposa de déposer d'abord son client avant de conduire Gaëlle jusqu'à son hôtel, offre qu'elle accepta volontiers.

Ils avaient eu une aventure ensemble, un peu avant qu'il ne connaisse Alyson. Oh, ça n'avait pas duré longtemps, deux nuits tout au plus, mais qui avaient compté pour Alain. Il avait même tenté de la recontacter ensuite, sans succès.

Ils résumèrent sans fard les moments marquants de ces dernières années. Alain lui raconta son cancer, sa séparation brutale ainsi que sa tentative de retrouver sa compagne. Non, il n'avait pas d'enfant.

— Et toi ? réclama-t-il. Qu'est-ce qui t'amène ici ?

— La conférence sur le réchauffement climatique ! répondit Gaëlle. J'y travaille en tant que traductrice-interprète !

— Intéressant ! Et sinon, mariée, des enfants ?

— J'ai un fils de neuf ans et je suis divorcée. Trois ans après... notre petite aventure, j'ai épousé un banquier suisse, mais il s'intéressait davantage à sa carrière qu'à notre vie de famille. Depuis que je vis seule avec mon fils à Paris, je me porte beaucoup mieux !

— C'est pour lui, ce cadeau ? demanda Alain en désignant l'objet dans le sac en plastique transparent sur les genoux de Gaëlle.

— Oui, je viens de le trouver à la boutique de l'ONU où j'ai acheté ce parapluie.

— Tu lui as pris quoi ?

— Un casse-tête en bois. Il va adorer.

— C'est pas un peu difficile pour lui ?

— Si tu le connaissais, tu ne te poserais pas la question. Il fait partie de ces enfants plus vifs que les gamins de leur âge.

— C'est un surdoué ?

— Il préfère l'expression « enfant précoce ». Ce qui ne l'empêche pas d'être émotionnellement immature et tout juste dans la moyenne au niveau relationnel.

— Tu dois être fière, non ?

— Moins fière que fatiguée. Il n'arrête pas de poser des questions sur tout : la naissance du monde, l'histoire des civilisations ou même l'existence de Dieu. Sa lubie du moment est de se renseigner sur l'origine des mots. « Pourquoi un toboggan s'appelle-t-il un toboggan ?

Pourquoi s'écrit-il avec deux "g" ? Qui a décidé ça ? »

— Et tu lui réponds quoi ? demanda Alain, amusé.

— Au début, je lui disais que je n'en savais rien, mais cette manœuvre ne le calmait pas. Alors je tente maintenant de trouver avec lui des réponses sur Internet. Du coup, j'apprends moi aussi quantité de choses.

— C'est trop mignon, conclut Alain, attendri.

Il l'observait tout en conduisant. Elle avait toujours ses cheveux blonds qui illuminaient son regard frondeur. Sa bouche étroite était peut-être un peu moins pleine, mais ses pommettes hautes préservaient son air juvénile.

— Tu n'as pas changé, remarqua-t-il en se remémorant la tête qu'elle avait en sortant de la douche, au matin de leur première nuit.

— Toi non plus, Alain, mis à part le bronzage, ajouta Gaëlle, le sourire aux lèvres, après un bref regard vers la fiche signalétique accrochée au pare-soleil.

Alain se demanda, un peu mortifié, si elle n'avait pas oublié son prénom. Mais son véhicule arrivait bientôt à destination et son attention se reporta sur la circulation.

Il déposa son premier passager à l'entrée de son immeuble. Quelques rues plus loin, Gaëlle et lui s'arrêtèrent devant le Viceroy Central Park où elle avait une chambre. Ils avaient encore plein de choses à se raconter. Alain avait vraiment envie de savoir comment elle allait. Et quelque chose le taraudait, même s'il avait tourné la page depuis : pourquoi, après deux nuits plutôt sympas et émaillées d'un début de complicité, n'avait-elle jamais donné signe de vie ?

— Tu restes jusqu'à quand, Gaëlle ?

— Je pars demain en début de soirée, à 20 heures maxi. Tu pourrais peut-être me ramener à l'aéroport ?

— Désolé, je dois rendre mon taxi à 19 heures pétantes.

— Dommage. Là, il me faut envoyer un rapport en urgence et tout à l'heure, j'ai un dîner professionnel que je ne peux pas décommander. Mais peut-être pourrait-on se voir après ? Je devrais être libre vers 22 heures. Je comprends que ça puisse faire tard pour toi, mais ça me ferait vraiment plaisir.

*

*22 h 20*

Dans le bar situé sur le toit-terrasse du vingt-huitième étage du Viceroy ils reprirent leur discussion en reparlant du doigt d'honneur qu'elle lui avait fait plus tôt. Pour Alain, ce geste était étrange, venant d'une fille de diplomate comme elle, si sa mémoire était bonne. Elle se défendit maladroitement en disant qu'elle était pressée. Puis Alain revint sur leur rencontre… et sa fuite.

— Gaëlle, pourquoi n'as-tu jamais répondu à mes appels, après ?

— Je venais de subir une déception amoureuse terrible, dont je ne me remettais pas, soupira-t-elle. J'ai accumulé les aventures sans lendemain, avec des hommes que je plaquais sans un mot... J'étais paumée et tellement en colère. Je dois dire que cette stratégie n'a pas été très concluante, ni très respectueuse, ajouta-t-elle avec une moue gênée.

On ne fait pas la paix en se vengeant, pensa Alain, qui préféra garder sa remarque pour lui, comprenant que Gaëlle venait de lui présenter ses excuses.

À leur troisième verre, ils en conclurent que les choses auraient pu se dérouler différemment s'ils s'étaient rencontrés à un autre moment. L'espace d'un instant, Alain se demanda comment elle réagirait s'il lui proposait de passer la nuit ensemble, mais il préféra s'abstenir. Ça l'aurait rassuré qu'elle lui dise oui, cependant il n'avait pas l'intention de passer à l'acte, il voulait juste vérifier qu'une femme pouvait revenir sur sa position après l'avoir quitté.

Au moment de se séparer, Gaëlle lui offrit de nouveau d'échanger leurs numéros de portable, ajoutant :

— Cette fois-ci, c'est moi qui prendrai de tes nouvelles. Ça me ferait tellement plaisir d'apprendre que tu es guéri. Et que tu as retrouvé ta femme.

Et ils se séparèrent en se faisant chaleureusement la bise.

*

En rentrant, Alain pensa à une phrase prononcée récemment par Natasha : « Le hasard, c'est l'ombre du destin qui s'avance. » Si c'était le destin, il le trouvait bien espiègle… Lui qui cherchait sans faiblir Alyson depuis son arrivée à New York, il tombait sur une ex-conquête qui n'y était que depuis quatre jours ! Était-ce un signe ? Lui fallait-il faire le deuil d'Alyson et passer à autre chose ?

Il était plus de 2 heures du matin quand il se coucha, persuadé de s'endormir vite et de retrouver Gaëlle assise dans la salle d'attente de son rêve, une petite ardoise à la main.

Il se trompait dans les deux cas.

*« Le hasard, c'est Dieu*
*qui se promène incognito. »*

Albert EINSTEIN

# 38

*J –30*
*20 jours plus tard*
*Dimanche 4 août, 19 h 50*

Le téléphone d'Alain lui indiqua l'arrivée d'un SMS.

Coucou,
Quand tu auras un moment, lis le chapitre des éloges si tu veux bien. Il y a deux-trois idées dont j'aimerais te parler

Ça tombe bien, Natasha, je comptais bouquiner ce soir. Si j'y arrive, car je suis crevé depuis la chimio de vendredi

Alors bonne lecture, ou bon repos ! Aucune urgence. Bisous

Alain s'installa le dos contre le mur de la cuisine, devant une salade niçoise de sa composition et un verre de château-la-pompe local, dans lequel il avait mis des glaçons. Tout en mangeant, il ouvrit le livre vert à la table des matières. Il l'avait délaissé dernièrement. Il était temps de s'y remettre.

## Éloge du doute

Les quatre grands obstacles au changement sont les peurs, les habitudes, les croyances limitantes et l'entourage.

Concernant les croyances, nous hébergeons toutes sortes de certitudes que nous n'avons pas spécialement évaluées. Leur pouvoir est important, car elles agissent comme des prophéties. Si une partie de toi pense « Je ne mérite pas de réussir », dès que quelque chose marchera, tu te débrouilleras pour te saboter.

Pour donner des exemples de croyances célèbres, j'aime partager ce texte, issu de la tradition juive :

L'Ecclésiaste a dit : tout est vanité
Bouddha a dit : tout est souffrance
Jésus a dit : tout est amour
Freud a dit : tout est sexualité
Enfin, Einstein est arrivé et a dit : tout est relatif !

Depuis que j'ai compris que nos croyances sont des prisons, même si ce sont parfois des prisons dorées, je traque en moi toute idée de certitude et mets du doute sur un tas de choses. Je peux être canadien et citoyen du monde, être fondamentalement gentil et me mettre parfois en colère, être vraiment intègre et mentir un jour.

**La vérité de ce monde, c'est le doute.**
**Il faut choisir : douter ou mentir.**

**Itinéraire d'un moment présent**

Alain posa le livre pour couper quelques feuilles de salade. Il faisait une chaleur à crever ce soir. Pourquoi Natasha voulait-elle qu'il lise ce passage ? Croyait-elle qu'il était certain de retrouver Alyson ? Voulait-elle le faire douter ?

**Éloge de la spiritualité**

Le fonds de commerce des religions est de donner des réponses.

À l'inverse, un chemin spirituel passe par le fait de se poser des questions.

En donnant des réponses, les religions limitent parfois ce questionnement, ce qui peut entraver la recherche personnelle qui est celle de tout être en chemin.

Je ne critique pas les Écritures, je suis gêné par les gens qui ne font que les lire !

« Soyez le changement que vous souhaitez voir dans le monde », disait Gandhi.

Si Dieu existe, il n'est pas à respecter. Encore moins à craindre.

**Dieu est à faire !**

**Itinéraire d'un moment présent**

Il poursuivit sa lecture, en essayant de manger quelques bouchées de plus.

**Éloge de la vulnérabilité**

Selon Freud, au cours des siècles, la science a infligé à l'humanité trois blessures narcissiques.

La première, en prouvant que la Terre n'était pas le centre de l'univers, mais une parcelle insignifiante du cosmos.

Ensuite, Darwin a démontré que l'homme n'avait pas une place privilégiée dans l'ordre de la création, mais qu'il était un animal comme les autres, simple produit de l'évolution.

Si l'homme n'était ni au centre de l'univers ni au centre de la création, au moins était-il le maître dans sa propre maison.

C'est alors que Freud annihila ce dernier espoir, en démontrant que le Moi était fortement soumis aux conflits intérieurs enchâssés au plus profond de notre inconscient.

Et si ces revers étaient autant de cadeaux, visant à inciter l'homme au recueillement ? Descendu du piédestal sur lequel il s'était lui-même installé, son karma ne serait-il pas de se retrouver nu, vulnérable, enfin humble, et de découvrir ainsi le sens profond de sa destinée ?

**Itinéraire d'un moment présent**

## Éloge des erreurs

Si tu as lu les chapitres précédents, tu as compris que je t'invite à prendre des risques (toujours très relatifs puisque c'est nous qui les évaluons ainsi) et à mettre en place les changements que tu souhaites obtenir, pour toi, ton entourage, ta communauté ou le monde.

Je me dois d'être honnête : ne t'attends pas à ce que ce soit toujours confortable, ni à toujours réussir ce que tu vas entreprendre. N'oublie pas que tu portes en toi à la fois l'élan de t'élever et les chaînes qui t'entravent. Ce sera donc souvent grisant et parfois difficile.

Avant de réaliser LE projet qui tape de plus en plus fort à la porte de ton évolution, j'aimerais te rappeler qu'on n'apprend à skier ni dans les livres, ni en restant sur les pistes vertes. On apprend en tombant !

Donc, fonce, fais des erreurs, chute et souviens-toi :

**La seule manière d'échouer est de s'arrêter avant d'avoir réussi !**

**Itinéraire d'un moment présent**

Alain reconnaissait certaines expressions de Natasha. Voilà en tout cas qui alimenterait leurs prochaines discussions !

### Éloge des questions

Si tu veux découvrir des réponses sur toi ou sur la vie, pose-toi donc des questions. En restant accroché à tes certitudes, tu seras peut-être à l'aise, mais pas tout à fait vivant.

Ne trouves-tu pas fascinants les enfants qui posent toutes les questions qui leur passent par la tête ?

*Pourquoi le pain d'épice rassit-il si lentement ?*
*Comment l'eau dans les nuages tient-elle en l'air ?*
*Pourquoi les fleurs sentent-elles bon ?*

**Reste un enfant, questionne, cherche, questionne encore…**

**la Vérité…**
**ou Dieu…**

Et quand tu penses avoir déniché une once de vérité, vérifie si ta découverte te fait grandir, t'aide ou aide d'autres à mieux vivre.

Si tel est le cas, ta trouvaille est une pépite. Sinon laisse-la de côté, l'or n'a de valeur que celle que lui donnent les hommes.

Les chamois lui préfèrent le calcaire, ils y adhèrent mieux. Les lézards préfèrent les roches blanches, elles sont plus chaudes.

**Itinéraire d'un moment présent**

Il lut encore deux ou trois éloges, dont un qui le toucha fortement : le livre assurait que le présent était un réel cadeau, sans quoi on ne l'aurait pas appelé comme cela. Alain abandonna son assiette à moitié pleine. Entre la chaleur et la chimio, il n'avait vraiment pas faim ce soir.

Avant de s'écrouler, il feuilleta quelques pages de plus au hasard, et s'arrêta sur un passage qui retint toute son attention.

Un mouchoir ne se prête pas. Un livre, si !

Un ouvrage rangé sur une étagère, c'est comme un avion sans ailes, il ne fera voyager personne. Ne trouves-tu pas sympas ces lieux où l'on peut laisser un bouquin pour que quelqu'un le prenne et le transmette à son tour ? Là, les histoires restent vivantes, pas comme celles qui prennent la poussière dans nos bibliothèques.

J'aime aussi l'idée d'offrir une œuvre qui nous a marqué.

Lorsque je le fais, je l'offre à trois personnes de mon entourage. Quel plaisir de savoir que, grâce à nous, un ami va rire, se poser des questions, rêver, ressentir quelque chose d'important ou tout cela à la fois !

Avec le temps, j'ai découvert que si je souhaite que le livre soit vraiment lu il vaut mieux parfois l'offrir incognito !

Le fait d'en trouver un dans sa boîte aux lettres ou sur son bureau, sans savoir qui nous l'a offert, amène une part de mystère propice à la curiosité.

Qu'en penses-tu ?

**Itinéraire d'un moment présent**

Alain envoya un texto.

> Je viens de lire le passage
> sur la façon d'offrir ce livre
> incognito.
> Merci, Natasha. C'est très
> gentil. Bise ;)

Il dormait déjà lorsque s'afficha sur son téléphone :

> Merci de quoi ?

*« Que personne ne se hâte de voir le jour*
*où tous ses parents et leurs familles*
*lui feront un éloge. »*

Proverbe africain

# 39

*J –27*
*Trois jours plus tard*
*Kennedy Airport*

— C'est toi, le monsieur du taxi ?

Adossé à son taxi et plongé dans la lecture du *New York Times*, Alain sursauta en entendant ces mots en français. Devant lui, un blondinet d'une dizaine d'années le regardait en fronçant les sourcils à cause du soleil. Ce faisant, il relevait la lèvre supérieure, faisant apparaître deux larges incisives légèrement écartées ; les dents du bonheur, aurait dit la mère d'Alain. Vêtu d'un pantalon noir et d'un blouson kaki de l'armée anglaise, avec le logo de la Royal Air Force sur le bras gauche, l'enfant tenait à la main un petit sac à dos jaune constellé de graffitis.

— Oui, je suis le monsieur du taxi. On dit plutôt le chauffeur de taxi. Tu m'as trouvé tout seul ?

— Avec ta casquette bleue, c'était pas difficile.

Quelques jours plus tôt, Natasha avait été contactée par des Parisiens qui cherchaient un taxi français pour visiter New York toute une journée. Pour l'occasion, Alain, vêtu du couvre-chef en question, conduisait un véhicule noir, qu'on ne peut pas héler dans la rue car ils se réservent.

— C'est mon pépé qui m'a montré où étaient les taxis, ajouta l'enfant.

— Il est où, ton pépé ? interrogea Alain en se penchant, les mains sur les genoux, pour être à sa hauteur.

D'un geste spontané, le gamin s'approcha et lui chuchota à l'oreille :

— Il s'est caché pour que je te demande si c'est toi le Français. Si c'est oui, je dois lever mon sac à dos en l'air !

Alain scruta la sortie de l'aérogare, mais ne vit personne.

— Il est bien caché, dis donc. Tu peux lui faire signe que c'est bon.

Le blondinet se retourna et cria, en tendant son Eastpack au-dessus de la tête :

— C'est lui, tu peux venir !

Un homme en jeans et baskets blanches apparut alors, traînant deux bagages cabine orange. Les cheveux plus sel que poivre, la peau du visage burinée, il avait un regard franc et joyeux.

— Bonjour, monsieur, votre petit-fils s'est débrouillé comme un chef, le complimenta Alain en mettant les valises dans le coffre.

*

— Monsieur, elle est où la ceinture ? demanda le gamin à peine monté dans le véhicule.

— Juste à ta droite, là. Tu peux m'appeler Alain si tu veux. Quand je suis moniteur de ski, tout le monde m'appelle par mon prénom, même les adultes.

— D'accord, monsieur Alain, ajouta le gosse sérieusement. C'est vrai, tu es moniteur de ski ?

— Bien sûr.

— Alors pourquoi tu pilotes un taxi ?

Alain hésita. Patterson lui avait conseillé de parler de son cancer, mais à un enfant… Il tenta de dévier la conversation.

— Un taxi, ce n'est pas comme un avion, ça ne se pilote pas, ça se conduit. Dis-moi, comment t'appelles-tu ?

— Julien. Pourquoi tu n'es plus moniteur ?

Le grand-père s'interposa en souriant :

— Je vous avertis, si vous commencez à discuter avec lui, vous aurez droit à des centaines de questions. Et si vous en éludez une, attendez-vous à ce qu'il vous la pose de nouveau.

— La saison de ski est terminée, esquiva Alain. Il n'y a plus de neige là où j'habite. Mais l'hiver prochain, je serai de retour sur les pistes. Et je pourrai te faire dévaler la montagne à toute allure.

— C'est où que tu habites ?

— Je vous ai prévenu, badina le grand-père.

— À Chamonix, en France. Tu connais ?

— Si tu habites en France, comment tu fais pour piloter ton taxi à New York ?

— C'est compliqué, tu sais.

— Des fois, les adultes, vous dites que c'est compliqué quand c'est simple.

— Bon, Julian, ça suffit maintenant. Laisse ce monsieur tranquille ! le tança gentiment son pépé.

— Pourquoi tu m'as appelé comme ça ?

— Parce qu'en anglais Julien s'écrit Julian, avec un « a » à la place du « e » et se prononce « *djoulianne* ».

Apparemment tout fier d'avoir un prénom américain, le gosse leva le menton. Derrière lui, son grand-père l'imita, se livrant à une pantomime cocasse.

— Bon, messieurs, on reste toute la journée ici à faire des pitreries ou on va visiter New York ? les questionna Alain avec un grand sourire.

— New York ! cria l'enfant en jubilant.

Les deux hommes échangèrent un regard amusé.

— Va pour Manhattan, enchérit l'homme aux cheveux gris. Et on laisse tomber les « monsieur », si vous êtes d'accord. Je m'appelle Daniel.

*

Alain passa d'abord à leur hôtel. Au moment de descendre, le grand-père lui demanda :

— Vous m'aidez pour porter les valises dans le hall ?

— Je voudrais bien, mais je n'ai pas le droit de quitter mon taxi, même pour quelques minutes.

— Julien peut rester.

— Pas question, réagit aussitôt Alain. C'est trop risqué de laisser un gosse tout seul dans cette ville. On ne sait jamais.

Daniel n'insista pas et se fit aider par un employé de l'hôtel.

Ils passèrent ensuite la journée à visiter les sites les plus célèbres. Le gamin voulait surtout voir les lieux où l'on peut prendre de la hauteur. Au programme : la statue de la Liberté et l'Empire State Building.

Ils démarrèrent par la statue située au milieu de l'Hudson River. Alain comptait les attendre au retour du bateau, mais le grand-père l'invita à les accompagner.

— C'est gentil, mais je ne peux pas abandonner mon taxi vide dans la rue.

— Alors, mettez-le au parking. Je prends les frais en charge. Y compris le ticket pour la visite.

— Cela va vous coûter de l'argent pour rien, je peux vous attendre ici.

— En fait, je suis un peu claustrophobe et grimper à l'intérieur de la statue ne me dit pas trop. Sur Internet, j'ai lu que c'était très exigu.

— Ça me gêne. L'entrée est chère et…

— Julian, tu préfères qu'Alain nous attende ou qu'il vienne avec nous ?

— Avec nous ! s'exclama l'enfant d'un air réjoui.

— Si vous vous y mettez à deux, je m'avoue vaincu !

Sur le ferry, ils discutèrent pendant que Julien arpentait l'avant du bateau. Alain confia que c'était sa première et probablement dernière expérience de *taxi driver* à New York, le bruit, le béton, les embouteillages et l'immobilité n'étant pas faits pour lui. De son côté, il apprit que Daniel était un ancien ingénieur, ancien chef de projet, et ancien directeur d'entreprise.

— Une belle liste qui montre que tout a une fin ! ajouta le retraité avec humour.

Ce dernier lui expliqua que c'était son premier voyage seul avec son unique petit-fils. Alain l'invita à bien en profiter.

— On dirait que vous aimez les enfants, constata Daniel.

— C'est vrai. J'aurais aimé en avoir. Mais mon ex-femme n'a jamais pu tomber enceinte.

— Ah, désolé…

Très curieux, l'homme aux cheveux gris posa un tas de questions. Dont une qui choqua Alain :

— Savez-vous où l'on peut trouver du shit ici ? J'aime bien fumer un petit joint avant de m'endormir, et je n'ai pas voulu en mettre dans ma valise.

— Je n'en sais fichtrement rien. Mais vous devriez faire attention. J'imagine la police très présente et intransigeante sur ce sujet. Pour ma part, j'ai dû passer un test sanguin pour vérifier que je ne prenais pas de drogue pour ma licence de taxi.

Alain trouvait les hommes surprenants. Ce type n'avait vraiment pas le style à être accro au cannabis ! Alain poussa plus loin :

— Dites, vous fumez devant votre petit-fils ?

— Pourquoi cette question ?

— Connaissez-vous les trois manières les plus efficaces d'élever un enfant ?

— Non, mais allez-y, ça m'intéresse.

— En premier l'exemple. En deuxième l'exemple. En troisième l'exemple ! Ce n'est pas de moi, je l'ai lu un jour quelque part.

L'homme éclata de rire.

— Soyez rassuré, non, il n'est pas au courant. Je comptais fumer sur la terrasse de l'hôtel quand il sera endormi. Mais vous avez raison, je ferais mieux de m'enlever ça de la tête.

*

— Tu sais quel pays a offert la statue de la Liberté à l'Amérique ? demanda Alain en arrivant sur le socle pyramidal à trois niveaux.

— Euh…, répondit Julien pour gagner du temps.

— Veux-tu un indice ?

L'enfant acquiesça.

— La capitale de ce pays commence par un P.

— La Pologne ? Le Portugal ?

— La capitale, pas le pays.

— Paris ? La France ?

— Gagné !

Le gamin s'esclaffa. Son pépé le regardait, attendri.

Comme prévu, le grand-père resta en bas, visiblement peu enthousiaste à l'idée d'emprunter l'abrupt escalier montant à la couronne. Alain emmena donc Julien faire la queue.

En les voyant partir, côte à côte, on aurait eu bien du mal à distinguer lequel des deux était le plus content.

« *La dernière fois que j'ai pénétré une femme, c'était en visitant la statue de la Liberté.* »

Woody ALLEN

# 40

*J –26*
*Le lendemain, 9 h 11*

Alain avait dix bonnes minutes de retard. Natasha était déjà assise à l'arrière du Kitchen Friendly Cafe, contre la baie vitrée en partie occultée par un rideau à mi-hauteur, comme l'on en voit parfois dans les pays du Nord.

— Bonjour, Natasha, dit Alain, en lui touchant l'avant-bras. Désolé pour le retard. Je ne t'embrasse pas, je dégouline de sueur, il y avait des travaux dans le métro. On a été arrêtés un moment. Sans clim, avec cette chaleur, tu peux imaginer. J'ai essayé de t'appeler en sortant, mais ton téléphone doit être sur répondeur.

— Ah !? Mince, effectivement. Ce n'est pas grave, j'en ai profité pour textoter à une amie.

— Elle est d'origine bulgare ?

— Oui, il y a une toute petite communauté à New York. Mes parents y étaient toujours fourrés.

— Et toi ?

— Les premières années, moi aussi. Mais avec le temps, je me suis un peu américanisée. Sauf pour les fêtes, Noël et Pâques surtout, où l'on se retrouve toujours autour des mêmes plats traditionnels.

— Tu me feras goûter avant mon départ ?

— Avec grand plaisir ! répondit Natasha, un large sourire éclairant son visage. Une bonne *shopska* et un *kavarma* mijoté de longues heures, c'est délicieux, même pour un Français habitué à la finesse de sa cuisine.

Aujourd'hui, elle portait dans les cheveux un bandeau ocre qui lui dégageait le visage. L'échancrure de son chemisier était plus découverte que d'habitude. L'avait-elle fait exprès ?

— Ça te va bien, les cheveux en arrière, remarqua Alain, n'osant pas faire de réflexion sur son décolleté. Tu ressembles à une étudiante.

— Une étudiante de trente-trois ans, je vais être la plus vieille de la promo ! répondit-elle en rigolant. Je t'avais commandé un café, il doit être froid maintenant.

— Merci, mais en effet ! confirma-t-il avec une moue de dégoût, avant d'appeler le serveur. Même en plein été, un café tiède perd tout son attrait.

— La vie non plus ne supporte pas le tiède, ne trouves-tu pas ?

Alain adorait son sens de la répartie !

— Je vais t'en chercher un autre, dit-elle en prenant sa tasse, c'est moi qui invite aujourd'hui.

Alain se laissa faire. Il essuya son visage qui commençait à sécher avec l'air conditionné, tout en cherchant des yeux le guitariste des Stones, mais ne le vit point. À la table voisine, deux ados sirotaient leurs consos : Red Bull pour lui, un jeune blond aux cheveux longs couverts par une casquette noire affichant le logo de la marque en question, et Coca pour elle, une petite brune d'origine asiatique. De bon matin. Bienvenue en Amérique !

Natasha revint avec l'expresso d'Alain et, comme elle en avait pris l'habitude depuis un moment, le sucra et le lui remua.

— Allez, dis-moi comment tu trouves ce café ce matin.

Alain le goûta immédiatement.

— Sans vouloir te vexer, je ne sais pas où tu as déniché ces sachets. Ils ne sucrent pas beaucoup ou alors c'est encore un dommage collatéral de la chimio.

Natasha éclata de rire.

— C'est pas trop tôt ! Regarde le chiffre écrit en petit ici, dit-elle en lui mettant son emballage vide sous les yeux. Aujourd'hui, on est à 30 % de la dose normale. Tu m'étonnes qu'il n'ait pas beaucoup de goût ! En fait, depuis plus d'un mois, je te donne des dosettes de moins en moins sucrées. Tu ne t'étais aperçu de rien ?

— Tu es une vraie chipie ! Non, je n'avais rien remarqué jusque-là.

Les jeunes à côté d'eux les regardaient, visiblement surpris de voir des adultes s'esclaffer si fort.

— Tu as juste trouvé le café trop amer la dernière fois, avec une concentration de 40 %. Comme quoi, lorsqu'on instaure un changement progressif, le cerveau ne le capte pas forcément. J'ai eu cette idée quand tu m'as dit que tu ne pourrais jamais diminuer le sucre dans ton café. Voilà un bon contre-exemple, non ?

— C'est sûr, admit Alain, un rien vexé, toutefois.

— J'ai trouvé ces sachets dans un magasin de farces et attrapes. Sur le paquet, il était mentionné : « Application concrète du paradoxe de la grenouille ».

— Quèsaco ?

— C'est le principe, un peu sadique certes, qui explique que lorsqu'on plonge une grenouille dans de l'eau très chaude, elle a un réflexe de survie et donne un coup de patte pour s'en sortir vite. Mais si on place cette même grenouille dans une casserole froide que l'on chauffe progressivement, elle reste là et finit par mourir. Ça illustre le phénomène de l'accoutumance. Lorsqu'un changement s'effectue d'une manière suffisamment lente, il échappe à la conscience et ne suscite aucune opposition. Certains gouvernements « démocratiques » endormiraient leur peuple à coups de petites dérives liberticides acceptées sans révoltes, car progressives.

— Intéressant. Je me suis fait berner comme le bon peuple. Mais venant de toi, ça me fait rire ! admit-il avant de prendre une gorgée peu sucrée.

— Merci de le prendre comme ça, dit Natasha, tout sourire, avant d'enchaîner. Alain, tu te souviens que je pars demain pour une semaine de congés ? Pour notre dernier rendez-vous avant mon retour, tu veux qu'on parle de quoi ?

— De nous. Pour ma part, je rentre en France dans quinze jours, probablement sans avoir retrouvé Alyson, mais avec la sensation d'avoir fait le maximum pour ça. Et conduire toute la journée un taxi dans une ville aussi bétonnée et embouteillée que New York est déjà un exploit que je n'aurais jamais imaginé faire un jour. Je n'ai donc pas de regrets. Par contre, nos rendez-vous vont me manquer, Natasha. Je n'arrive pas à imaginer que l'on ne se verra plus. Ne voudrais-tu pas visiter la France avec ta fille cet hiver ? Je vous servirai de moniteur privé, si ma leucémie a reculé, ce que mes rêves ont tout l'air d'indiquer.

Natasha sembla hésiter.

— Ne parlons pas de ton départ, Alain, ça me rend trop triste.

Pour tenter de lui redonner le sourire, Alain lui raconta sa balade de la veille avec les Français.

— Tu savais que c'était un grand-père et son petit-fils ? lui demanda-t-il.

— Non, je pensais que c'était un couple.

— J'ai passé une super journée avec eux. Et j'ai visité la statue de la Liberté que je n'avais pas encore vue. Franchement, si tu m'en trouves tous les jours, des comme eux, ce sera parfait. Tu aurais vu la bouille du gosse, il était trop chou. Encore un bon moment que je te dois !

— Je n'y suis pas pour grand-chose ! fit-elle en riant.

— Si. Les meilleurs moments de ma vie ici sont, de loin, ceux que je passe avec toi. Autant pour notre connivence que pour toutes ces idées qu'on partage… À propos d'idée, tu connais ce dicton ? Quand deux personnes échangent un dollar, elles repartent avec un dollar chacune. Alors que si elles partagent chacune une idée, elles repartent avec deux idées.

— J'adore ! Si tout le monde avait ça en tête, on ne garderait pas autant nos pensées pour nous. Tiens, ça me touche tellement que j'ai envie de te faire un *smack*, dit-elle, en se penchant vers Alain pour déposer une bise sonore sur sa joue avant de se reculer rapidement, surprise par son propre élan.

Pour ne pas être en reste, Alain se pencha à son tour et embrassa aussi Natasha, en ajoutant :

— Mais si deux personnes se font un bisou, ils ne repartent qu'avec un bisou chacun, comme pour l'argent.

— Sauf s'ils ont pris autant de plaisir à le donner qu'à le recevoir. Dans ce cas, ils repartent avec deux bons moments chacun, non ?

Alain sourit. À côté, le garçon à la casquette semblait un peu gêné. Peut-être enviait-il Alain ? Ah ! L'adolescence, ce continent des râteaux imaginaires, songea Alain, on n'ose pas, et après on regrette.

Natasha reprit aussitôt sa posture habituelle, le dos bien calé contre sa chaise. Mais Alain sentait qu'une complicité grandissante s'installait entre eux. Peut-être pour faire diversion, la jeune femme s'enquit de son état de santé.

— Je vais bien, je crois que le traitement fonctionne… Enfin, je l'espère, ajouta-t-il en touchant la table en bois.

Une ombre passa sur le visage d'Alain.

— Que se passe-t-il, j'ai dit quelque chose qui n'allait pas ? réagit-elle aussitôt.

— Non, ça va.

— Je n'en suis pas certaine.

— Quelque chose m'a traversé l'esprit, c'est vrai, mais c'est déjà parti.

— Es-tu sûr ?

— Laisse tomber, Natasha, c'est ridicule.

— Alain, que me caches-tu ?

— Penses-tu que toutes les choses sont bonnes à dire ?

— Probablement pas, c'est utile d'avoir un jardin secret. Mais parfois, le jardin est tellement secret qu'on n'a même plus accès à la maison. Je suis sûre que tu gagnerais à me confier ce à quoi tu as pensé. Tu semblais triste. Et la tristesse s'envole souvent lorsqu'on la partage.

— Et si tu le prends mal, ça avancera à quoi ?

— Hou là, je suis donc concernée ! Pour savoir si je le prends mal, il faudrait que tu me dises de quoi il s'agit.

— Bon, puisque tu insistes...

Natasha posa son coude sur la table, la main devant sa bouche. Ses jambes étaient croisées comme deux lianes entortillées. La tête légèrement penchée, elle ne quittait pas Alain des yeux.

— Je me suis demandé, l'espace d'une seconde, si..., commença-t-il, hésitant, avant de terminer sa phrase très vite, si tu ne passais pas tout ce temps avec moi par pitié parce que je suis malade.

Le regard de Natasha devint soudain silencieux. Avec une mimique qui la faisait ressembler à une petite fille accusée à tort, elle détourna les yeux d'Alain, semblant chercher une bouée imaginaire à laquelle se raccrocher.

Moins d'une seconde plus tard, un sanglot monta de sa gorge avant de submerger le dérisoire barrage de ses paupières. Ses mains cachèrent maladroitement son visage. Puis, soudainement, elle saisit son sac, renversa sa chaise au passage et s'enfuit.

Sidéré, Alain n'avait pas eu le temps d'esquisser le moindre mouvement. À côté, les ados étaient bouche bée. La scène avait duré quelques secondes à peine, mais Alain savait déjà qu'elle resterait longtemps gravée au fond de lui.

Il se leva enfin pour rejoindre Natasha à l'extérieur. Elle avait disparu.

*« Les regrets sont vains lorsqu'il est trop tard.*
*La digue est rompue, les flots passent,*
*ils brassent des boues.*
*Ce qui compte, c'est demain. »*

Abbé PIERRE

# 41

*J –22*
*Lundi 12 août*
*Cabinet médical du Dr Patterson, 13 h 55*

Lawrence Patterson descendit l'escalier qui reliait son appartement à sa salle de consultation. Sa femme de ménage avait passé un nouveau produit au sol. Une odeur de cire embaumait sa pièce de travail, donnant au lieu une légitimité venant du passé qui lui plaisait bien. Il alla ouvrir la porte de la salle d'attente donnant sur la rue et revint à son bureau.

La nouvelle cliente[1] avec qui il avait rendez-vous aujourd'hui se prénommait Joyce. Elle avait insisté pour avoir une séance rapidement.

---

1. Il parlait de « client » pour ceux qui le consultaient en tant que psychothérapeute et de « patient » quand il pratiquait comme médecin. Il aimait dire à ses stagiaires que, comme il faisait de la thérapie brève, ses clients changeaient vite et n'avaient pas besoin d'être patients !

Il lui avait trouvé de la place quatre jours après, suite à un désistement. Sinon, il fallait en moyenne attendre un mois.

Dix minutes plus tard, la sonnette retentit. Vêtue d'un pantacourt gris et d'un chemisier beige dont les poignets de manches étaient évasées comme dans les années soixante, la femme qui lisait l'affiche annonçant sa prochaine conférence était svelte, presque maigre. Elle avait des cheveux mi-longs qui encadraient son visage fin. Mais ce qui marqua le plus Patterson fut la pâleur de son visage. Anémie, hypoglycémie ou perturbations endocriniennes ?

Elle lui serra la main d'une manière fuyante. Elle semblait hésitante, peut-être même embarrassée. Patterson l'invita à le suivre d'une voix douce.

— Bonjour, Joyce. Et bienvenue chez vous. Prenez place sur le siège qui vous paraît le plus confortable, dit-il en montrant les deux fauteuils faisant face au sien. L'un induit souvent des séances profondes tandis que l'autre est un peu plus hypnotique, continua-t-il mystérieusement.

La femme lui jeta un rapide regard, hésita une seconde entre le marron et le bleu, prenant finalement ce dernier.

— Êtes-vous certaine d'avoir bien choisi ?

Ne lui laissant pas le temps de répondre, il ajouta :

— Comment saviez-vous que c'était le plus hypnotique ?

Il aimait bien utiliser ce type d'entrée en matière. Une des techniques préférées de son maître, le psychiatre Milton Erickson.

— Je ne sais pas encore pourquoi vous êtes venue ni, plus important, qui vous êtes vraiment. Sachez qu'ici vous pourrez dire tout ce que vous souhaitez, ne pas dire ce que vous souhaitez garder pour vous, et exprimer des états d'âmes dont vous n'avez peut-être pas encore conscience. Dans tous les cas, je vous accueillerai de manière inconditionnelle, sans aucun jugement.

Il vit Joyce s'enfoncer un peu dans son siège, sans répondre. S'accommodant de son silence, Patterson continua :

— Parfois certaines personnes viennent ici pour confier des choses difficiles. D'autres pour effectuer un changement. Bien entendu, à un moment, je vais vous demander ce qui vous amène aujourd'hui, mais pas tout de suite. D'abord, je voudrais partager avec vous ma façon de percevoir le changement. Le changement, c'est un chemin.

Joyce lui lança un regard interrogateur. Comme elle ne disait toujours rien, Lawrence Patterson enchaîna, d'une voix posée.

— Un chemin entre deux espaces. Appelons-les l'espace de la « situation qui vous préoccupe actuellement » et celui de la « situation que vous souhaiteriez à la place ». Évoluer implique de se mettre en mouvement, tel un train qui va d'une gare à une autre. Souvent, les gens ne changent pas, car ils ne connaissent même pas leur gare d'arrivée, obnubilés qu'ils sont par leur problématique. Voilà pourquoi il est aussi important de savoir ce que l'on veut que ce qui ne va pas. Cela étant posé, si vous le souhaitez, vous pouvez me dire ce qui vous amène.

Le médecin s'arrêta de parler, mais, devant la non-réaction de cette femme décidément bien silencieuse, il reprit :

— À moins que vous préfériez réfléchir à ce que va être votre propre chemin… Vous pouvez même **laisser vos yeux se fermer**[1] s'ils en ont envie, mais vous n'êtes pas obligée de **fermer les yeux**. Les yeux ouverts, on est parfois plus concentré. Les yeux fermés, on est souvent plus attentifs à l'intérieur de soi. Vous pouvez aussi tester le fait de **fermer les paupières** et de laisser les yeux ouverts derrière vos paupières fermées.

Joyce prit une bonne inspiration, regarda un peu autour d'elle, et laissa ses paupières se fermer naturellement.

La voix reprit :

— Et tandis qu'une partie de vous réfléchit à la question de ce qui vous **amène**, une autre partie de vous entre peut-être en contact avec ce qui vous **anime**. Ce qui vous amène est lié à **ce qui vous préoccupe** en ce moment… Ce qui vous anime, à **ce que vous aimeriez…** Laissez

1. Les mots en gras étaient prononcés d'une voix plus forte.

ces deux parties s'installer et prendre place quelque part en vous, comme deux espaces bien distincts, deux endroits différents, deux images…

Patterson improvisait une miniséance d'hypnose, alors que sa cliente, à part un bonjour de politesse, n'avait toujours pas ouvert la bouche !

Une bonne dizaine de minutes plus tard, sa voix se fit plus forte :

— Voilà, c'est très bien, Joyce. Comme vous avez bien travaillé, c'est maintenant le moment de rouvrir les yeux, après avoir rangé toutes ces sensations et ces images à l'intérieur de vous afin de pouvoir les retrouver chaque fois que vous en aurez besoin. Et si certaines choses doivent être oubliées, alors jetez-les aux oubliettes… un peu comme quand on se réveille le matin et que nos rêves s'estompent si on ne les note pas… voilà, très bien… et quand vous voudrez, vous pouvez rouvrir les yeux, à moins que vous préfériez vous étirer un peu avant.

Joyce s'étira en bâillant. Elle se frotta les yeux et déclara enfin :

— Dites donc, on ne parle pas beaucoup chez vous ! Moi qui croyais qu'un psy passait son temps à écouter ses clients.

— Il m'arrive aussi de le faire, mais comme vous n'aviez pas expliqué ce qui vous amène, il a bien fallu que je meuble ! répondit Patterson en cachant maladroitement son sourire. De toute façon, on ne vient pas en thérapie pour se raconter, mais pour se rencontrer.

— Alors, c'est bien parti, lança-t-elle, apparemment plus sereine.

— Vous voulez partager ce que vous avez vécu pendant cette introduction à l'hypnose ?

— Je me souviens surtout de ces deux espaces.

— Ah oui, j'avais déjà **oublié**.

— Le deuxième espace, « ce que j'aimerais à la place », était une plage de sable blanc entourée de rochers ocre avec, en arrière-plan, une forêt de pins.

— Que représenterait cette plage dans votre vie réelle ?

— Mystère, fit-elle avec une moue dubitative.

— Voilà un point qu'il faudra travailler. Car si vous ne savez pas où vous voulez aller, vous risquez de vous retrouver autre part !

Joyce sourit. Se détendait-elle un peu ?

— Comment faire pour savoir ? interrogea-t-elle.

— La première étape consistera à vous écouter. Puisque c'est dans votre cœur que se nichent les vraies réponses, autant vous y rendre directement. En attendant de trouver ce qui vous anime, vous pourriez peut-être déjà me dire ce qui vous amène ! Qu'avez-vous visualisé quand j'ai parlé du premier espace ?

— Une grotte ! Ou plutôt un renfoncement dans une roche calcaire, comme les cavités que creusent la mer ou les rivières avec le temps. Le seul problème est le plafond, il est impossible de s'y tenir debout.

— Waouh, pour une première séance vous démarrez fort ! Savez-vous pourquoi votre inconscient a mis ce plafond si bas ?

— Aucune idée.

— Et si vous saviez ?

— Pour devoir rester courbée ?

— Par le poids de quoi ?

— Peut-être de mon éducation.

— Mais encore ?

— De mes peurs ? répondit-elle sans réfléchir.

Silence. Joyce détourna le regard. Une larme se mit à couler sur sa joue, sans le moindre sanglot, comme si elle épluchait un oignon.

— Je suis désolée.

— Ne vous excusez pas, ajouta doucement Lawrence Patterson, en lui tendant un mouchoir en papier. S'il y a un endroit où les émotions sont autorisées, c'est bien chez un psy.

Il la regardait fixement et sentit que c'était le moment.

— Joyce, que se passe-t-il ?

— Voilà, euh… je suis pétrie de culpabilité !

— Par rapport à quoi ?

— J'ai quitté subitement mon compagnon à qui on venait de diagnostiquer une maladie grave. Je ne me sentais pas la force d'affronter cela à côté de lui. J'étais tellement mal que je n'ai pas osé prendre de ses nouvelles depuis. Je pensais que ça passerait, or la semaine dernière, j'ai rêvé que j'étais dans le box d'un tribunal, menottée. Je n'arrivais pas à entendre ce que les juges disaient, mais depuis ce rêve, je suis complètement perturbée.

Patterson prit quelques secondes.

— Quelle maladie avait votre compagnon ?

— Un cancer.

Le médecin sentit une alarme se déclencher au fond de lui. Il attrapa son stylo.

— Joyce, c'est votre vrai prénom ?

— Non, s'étonna la jeune femme. Comment l'avez-vous deviné ?

— Je ne sais pas, une intuition.

— Vous êtes connecté, vous ! Joyce, c'est mon nouveau nom d'artiste. Mon vrai prénom est Alyson.

— Alyson ? répéta le thérapeute, en devenant un peu pâle. D'accord. Euh... Et vous habitez New York depuis longtemps ?

— Un peu plus de quatre mois. Avant, je vivais en France, dans une station de ski connue...

Le docteur Patterson comprit avant même qu'elle ne finisse sa phrase. Son visage était maintenant blanc comme un champ de neige fraîche. Devant lui, se tenait la femme que cherchait depuis tant de temps Alain Roignac !

*

Rarement déstabilisé, le médecin ne savait pas comment se comporter. Pour gagner du temps, il demanda :

— Vous pouvez m'en dire un peu plus ?

— Mon père est mort d'un cancer quand j'avais sept ans. Quand mon compagnon m'a annoncé le sien, j'ai eu l'impression que ça finirait pareil. Et que si je restais, je lui porterais malheur, à lui aussi.

Patterson avait du mal à rester concentré. Une foultitude d'idées s'entrechoquaient dans le micro-ondes de son esprit. Pour faire retomber la pression, il observa avec attention cette jeune femme. Il se dégageait d'elle un mélange d'excentricité et de fragilité enfantine.

— Que s'est-il passé quand vous étiez petite ? questionna-t-il.

— Quand son état s'est trop dégradé, mon père a préféré rentrer à la maison. Mais il refusait que ses enfants le voient dépérir, nous n'étions pas au courant de la gravité de son cas. Ma sœur et moi sommes parties habiter chez nos grands-parents. Sentant qu'on nous cachait quelque chose, un jour, on a pris un bus, en cachette. Notre arrivée a provoqué la colère de notre mère qui ne nous a pas laissées le voir. Deux jours plus tard, mon père mourait. J'ai toujours cru l'avoir tué. Après une psychanalyse qui m'a fait un peu de bien, je pensais avoir dépassé tout ça. Mais quand mon conjoint m'a annoncé son cancer, ça a été un choc !

— Vous avez ressenti quoi ?

— J'étais complètement paniquée. Pétrifiée. Et incapable d'affronter ça. Au point qu'il m'a paru plus facile de fuir que de rester auprès de lui.

Alyson se recula au fond de son siège. Elle se triturait les mains. Patterson l'écoutait tout en l'observant. Il savait que le corps s'exprime, lui aussi.

— C'est la première fois que vous en parlez ?

— Ma sœur est au courant. Je vis chez elle depuis que je suis arrivée à New York. Elle vient d'y emménager et d'y ouvrir une salle de Bikram Yoga. C'est par une de ses élèves que j'ai eu vos coordonnées, d'ailleurs.

Lawrence Patterson ne chercha pas à savoir qui cela pouvait être. Seule Alyson l'intéressait.

— Cette fuite m'a permis d'oser tenter de percer en tant qu'artiste à New York. Au début, la liberté l'a emporté sur la culpabilité. Je me suis lancée à corps perdu dans la création. Et je suis en train de réussir mon pari, je prépare une expo pour une galerie d'art à Los Angeles. Mais, paradoxalement, plus je réussis, plus je me sens coupable.

Alyson coinça ses mains entre ses genoux et baissa les yeux.

— J'ai fermé mon téléphone français, il ne peut même pas me joindre. Je lui ai juste laissé une lettre de rupture. C'est dégueulasse, ce que je lui ai fait.

— De quoi auriez-vous besoin ?

— Il m'avait expliqué qu'il devait faire des tests sanguins après son traitement. C'est bientôt je crois. J'aimerais tellement apprendre qu'il s'en est sorti !

— Si c'était le cas, vous retourneriez vers lui ?

— Je ne sais pas. Il doit m'en vouloir tellement. Et je ne me vois pas revenir en Europe. J'étouffais là-bas. Et lui ne bougera jamais de ses montagnes.

Lawrence Patterson n'y croyait toujours pas. Mille pensées l'assaillaient. Il posa le stylo, regarda sa montre et en ajusta le bracelet rouge.

— Nous n'aurons pas assez de temps pour traiter ce sujet aujourd'hui, n'est-ce pas ? reprit Alyson, d'un air frustré.

— Pas du tout. Je vérifiais l'heure pour savoir combien de temps il nous restera quand on aura fini de régler ce problème !

— Soyez sérieux ! Cela fait des mois que je me culpabilise, et encore plus depuis mon cauchemar ; cela ne va pas disparaître comme par enchantement !

— Tout dépendra du verdict, rétorqua Patterson, qui commençait à retrouver ses esprits.

— Quoi ?

— Le tribunal. Avez-vous entendu la sentence ?

— Non, tout était flou. Mais les menottes...

— C'est bien ce que je pensais, l'interrompit Patterson. Il y a une grande différence entre vous **sentir** coupable et **être** coupable. Or, tant que vous n'êtes pas passée devant une vraie juridiction, vous êtes **présumée innocente**, chère madame !

À ces mots, Alyson-Joyce sembla vaciller. Puis elle se redressa et croisa les jambes :

— Et comment dois-je faire pour savoir ce qu'aurait décidé un juge ?

— En vous rendant à la convocation du tribunal aujourd'hui !

— Pardon ?!

— Voilà ce que l'on va faire : je vais vous laisser seule un moment. La salle va devenir le tribunal de grande instance de New York. Vous allez changer votre regard et imaginer que d'autres personnes sont dans ce nouveau lieu. OK ?

Sa cliente acquiesça mollement de la tête. Patterson se leva et sortit par l'arrière de son cabinet. Sitôt la porte fermée, il respira un grand coup en se frottant le visage. *Putain, qu'est-ce que je dois faire ?* Il connaissait les règles du secret professionnel de ses deux professions, médecin et psychothérapeute, mais l'occasion était tentante d'y déroger !

Il remonta l'escalier pour y dégoter une tunique noire à col Mao qu'il enfila par-dessus sa blouse. Puis il récupéra ses lunettes de lecture dans le salon où son épouse écrivait devant son ordinateur. Elle cilla en le voyant habillé de la sorte.

— Je te raconterai ce soir, lui glissa-t-il en l'embrassant rapidement au passage.

Devant le miroir de l'entrée, il chaussa ses lunettes de style demi-lune, ferma son col et s'ébouriffa les cheveux. Ce n'était plus le même homme !

Il redescendit dans la salle de consultation et démarra d'une voix forte :

— Mesdames et messieurs, veuillez vous lever pour l'arrivée du président du tribunal !

Ouvrant des yeux ronds, Joyce se leva d'un bond. L'homme à la tunique noire attrapa un classeur gris de son armoire à dossiers et l'ouvrit sur son bureau.

— La séance est ouverte ! Je m'appelle Christopher Williams et j'ai l'honneur de présider cette juridiction du quatrième quartier de Manhattan Sud. Voyons notre première affaire. Ah oui, le cas Brown. Madame Alyson Brown, je suppose ? ajouta-t-il en regardant sa cliente par-dessus ses verres.

— Tout à fait, monsieur.

— Appelez-moi monsieur le président, si vous n'y voyez pas d'inconvénient.

— Bien, monsieur le président, répondit-elle cérémonieusement.

— Voyons les faits qui vous sont reprochés.

Le médecin fit mine de lire un compte rendu. Puis, il sortit un dictionnaire médical de son tiroir qu'il recouvrit d'un mouchoir blanc.

— Madame Brown, veuillez poser votre main gauche sur cette Bible. Jurez-vous de dire toute la vérité et rien que la vérité ? Dites « Je le jure ».

La main d'Alyson tremblait en s'avançant.

— Je le jure, obtempéra-t-elle d'une voix inquiète.

— Bien, vous pouvez vous rasseoir. Je vais démarrer par la lecture de l'article L. 262 du Code de procédure civile. Écoutez bien, s'il vous plaît.

Alyson se rassit sur le bord de son fauteuil, aussi raide que si on lui avait greffé un club de golf sur la colonne vertébrale. L'homme de loi continua, imperturbable :

— « Est considérée comme coupable toute personne jugée par un tribunal ou une cour comme étant l'auteur d'une infraction ou d'un délit ayant porté atteinte à autrui physiquement, moralement, intellectuellement ou financièrement... **et ce de manière intentionnelle.** » La question est simple, madame Brown : avez-vous **intentionnellement** fait du mal à quelqu'un ?

— Bien sûr que non. Mais...

— Si j'ai bien lu votre dossier, en quittant votre compagnon, votre intention était de ne pas lui porter malheur, n'est-ce pas ?

— Tout à fait.

— Pourrait-il y avoir une personne, dans votre entourage ou le sien, qui pourrait prétendre que vous êtes partie pour nuire volontairement à votre compagnon ?

— Non, bien sûr. Même si ce n'est pas rationnel, j'ai vraiment l'impression que je pouvais être un poids pour sa guérison.

— Bien, dit-il en relevant ses lunettes sur le front. Y a-t-il quelqu'un dans cette salle qui pourrait affirmer que Mme Alyson Brown, ici présente, ment ou dissimule la vérité ? Si oui, qu'il vienne à la barre.

Le juge regarda ostensiblement autour de lui, vérifiant même derrière Alyson. Personne ne répondit.

— Parfait, laissez-moi consulter mes assesseurs.

Le président jeta un œil sur sa droite en hochant trois ou quatre fois la tête. Il mentionna quelque chose dans le dossier gris. Alyson le vit parapher sa note, en bas de page, d'une signature ample et compliquée.

— Voilà, madame. La juridiction que je préside vient de rendre son verdict. Dans un cas comme celui-ci, le jugement est immédiat ; la justice y gagne un temps précieux.

Et il ajouta, en se mettant debout :

— Veuillez vous lever, s'il vous plaît, pour la lecture de la sentence.

Alyson se redressa, tirant son chemisier vers le bas. L'homme de loi fit signe à quelqu'un dans la salle de ne pas faire de bruit. Une feuille blanche dans une main, l'autre ajustant ses demi-lunes, le président affirma de façon cérémonieuse :

— En vertu des responsabilités qui sont les miennes, et au vu des faits qui vous sont reprochés, le tribunal du quatrième quartier de Manhattan Sud ici réuni considère à l'unanimité Mme Alyson Joyce Brown comme…

...**NON COUPABLE** !

Il prononça ces derniers mots d'une voix retentissante qui fit sursauter Alyson, puis la regarda droit dans les yeux.

— Vous recevrez dans quelques jours un courrier confirmant cette décision, ajouta-t-il, d'une voix plus apaisante. Vous voici donc officiellement **innocentée**, chère madame. Vous pouvez sortir la tête haute de ce tribunal !

C'en était trop pour Alyson. Elle fondit en larmes, sans honte ni retenue. Imperturbable, le président conclut :

— **Affaire classée** ! Après une pause de cinq minutes, l'affaire des époux Sanchez. Merci.

Il se leva, emportant avec lui le dossier gris, ainsi que la sentence qu'il venait de prononcer.

Lorsqu'il revint, Patterson était à nouveau bien peigné et arborait sa blouse blanche, prêt à continuer la séance. Effectivement, il restait encore du temps.

« *La culpabilité,*
*c'est le rapport de l'acte à la conscience.*
*Le juge connaît le premier terme du rapport,*
*Dieu seul connaît le second.* »

Henri BOUCHER

# 42

*J –19*
*Trois jours plus tard*
*Central Station*

Avec la chaleur, Alain se sentait fatigué. Le plus dur était de rester assis derrière son volant en attendant son tour dans la file des taxis. Ce métier n'était décidément pas fait pour lui, qui avait besoin d'activités physiques et de grand air. Réprimant un bâillement, il reprit la lecture du livre vert, seul lien avec Natasha depuis le jour où elle était sortie du bar en pleurant.

Elle lui avait envoyé un texto le soir même pour s'excuser sincèrement de sa réaction, en lui demandant de ne pas la juger et en promettant qu'elle le recontacterait dès son retour de vacances.

Depuis, Alain ne cessait de s'interroger. Que rejouait-il lorsqu'il parlait de son cancer à une femme ?

Il but le reste de sa bouteille d'eau et retourna à sa lecture de *Itinéraire d'un moment présent*. Il en était au chapitre sur l'identité et l'importance de se connaître. C'était intéressant, mais cela demandait de la concentration, et il devait s'interrompre pour avancer d'une place chaque fois que le taxi de tête démarrait.

Entre deux coups de pédale, il tomba sur ces mots :

> Qui pourrait dire qu'une rose n'est pas une rose parfaite ? Qu'un rhinocéros est un rhinocéros imparfait ? Par essence, nous sommes tous parfaits. Tous.
>
> Pourtant beaucoup d'entre nous n'ont pas toujours une parfaite estime de soi.
>
> Quand on rentre dans cette spirale négative, la question sous-jacente qui vient en général est : « Qui suis-je ? »
>
> Cette question existentielle par excellence a de tout temps suscité l'intérêt des philosophes qui ont bien remarqué le paradoxe de la notion d'identité.
>
> Pourquoi ? Parce que tout en restant la même personne de la petite enfance à l'âge mûr, nous changeons en permanence.
>
> Un peu comme une rivière qui demeure identique alors que l'eau qu'elle charrie change tout le temps.
>
> **Itinéraire d'un moment présent**

Nous cherchons désespérément à répondre à l'angoissante question existentielle – qui suis-je ? – alors que nous sommes en mouvement perpétuel !

Une fois que nous nous sommes définis, nous devrons nous redéfinir régulièrement, au gré des expériences, des rencontres et de l'évolution de nos aptitudes.

Osons donc répondre à Shakespeare :

**Si être ou ne pas être, telle est la question,**
**être *et* ne pas être, telle est la réponse.**

*

Maintenant, je te propose de rester quelques minutes à **méditer** sur les pages suivantes.

Elles contiennent probablement le message le plus important de ce livre, ne le survole pas.

**Itinéraire d'un moment présent**

Prenant une grande inspiration, Alain cala sa nuque contre l'appuie-tête et tourna la page.

**Itinéraire d'un moment présent**

Itinéraire d'un moment présent

**Itinéraire d'un moment présent**

Interloqué, il revint en arrière et relut la dernière phrase. Cédant à l'invitation de l'auteur, il demeura un moment devant les pages vierges.

Il y resta suffisamment longtemps jusqu'à ce qu'un sentiment de solitude s'insinue en lui, d'abord fugace puis de plus en plus précis, comme si ces pages vierges de tout mot représentaient le manque de contacts humains dans sa vie.

Comment se faisait-il qu'il se sentît si seul ? À cause de l'absence de Natasha depuis une semaine ? Ou de celle d'Alyson ? Non, s'il était honnête, il devait admettre qu'il avait déjà ressenti ce vague à l'âme, alors même qu'il vivait en couple.

Alain avança son véhicule de deux places et poursuivit sa réflexion. Ce sentiment de solitude cachait quelque chose. Mais quoi ?

Une minute passa. Et dans cette voiture qui n'était pas à lui, au milieu de cette ville si impersonnelle, il réalisa qu'en fait, il manquait surtout de lien avec lui-même ! Avec les années, il ne s'habitait plus, voilà pourquoi il se sentait si seul, même lorsqu'il ne l'était pas.

Un souvenir d'enfance vint taper à la porte de sa conscience. En passant devant le café du village, il avait découvert que son père lui mentait lorsqu'il prétendait aller travailler le samedi. Souffrait-il, lui aussi, de solitude ? Allait-il au bistrot pour la rompre ?

Alain comprit que les hommes recherchaient une compagnie extérieure pour combler leur désert intérieur.

Son premier élan fut d'appeler Natasha. Mais il avait mieux à faire. Alors qu'il était presque arrivé en tête de file, il déboîta et mit le compteur en marche. Alain savait où son « nouveau client » voulait aller : dans un minuscule pré, au pied du gros platane, derrière la maison de son enfance. Il regarda dans le petit rétroviseur lui permettant de surveiller ses passagers. Sur la banquette arrière se trouvait quelqu'un de très important : lui-même ! Bizarrement, il se voyait dans un uniforme blanc, une sorte de smoking de soirée pour capitaine de bateau.

Sur Lafayette Street, il passa mentalement par les départementales successives qui menaient à son village. Le paysage n'avait pas beaucoup changé : quelques maisons récentes, des routes plus larges par endroits et d'anciennes fermes abandonnées, victimes collatérales de l'exode rural. Si certaines régions de France se métamorphosent à vue d'œil, à coups de zones urbaines qui prolifèrent, son terroir d'origine restait encore pratiquement intact.

L'homme vêtu de blanc l'interpella :

— Où est ta maison ?

Alain répondit :

— À Chamonix.

— Je n'ai pas parlé de ton habitation, mais de ta vraie maison.

— Ici, je suppose, tenta Alain en posant sa main sur son sternum.

— Bien. De quoi dois-tu te méfier ?

— Je ne sais pas…

Alain regarda dans le rétro et vit son client faire une mimique agacée.

Alors qu'il ralentissait à cause du trafic, la voix à l'arrière répéta plus fortement :

— De quoi dois-tu te méfier ?

Hésitant, il se lança :

— Je ne sais pas. Des autres ?

L'homme en blanc reprit, impérieux :

— De quoi dois-tu te méfier ?!

— Je dois me méfier… de mes habitudes ?!

Instantanément, le passager se calma et posa une nouvelle question :

— Qui es-tu ?

— …

— Qui es-tu ?

— Alain Roignac.

— Je ne te demande pas comment tu te nommes, mais qui tu es.

Un long silence se fit dans l'habitacle. Sentant son étrange client s'impatienter, Alain se concentra :

— Question difficile : un moniteur de ski de trente-huit ans, pour l'instant chauffeur de taxi, intègre et aimant…

— Je ne t'ai pas demandé ta profession. Ni tes qualités.

— Je ne sais pas… Je suis moi !

— Toi, qui es-tu ?

Se sachant mis à nu, Alain avoua piteusement :

— Je ne sais pas, je ne sais pas qui je suis...

Son double parut satisfait.

— C'est bon pour aujourd'hui, tu peux me laisser là !

Comme si tout cela était réel, Alain s'arrêta au niveau de la 15e Rue et se regarda s'éloigner vers le centre d'Union Square, tache blanche anonyme au milieu de la foule bigarrée. Peut-être son double allait-il se recueillir devant la statue de Gandhi ?

Il nota sur une des pages vierges les trois pensées qu'il venait d'avoir. Puis en ajouta une quatrième.

*Les hommes ne se sentent pas seuls parce qu'ils ne sont pas accompagnés, mais parce qu'ils ont rompu le contact avec eux-mêmes.*

*Je dois me méfier de mes habitudes.*

*Je ne sais pas qui je suis…*

*Un seul être vous manque, mais ce n'est pas celui que vous croyez !*

**Itinéraire d'un moment présent**

Roland Mitchell avait gagné, Alain devenait coauteur de ce livre. Tournant la page, quelle ne fut pas sa surprise de tomber sur ces mots :

> Voilà, ça commence à venir !
>
> On appelle cela penser par soi-même !
>
> C'est un peu comme reprendre le chemin de l'école, en étant à la fois le maître et l'élève.
>
> **Itinéraire d'un moment présent**

Alain referma le livre. Après ce qu'il venait de vivre, son esprit ne pouvait plus enregistrer une seule ligne. Il décida aussi de mettre fin à sa journée de travail. En arrivant au garage, il salua de la tête Tyson, qui en sortait accompagné par sa dernière copine en date, une grande brune aux cheveux frisés, jalouse comme une teigne et qui ne le lâchait pas d'une femelle[1].

*

Il s'offrit une belle et longue soirée avec lui-même : one-woman-show de Bea Arthur dans un café-théâtre sur Broadway, bon restaurant dans son quartier de Little Italy et rêveries libres sur son toit-terrasse. En posant ses yeux sur la fenêtre encore éclairée d'un gratte-ciel au loin, une nouvelle perspective traversa son esprit, ou plutôt s'installa dans son esprit. Et si Alyson l'avait quitté parce qu'il n'était plus là ? Étrangement, cette pensée ne le rendit pas triste. Car, alors, tout cela aurait un sens.

Avant de se coucher, il appela ses parents, pour qui la matinée démarrait à peine, afin de leur donner des nouvelles. Cela commençait à lui peser de leur cacher son cancer, mais il remédierait bientôt à ce mensonge par omission. Il leur assura qu'il rentrerait en France, qu'il ait retrouvé Alyson ou pas, et leur promit

---

1. Cette expression est de Frédéric Dard, immense écrivain pour qui j'ai une tendresse particulière.

de fêter son retour autour d'une bonne bouteille. En raccrochant, il ajouta qu'il les aimait. C'était la première fois qu'il le leur disait directement.

*

Au milieu de la nuit, le personnage en blanc s'installa dans son rêve. Assis dans la salle d'attente entre Corrie et un chef d'entreprise qu'il avait amené à l'aéroport quelques jours auparavant, il tenait sur ses genoux une ardoise avec le chiffre 95 écrit à la craie.

« *Toute destinée, si longue et compliquée soit-elle, comprend en réalité un seul moment : celui où l'homme sait à jamais qui il est.* »

Jorge Luis BORGES

# 43

*J –18*
*Le lendemain soir, 19 h 20*
*Quartier de Chelsea*

Lawrence Patterson monta au pas de course les escaliers menant au cabinet de Nancy Röder, sa superviseure[1]. Psychothérapeute réputée à New York, elle était également connue dans tout le pays depuis la parution de son livre, un authentique pamphlet contre la psychanalyse freudienne. Américaine de deuxième génération, elle ne pouvait dissimuler ses origines germaniques, avec ses épaules de nageuse, ses cheveux blonds dont les racines culminaient à 1,79 mètre d'altitude, et ses yeux vert émeraude qui permettaient

1. Un superviseur est un thérapeute chevronné dont le rôle est d'accompagner un psy dans sa pratique thérapeutique. C'est un peu le « psy des psys ».

de plonger dans un lac de Bavière rien qu'en la regardant.

— Bonsoir, Nancy, merci de me recevoir en urgence.

— Que se passe-t-il ? demanda-t-elle en se dirigeant vers l'espace de consultation, pas habituée à voir son confrère si préoccupé.

Son cabinet était une caricature des appartements de l'intelligentsia new-yorkaise : boiseries de luxe, belle hauteur de plafond, bibliothèque débordant d'ouvrages, fauteuils Chesterfield, le tout réveillé par un tapis et des coussins colorés, seule touche d'originalité dans cette décoration très classique.

Patterson lui résuma l'histoire de son patient français qui avait traversé l'Atlantique pour retrouver une femme venue le consulter il y a quatre jours, par le plus grand des hasards. Il songeait depuis à organiser une rencontre entre les deux ex-conjoints, par exemple en leur donnant rendez-vous l'un après l'autre. Conscient que ce type d'intervention était ambigu au regard de l'éthique de sa profession, il souhaitait en débattre avec Nancy.

— Lawrence, es-tu sérieux ? Tu m'as choisie pour mes avis tranchés, en voici un : ne te mêle pas de ça ! Notre travail consiste à nous occuper de chacun de nos patients individuellement et à les protéger, en restant intransigeant sur le respect du secret professionnel. Je ne comprends même pas que tu te sois posé la question.

— Je m'attendais à ce que tu me dises cela, répondit Patterson, resté impassible. Et tu sais que j'ai toujours souscrit à ces principes. Mais dans le cas présent, cette règle me met en conflit avec une de mes valeurs essentielles : être au service de la vie.

Tapotant une boule de son collier multicolore, sorte d'arc-en-ciel inversé suspendu à son cou, Nancy enchaîna :

— Puisque tu connaissais ma position, tu es venu chercher autre chose. Que souhaites-tu donc explorer à travers ce conflit intérieur ?

— Quand j'ai compris que Joyce était en réalité cette Alyson que mon client cherchait, j'y ai vu un signe du destin. Surtout qu'ils ne viennent pas par le même réseau : lui m'a été envoyé par Goodman, tandis qu'elle, c'est du bouche-à-oreille.

— J'avoue que les probabilités qu'ils consultent le même thérapeute étaient minimes. Mais tu te souviens de ce que dit Lacan à propos du hasard. En parlant de destin, tu y mets du symbolique, comme tout bon névrosé de base ! Ne le prends pas mal, tu sais comme ce vocable est affectueux à mes yeux.

— Jung aurait parlé de synchronicité.

— Irruption du réel ou synchronicité, ça ne change pas grand-chose. Voyons les parties en jeu selon toi : d'un côté la règle déontologique ; de l'autre, la vie. Formulé ainsi, je comprends que tu sois hésitant. Mais ce n'est pas aussi limpide. D'abord, quel lien fais-tu entre le fait de mettre tes deux patients en relation et d'être au service de la vie ?

— En le quittant brutalement, cette femme n'a laissé aucune chance à leur couple. En fin de séance, elle semblait vouloir reconsidérer sa posture. Je ne dis pas qu'elle envisageait de revenir avec lui, ça, je n'en sais rien, mais elle avait l'air de songer à le rappeler. Si elle le fait, leur relation redevient vivante, quelle qu'en soit son évolution. C'est ça le lien avec « être au service de la vie ».

*

Un quart d'heure plus tard, la situation avait à peine avancé. Nancy Röder demeurait ferme sur ses positions, laminant peu à peu le projet de Patterson. Il avait utilisé toutes ses cartouches quand un souvenir lui revint.

— Cela me rappelle ce que j'avais ressenti en apprenant le décès de mon père : la certitude que je n'avais pas tenté toutes les options possibles pour briser la glace entre nous. Si je pouvais rembobiner le fil du temps, je ne resterais pas passif comme je l'ai été. C'est un peu la même chose ici. En leur donnant un petit coup de pouce pour qu'ils se rencontrent dans ma salle d'attente, ou en prévenant cette femme que son ex-compagnon la cherche comme un fou, j'arrose les graines d'une seconde chance pour leur couple. Ce qu'ils en feront après les regarde, Nancy.

— Je comprends. Mais tu apportes de l'eau à mon moulin puisque ce que tu envisages est basé sur une motivation en résonance avec ta propre histoire. Nous sommes bien dans le registre du contre-transfert.

Nancy passa la main au-dessus de son œil pour lisser un de ses sourcils. Patterson avait l'impression que le geste venait de tracer un trait rouge dans l'espace, tant la couleur vermillon de son vernis à ongles était soutenue et brillante.

— Tu vois, Lawrence, ajouta-t-elle, cela me conforte dans l'idée que tu commets une double erreur. La première en tant que médecin. En mettant ton patient en contact avec cette femme, tu peux le déstabiliser une seconde fois et mettre en péril son équilibre psychoaffectif. Et donc son rétablissement. Ensuite en tant que psy, en t'immisçant dans la vie personnelle d'Alyson. Comment pourras-tu la garder comme cliente si, par la suite, elle aborde ses difficultés relationnelles avec lui ?

— Je l'adresserai à un confrère.

— Elle perdrait donc son thérapeute ? Non, franchement, je ne vois pas une raison sensée qui irait dans ton sens.

Patterson ne lui parla pas de Natasha, qui n'était pas un cas de supervision. Il comprenait la position de sa superviseure, qui ne l'étonnait guère. S'il se doutait qu'elle réagirait ainsi, pourquoi l'avait-il consulté ? Pour qu'elle confirme la petite voix intérieure qui lui soufflait que son idée n'était pas appropriée ? En tout cas, maintenant qu'il avait l'avis de Nancy, c'était à lui de décider.

Nancy jeta un œil sur son réveil, une magnifique pendule d'officier rectangulaire du XIX$^{e}$ siècle, qui avait la particularité de sonner toutes les demi-heures.

— Lawrence, connais-tu l'histoire de l'omelette au jambon ?

— Non. Mais, à cette heure-ci, tu me mets l'eau à la bouche !

— Elle est délicieuse, tu m'en diras des nouvelles ! Pour faire une omelette au jambon, il faut une poule pour pondre l'œuf et un cochon pour fournir la viande ! Dans cette recette, la poule est concernée tandis que le cochon, lui, est impliqué. Eh bien, dans nos métiers, la posture idéale est de rester concerné, ce que tu fais d'ailleurs très bien. Sans aller plus loin.

— En clair, tu me demandes d'être une poule et pas un cochon, c'est ça ?!

Nancy Röder sourit en découvrant sa dentition parfaite. Sous des dehors de berger allemand bien éduqué, cette femme abritait un pitbull qui ne lâchait jamais son os. C'est pour cela qu'il l'avait choisie.

*« Nous ne prenons jamais de décision.*
*Lorsque c'est le bon moment,*
*la décision se prend d'elle-même. »*

Byron Katie

# 44

*Le lendemain*
*Samedi 17 août*

Alain était d'humeur badine. Il avait passé le début de journée à se faire plaisir : petit jogging à Central Park, achat d'un sweat chez Hollister Co. sur la Cinquième Avenue et provisions dans une fromagerie de Soho. Pour finir la matinée, il s'était préparé un bon déjeuner, accompagné d'un verre de zinfandel. Au moment où il allumait son ordinateur, son téléphone vibra.

Bonjour, Alain
J'aimerais t'appeler pour un truc important.
Aurais-tu un moment de dispo
aujourd'hui ?
Bisous
Gaëlle

Gaëlle ? Que lui arrivait-il ?

Tu peux m'appeler dans cinq minutes, le temps pour moi de préparer un thé. Bise, Alain

OK, à tout de suite

Que pouvait-elle bien avoir d'important à lui dire ? Préférant attendre plutôt que d'échafauder des hypothèses, Alain fit chauffer de l'eau.

Dix minutes plus tard, confortablement installé dans son fauteuil en rotin, une tasse de thé posée sur la table basse en bois exotique, il décrocha dès que son téléphone sonna.

— Bonjour, Alain, merci de m'accorder un moment. Comment vas-tu depuis notre rencontre inopinée à New York ?

— Bien… blabla.

— Oui… Blablabla… blabla… blabla…

— Je suppose que tu ne m'appelles pas simplement pour prendre de mes nouvelles. Que voulais-tu me dire, Gaëlle ?

— Eh bien voilà, je ne vais pas tourner autour du pot. Il est fort probable que tu sois le père de mon fils ! lâcha-t-elle soudainement, comme si elle avait retenu son souffle jusqu'ici.

Un blanc s'invita dans la conversation, le temps pour la révélation d'aller se tapir dans un coin reculé de l'âme d'Alain, repoussée hors de portée des émotions qui frappaient pourtant à la porte. Il prit une gorgée de thé pour « avaler la pilule » mais ne fit que se brûler la langue. En reposant la tasse, il faillit la renverser. Son mental prit les commandes.

— C-comment ça ? Tu es tombé… bée enceinte après notre aventure ? bégaya-t-il.

Toute à sa propre tension, Gaëlle ne releva pas le lapsus.

— Oui. Et ce n'est pas tout. Tu sais, les deux Français avec qui tu as passé une journée récemment ? ajouta-t-elle d'une voix hésitante.

— Quoi ? Mais comment sais-tu que… Quel rapport avec toi ?

— Le petit Julien, c'est mon fils. Et Daniel… mon père !

Incapable de gérer l'énormité de la première information, Alain se focalisa sur la deuxième. Il se souvenait très bien de cet adorable gamin avec qui il avait passé une si chouette journée !

— C'est quoi ce binz ? demanda-t-il, choqué.

— Jusqu'à présent, Julien ne posait pas trop de questions sur son papa, mais depuis quelque temps, il remet de plus en plus souvent le sujet sur la table. En rentrant de New York, j'ai raconté à mes parents nos retrouvailles et leur ai dit qui tu étais. Là, une idée a germé dans la tête de mon père sans qu'il m'en parle.

Gaëlle se racla la gorge et continua :

— Il a contacté ton entreprise, dont le nom figurait sur la carte que tu m'avais donnée, et a pris deux billets pour New York en présentant ça comme un voyage entre hommes. Julien était ravi. Ni ma mère ni moi n'étions au courant de ses intentions ! assura-t-elle. Il ne nous a tout expliqué qu'à leur retour. J'étais furieuse !

— Attends, s'insurgea Alain, je ne suis pas une bête curieuse qu'on vient inspecter ! Alors toute la journée, j'ai été évalué par cet homme ?!

— Je t'assure que ça partait d'un bon sentiment ! Sans doute voulait-il vérifier que tu n'étais pas un voyou, mais il espérait qu'après avoir rencontré Julien tu serais ravi d'apprendre que tu es peut-être son père. Il est convaincu que personne ne peut résister au charme de son petit-fils.

— C'est lui qui s'est comporté en voyou ! s'indigna Alain. Je me sens manipulé ! Alors si je n'avais pas réussi l'évaluation, il ne t'aurait peut-être rien dit ?

— Il aurait eu du mal à me le cacher. Julien n'arrête pas de parler de l'Amérique et de ce « monsieur Alain » qui était si gentil.

Cette phrase fit mouche. Coulé, dirait-on en bataille navale. Que cet homme se soit ainsi joué de lui durant toute une journée le mettait hors de lui, mais si tout s'était bien passé avec l'enfant…

— Pourquoi ne m'as-tu rien dit quand on s'est revus ? Tu avais tout de même pu constater que je n'étais pas un baron de la drogue ou un dépravé total !

— J'y ai pensé toute la soirée, soupira Gaëlle. Mais, vu ta situation, je n'ai pas osé t'annoncer quoi que ce soit. Je me suis dit que je pourrais toujours te parler plus tard. Voilà pourquoi j'ai insisté pour avoir ton numéro.

— J'aurais préféré que tu me le dises à ce moment-là, Gaëlle.

— Je comprends.

Alain reprit une gorgée de thé.

— Tu évoquais une forte probabilité. Tu as un doute ?

— Oui et je n'en suis pas très fière. Deux jours avant toi, j'ai couché avec quelqu'un d'autre, à Chamonix…

Alain déglutit avec peine. Un double nœud lui serrait la gorge et aucun son ne pouvait en sortir. Il regardait, sans la voir, une aquarelle sur le mur représentant une Africaine endimanchée contemplant le paysage devant sa case. Elle avait le regard aussi perdu que lui.

— Ça fait beaucoup de non-dits, Gaëlle.

— Je sais…

— Alors depuis tout ce temps, tu as privé ton fils de son père et un homme de son enfant ? Au fait, il est au courant, l'autre ? ajouta-t-il, une angoisse au creux du ventre.

— Non.

— C'est quoi son nom ? Je le connais peut-être !

— Guernick. Jacques Guernick.

Alain repensa que Gaëlle semblait ne pas savoir son prénom lorsqu'il l'avait prise dans son taxi. Il n'osa pas demander pourquoi elle se souvenait du nom de ce type.

— Inconnu au bataillon. Tu l'as revu ?

— Non. Peu après, j'ai juste appris par un SMS qu'il quittait la Haute-Savoie. Mais je ne lui ai jamais répondu.

— C'était ça ton jeu, à l'époque ? Coucher avec des hommes pour qu'ils te rappellent et les ignorer ensuite ?

— Je comprends que tu sois en colère. Je ne m'attendais pas à ce que tu prennes tout ça avec légèreté. Même si ça n'excuse rien, j'étais complètement larguée à cette époque.

— Je m'en rends bien compte. Mais quand tu as su que tu étais enceinte, tu aurais pu m'informer ! Là, tu as vraiment fait un bébé toute seule.

— Ce n'est pas comme ça que je l'ai vécu. Mon mec de l'époque venait de se tirer avec ma meilleure amie en me sortant des bobards à dormir debout.

Cette succession d'informations submergeait Alain qui ne savait plus quoi penser. La conversation lui faisait l'effet d'une chambre d'adolescent : il y avait tellement de choses au sol qu'on ne pouvait plus accéder à l'armoire. Ses réflexions tournoyaient, se succédant les unes aux autres : ce n'était pas parce qu'un mec n'assurait pas qu'elle devait le faire payer à tous les autres ensuite. Et si elle avait pris la responsabilité de priver son fils de père, pourquoi changeait-elle d'avis aujourd'hui ?

— Écoute, je te rappelle plus tard, finit-il par lui dire. J'ai besoin de digérer tout ça.

— OK. On se tient au courant, répondit Gaëlle, avec un soulagement dans la voix. Je t'embrasse, ajouta-t-elle après une hésitation.

Il s'échappa sur le toit-terrasse, mais il s'avéra vite trop étroit pour contenir ses va-et-vient. Alors il descendit dans la rue. Depuis tout petit, il avait pris l'habitude de réfléchir en marchant. Un médecin avait dit un jour à sa mère que c'était le signe d'un enfant stressé. Alain préférait penser qu'il possédait une personnalité active. Parcourant Manhattan d'est en ouest, il se retrouva au bord de l'Hudson. Devant lui, la statue de la Liberté brandissait fièrement son flambeau dans la main droite. Dire que dix jours plus tôt, il se tenait à l'intérieur de la couronne avec un gosse qui était peut-être son fils !

*

Vers 21 heures, toujours pas calmé, Alain attrapa son téléphone.

> Gaëlle, je sais qu'il est 3 heures du mat à Paris, mais si tu es réveillée, appelle-moi. Sinon, à quelle heure serait-il possible de se parler demain ?

Il surfa ensuite pour se renseigner sur les tests de paternité. En France, une procédure judiciaire était nécessaire, mais dans plusieurs pays, comme l'Angleterre, l'Espagne ou la Suisse, il suffisait de s'adresser directement à un laboratoire d'analyses. Et le test était fiable à plus de 98%.

Et si sa paternité était prouvée, que devait-il faire ? Annoncer à Julien qu'il avait un père qui allait peut-être mourir bientôt ? Il eut soudain une pensée émue pour sa mère qui avait toujours rêvé d'être grand-mère. Elle l'était peut-être depuis neuf ans !

Il tenta de mettre de l'ordre dans son esprit en écrivant ses pensées et tout ce qu'il venait d'apprendre, ainsi que les réflexions qui en découlaient. Vers 2 heures du matin, il s'écroula.

*

Au réveil, un SMS l'attendait.

J'ai dû m'endormir peu de temps
avant ton message.
Tél moi quand tu veux, bisous, G.

Alain se fit un double café, relut ses notes et prit son téléphone.

— Salut, Gaëlle. Je n'arrête pas de repenser à tout ce que tu m'as dit hier. J'ai quelques questions à te poser, merci de me répondre franchement. OK ?

— Oui, Alain, à 100%.

— Bon, tout d'abord, cela fait presque dix ans que tu aurais pu m'en parler. Pourquoi maintenant ? C'est ton père qui t'a influencée ?

— Non, c'est d'abord le fait d'être tombée par hasard sur toi à New York. Te rends-tu compte du peu de probabilités qu'il y avait ? Et aussi la réaction de Julien. Apparemment, tu lui as tapé dans l'œil. C'est ça qui a emporté mes dernières hésitations.

— Ton père est-il au courant pour mon cancer ? demanda Alain, ses écrits à la main.

— Non, il sait assez de choses comme ça.

— Parfait. Et pourquoi penses-tu que c'est de moi que tu es tombée enceinte ?

— Par rapport à mon cycle. Et puis, Julien est plutôt musclé pour son âge, ce n'est pas de moi, ni de l'autre, qu'il tient ça !

Toutes sortes d'images revinrent à l'esprit d'Alain. Tous les deux se taisaient. Chacun pouvait entendre la respiration de l'autre.

— Dernière chose, Gaëlle, peut-être la plus importante : que souhaites-tu à présent ?

— Tout va dépendre de ta réaction. Maintenant que tu es au courant, tu as une partie des cartes en main.

Alain y avait réfléchi toute la soirée.

— Je ne sais pas trop, Gaëlle. J'ai d'abord besoin de connaître les résultats de mes analyses de sang. Même si la balle est dans mon camp, dis-moi ce que tu préférerais, toi.

— Pour moi, l'idéal serait que tu guérisses de ton cancer, qu'on fasse un test de paternité et, s'il est positif, que Julien sache que tu es son père.

Alain finit son double café d'une traite.

*

Alain passa son dimanche à déambuler dans Manhattan. Pas pour chercher Alyson, mais pour tenter de calmer son esprit surchauffé. La nature prévoit neuf mois pour qu'un homme se prépare à être père et encore, certains mettent des années à le devenir vraiment. Là, il devait encaisser la nouvelle d'un coup d'un seul.

Lorsqu'il s'endormit, exténué, son inconscient lui envoya le dernier épisode du rêve des pourcentages de guérison.

Julien est assis en tailleur, en haut d'une dune de sable fin, au milieu d'une oasis de milliers de palmiers. Penché en avant, il s'affaire, concentré sur une tâche minutieuse. Alors que la pleine lune monte à l'horizon derrière lui, il se lève et, tel un empereur victorieux, brandit à bout de bras une ardoise:

Dans quelques jours,
~~*prise de sang*~~
prise de 100 !

Au pied de la dune, autour d'une table ovale dressée avec une belle nappe de soirée et un chandelier à sept branches, les protagonistes de la salle d'attente papotent en buvant un verre.

Un homme en smoking blanc regarde le gamin d'un œil complice tout en trinquant avec le docteur Patterson qui semble jouer le maître de cérémonie.

*« Liberté, Égalité, Paternité. »*

Christophe CHENEBAULT

# 45

*J –14*
*Trois jours plus tard, mardi 20 août*
*Restaurant Raoul's, Prince Street, 20 heures*

## La soirée selon Natasha

Pour Natasha, c'était le grand soir. Se méfiant de sa timidité, elle avait glissé dans son sac une lettre qu'elle s'était promis de remettre à Alain si elle échouait à lui parler. Une vraie lettre d'amour, sans ambiguïté ni masque.

Dans le taxi, elle vérifia par téléphone que tout se passait bien pour sa fille, qui allait dormir chez une de ses copines. Quand elle descendit du véhicule, Alain était déjà là qui l'attendait sur le trottoir, devant le restaurant français où il l'avait invitée. Vêtu d'un jean et d'une veste foncée bien coupée qui faisait ressortir sa chemise claire, elle le trouvait beau comme un dieu.

De son côté, elle s'était offert un large chapeau clair et une robe suffisamment courte pour révéler ses jambes qu'elle savait galbées, mais pas trop pour rester élégante. Elle avait aussi enfilé ses escarpins argentés, dont les talons étaient assez hauts pour qu'elle n'eût pas à se mettre sur la pointe des pieds pour embrasser Alain, à la française : une bise sur chaque joue.

— Tu es magnifique, lui dit-il avec un sourire ravageur.

— Merci. Toi aussi ! répondit-elle d'une voix enjouée.

Le maître d'hôtel les accueillit puis les précéda vers l'arrière-salle de l'établissement. Efflanqué, l'homme marchait à vive allure. Sa veste noire semblait suspendue à un cintre tant il était maigre. Après avoir déposé le couvre-chef de madame et la veste de monsieur au vestiaire, il les accompagna jusqu'à leur table, située contre une immense peinture représentant une femme nue allongée lascivement sur un canapé.

Natasha posa sa pochette à écailles argentées contre le mur, la plaçant sans s'en rendre compte dans le prolongement du bras de la femme dénudée. Alain lui fit remarquer que, de là où il se trouvait, on pouvait se demander à qui appartenait le petit sac à main. Elle ne trouva rien à répondre, son sens de la répartie étant quelque peu émoussé par le trac.

Pour démarrer par quelque chose de léger, elle lui raconta quelques anecdotes des dix jours de vacances qu'elle venait de passer dans le Vermont avec sa fille. Cet État lui avait rappelé les paysages vallonnés de Bulgarie, qu'elle aimerait tant montrer à Tatiana, un jour. Alain lui posa plein de questions sur leur relation. Natasha était vraiment heureuse qu'il s'intéresse à elles. Mais elle était trop nerveuse pour arriver pleinement à en profiter. Alors elle coupa court.

— Alain, j'ai deux choses à te dire, deux choses importantes.

— Moi aussi ! J'en ai même trois. Et pas des broutilles non plus !

— Moi d'abord, si tu veux bien.

Alain n'insista pas et saisit un des petits fours qui accompagnaient leurs apéritifs.

— Voilà, démarra-t-elle, d'une voix légèrement plus rauque. La première fois qu'on s'est vus à Union Square, ce n'était pas par hasard...

Alain fronça les sourcils, la bouche entrouverte.

— Depuis plus d'un an, je suis en formation avec Lawrence Patterson. Au cours d'une session, il nous a parlé d'un patient français qui souffrait de solitude. J'ignore pourquoi, mais ton histoire m'a émue et j'ai eu envie de te connaître. Le jour de notre rencontre, je t'avais suivi dès la sortie du cabinet de Lawrence qui avait, sans le faire exprès, divulgué l'heure de votre rendez-vous.

Alain déglutit pour avaler son petit four mais faillit s'étouffer.

— Natasha..., articula-t-il à grand-peine.

— Attends, Alain. Voilà pourquoi j'ai pleuré quand tu as imaginé que je te voyais parce que tu étais malade. Car d'une certaine manière, c'est un peu vrai, puisque l'on s'est connus par l'intermédiaire de ton médecin.

— Tu connais le docteur Patterson ?! Et lui sait que nous nous voyons tous les deux ?

— Je le lui ai dit et il aurait aimé t'en parler ; cependant je lui ai demandé de ne rien en faire. C'était à moi de te l'annoncer, puisque j'ai provoqué notre rencontre. J'aurais dû le faire bien plus tôt, mais je n'osais pas.

Alain joignit ses mains devant son visage et soupira. Natasha se demanda s'il n'allait pas se mettre en colère. Ou pire, se lever et partir. Sentant qu'il fallait le laisser respirer, elle attendit qu'il prenne la parole.

— Nos rencontres étaient donc calculées depuis le début ? la questionna-t-il, d'une voix fatiguée.

— Seulement la première. Ensuite, je t'ai toujours retrouvé avec envie.

— Et si je n'étais pas venu de moi-même à ton Starbucks afin d'obtenir des infos pour le métier de taxi ?

— J'étais persuadée que tu viendrais plus rapidement. Le courant était bien passé entre nous, au point que tu m'avais demandé comment faire en Amérique pour recontacter quelqu'un. Les jours suivants, je me suis reproché de ne pas t'avoir proposé d'échanger nos numéros de téléphone. Si j'avais eu le tien, je t'aurais appelé.

— Parce que tu avais pitié de moi ?

— Non, parce que je voulais te revoir.

Alain semblait avoir du mal à respirer.

— Pourquoi me dis-tu ça la veille de mon départ, Natasha ? l'interrogea-t-il, l'air navré.

Voilà, elle était au pied du mur. Elle posa une main sur son sac argenté, sentant la lettre qui en dépassait au bout de ses doigts, puis replia l'autre sous la table en enfonçant l'ongle de son pouce dans la pulpe de son index. *това е времето отидете там !* s'exhorta-t-elle intérieurement[1].

— Parce que je ne veux pas qu'un mensonge plane comme une ombre entre nous... Je suis tombée amoureuse de toi, Alain, ajouta-t-elle en se réfugiant dans la contemplation de son Martini.

Les glaçons fondaient à vue d'œil, presque aussi vite que le peu d'assurance avec laquelle elle avait entamé la soirée.

Alain lui prit doucement la main.

L'autre main de Natasha jaillit de sous la table, semblant vouloir dire : « Moi aussi je suis là ! » Ne sachant où la poser, la jeune femme attrapa sa serviette blanche amidonnée d'un geste maladroit. Une main dans la douceur

1. En bulgare : « C'est le moment, vas-y ! »

d'Alain, l'autre dans la raideur du textile, elle attendait le verdict.

— Je ne sais comment réagir. Je suis heureux de ce que tu viens de me dire. Très heureux même ! démarra-t-il d'un air un peu coincé.

La Bulgare était pétrifiée. Si son cœur de femme amoureuse n'avait pas été solidement enchâssé à l'intérieur de sa cage thoracique, il aurait éclaté en mille morceaux. Il semblait donner des coups dans la porte de sa cellule comme pour crier : « Je veux sortir, je veux être libre, je veux aimer ! »

Alain lui avoua que son départ précipité de la dernière fois l'avait empêché de lui dire certaines choses.

— Tu peux être plus clair ?

— Moi aussi, j'éprouve quelque chose pour toi, poursuivit Alain, d'une voix plus rassurante. Depuis que tu t'es enfuie en pleurant, je n'ai cessé de penser à toi et je suis accablé à l'idée de rentrer en France demain. J'ai même posé une option sur un vol Genève-New York dans trois semaines, en espérant de bonnes nouvelles de mes résultats médicaux, et j'ai gardé mon appartement new-yorkais, afin de forcer la porte du destin. Juste au moment où le destin avait prévu d'en ouvrir une autre.

Alain retira doucement sa main.

— Alyson m'a téléphoné avant-hier de Californie. Elle y est pour une exposition, mais habite toujours New York. Je lui ai dit que j'avais rencontré quelqu'un ici et que j'envisageais éventuellement de revenir rapidement. Elle a proposé qu'on se voie dès mon retour à New York, me laissant entendre que tout n'était peut-être pas fini. Du coup, je me sens déstabilisé et je ne sais plus trop quoi penser, lui confia-t-il, le regard dubitatif.

Natasha croisa ses mains autour de la serviette et les serra à la limite de la douleur. Elle avait l'impression que tous ses muscles s'agglutinaient autour de son cœur dans le but de renforcer les murs de sa prison.

Comme s'il voulait faire diversion, le maître d'hôtel fluet repassa furtivement près d'eux. Alain l'interpella et commanda un côte-rôtie, la cuvée Brune & Blonde de Guigal.

— Avec nos couleurs de cheveux, le nom est de circonstance, expliqua-t-il, pour tenter de détendre un peu l'atmosphère.

Les entrées furent bientôt servies et offrirent une respiration au milieu de leur conversation. Quand ils eurent terminé leurs assiettes, Natasha revint sur l'essentiel.

— Tu m'as annoncé avoir trois choses à me révéler. Je suppose que tu m'en as déjà dit une ?

— Non, deux. La première est que je me suis épris de toi, Natasha. La deuxième est qu'Alyson a réapparu.

Et Alain lui annonça qu'il était peut-être le père d'un petit garçon en France ! La coupe était pleine. Natasha versa quelques larmes. Son cœur ne savait plus s'il devait battre ou s'arrêter.

Elle lui demanda plein de détails sur ce qu'il envisageait de faire au sujet de cette possible paternité. Observer son trouble quand il en parlait eut le don d'apaiser un peu Natasha, dont les émotions jouaient ce soir aux montagnes russes. Elle n'arrivait pas à savoir ce qui, de l'annonce des sentiments d'Alain ou de l'apparition d'Alyson, l'emportait. Pas facile de conjuguer en même temps les verbes espérer et craindre.

Au dessert, les montagnes étaient devenues collines. L'excellent vin rouge et la qualité de la nourriture y avaient contribué. Mais le plus important était ailleurs. Natasha sentait qu'elle avait touché le cœur de son beau moniteur et elle se régalait de le dévisager. En Bulgarie, les hommes font la cour de manière nettement moins subtile. Alain, lui, faisait dans la douceur, la connivence et la tendresse. C'était touchant de voir ça chez un homme, par ailleurs bien masculin.

La soirée entière avait été un intense moment de complicité, comme quand deux êtres prennent le risque d'être sincères et de partager les choses essentielles de la vie.

*

Lorsqu'ils se retrouvèrent sur le trottoir, il était minuit passé.

— Une dernière chose, Natasha, demanda Alain. Est-ce toi qui m'as offert *Itinéraire d'un moment présent* ?

Natasha fut surprise qu'il lui pose cette question à ce moment-là. Elle lui répondit sans s'appesantir sur le sujet.

— On partage un taxi ? lui proposa-t-il. Tu me déposeras au passage.

— Non merci. Je préfère abréger les au revoir, je ne suis pas très douée pour ça. Ni pour les retrouvailles, d'ailleurs. Quand tu reviendras, j'aurai peut-être trouvé un petit copain beau et riche, dit-elle, tentant de sourire pour dissimuler sa panique à l'idée de ne plus jamais revoir Alain.

— Est-ce un projet ou une menace ? rétorqua-t-il, grimaçant lui aussi un sourire de façade.

Un taxi passa dans la rue. Alain l'arrêta et lui ouvrit galamment la portière. Avant qu'elle ne monte, ils se prirent dans les bras, malhabiles. Le contact de son corps contre le sien manqua de la faire défaillir. Elle aurait aimé qu'il prenne la direction des opérations, mais comme ce ne fut pas le cas, elle lui souhaita un bon voyage, avant de déposer un baiser sur ses lèvres. Un seul, à la russe.

Puis elle lui chuchota *те видя скоро, любов моя* et s'engouffra dans le véhicule sans se retourner, aussi énigmatique qu'une virgule solitaire égarée en fin de chapitre,

## La soirée selon Alain

Pour Alain, c'était le grand trouble. Vêtu d'un jean et d'une veste Massimo Dutti, il faisait les cent pas devant le Raoul's. Deux jours plus tôt, il serait venu en conquérant, avec le sentiment d'avoir tourné la page vis-à-vis de son ex-compagne. Mais à cause de ce coup de fil de dimanche, il était plus qu'hésitant. Aussi avait-il pris un engagement concernant sa soirée, comme on se plie à un dress code à respecter : il rentrerait seul ce soir.

En attendant Natasha, il repensait à l'appel que lui avait passé Alyson quarante-huit heures auparavant. Première fois qu'il entendait sa voix depuis qu'elle était partie ! Une voix qu'il aurait reconnue entre mille : un timbre légèrement éraillé et quelques syllabes, toujours les mêmes, prononcées avec des diphtongues typiquement anglo-saxonnes. Elle lui avait téléphoné de Los Angeles, où elle exposait quelques œuvres pour une galerie d'art ultrabranchée qui venait d'ouvrir. Alain avait pris un plaisir ineffable à lui apprendre qu'il la cherchait depuis le début à New York.

— Quoi ? Tu vis à New York depuis mon départ ?

— Eh oui, ma belle. J'y partage mon emploi du temps entre deux activités : te chercher et me soigner.

— Comment as-tu su que j'y étais ?

— Tu m'en avais tellement parlé. Mais tu avais bien effacé les traces. Impossible d'en avoir la moindre preuve. Aussi, ça fait cinq mois que j'arpente cette ville dans tous les sens. Je suis devenu incollable sur Big Apple.

— Alain, *it's just amazing* ce que tu me racontes ! réagit-elle en franglais, langue qu'ils utilisaient souvent entre eux. Et… le… ton cancer ?

— Je crois que je tiens le bon bout. Rien n'est sûr jusqu'à la prise de sang dans deux semaines, mais plusieurs signes me font croire que la balance va pencher du bon côté.

— Tu me scotches, là ! avait-elle ajouté, avec son adorable accent.

— Ça te fait quoi ?

— Je suis… je n'sais pas, soulagée. Non, plus que ça : heureuse ! Oui, vraiment heureuse d'entendre tout ça.

Quand Alain avait appris qu'elle vivait à Brooklyn avec sa sœur qui venait de s'y installer, il s'en était voulu d'avoir autant privilégié Manhattan. En tout cas, il avait arpenté plusieurs fois son quartier et roulé dans la rue dont elle venait de lui donner l'adresse !

— J'étais persuadé que tu aurais trop peur de vivre en dehors de Manhattan.

— Brooklyn s'est bien gentrifié, surtout dans sa partie nord où Emma habite.

— Elle n'est pas dans le Wisconsin ?

— Elle a emménagé à New York quelques jours après que tu m'as annoncé ton cancer. Elle vient d'ouvrir une salle de yoga.

— C'est ce qui a déclenché ton départ ?

— Ça a aidé, c'est sûr. Je l'ai pris comme une bouée de secours, j'étais vraiment paniquée par ton cancer.

— Je ne suis pas ton père, Alysse, je n'envisage pas de mourir si jeune.

— Lui non plus ne l'envisageait pas.

Alain n'avait pas insisté. Il avait beaucoup réfléchi à ce qu'il lui dirait s'il la retrouvait et avait conclu que la meilleure des choses était de l'écouter afin de pouvoir la comprendre. Sans lui faire de reproche. Aussi avait-il changé de sujet.

— En tout cas, tes mèches blondes te vont à ravir, l'avait-il complimentée.

— Comment tu sais ?! lui avait-elle demandé d'une voix soudain suspicieuse.

— Je t'ai vue un jour dans le métro.

Et il lui avait raconté toute la scène jusqu'à sa course effrénée dans l'aéroport de JFK.

— Je m'en souviens, maintenant ! s'était alors écriée Alyson. Un type m'avait abordée en me disant que quelqu'un cherchait à me parler du métro d'à côté.

— Il était grand et barbu ?

— Oui, c'est ça ! avait-elle confirmé, l'air enjouée. J'ai cru qu'il me sortait un prétexte à deux balles pour me draguer.

— C'est fou, on s'est loupés de deux secondes, Alysse.

— Moins que ça, Alain, avait-elle ajouté en baissant la voix. Maintenant que je sais que tu étais à New York, je crois que je t'ai vu un jour. À Central Park.

Le cœur d'Alain avait bondi.

— C'était une des rares fois où je suis venue y courir. C'était vers le réservoir, je me suis dit que tu avais un sosie ici. Cet homme, ou toi, portait une veste jaune je crois.

— C'était bien moi ! Je l'ai achetée peu après mon arrivée !

— C'est dingue ! La ressemblance était telle que j'ai failli faire demi-tour pour vérifier. Si j'avais su...

Alain n'avait pas voulu aborder le sujet de leur relation au téléphone. Si elle avait fermé la porte à double tour, il lui paraissait prématuré de tenter de la rouvrir dès le premier contact. Mettre la clé dans la serrure était déjà très bien, s'était-il dit.

— Alysse, tu me montreras tes nouveaux tableaux ? Tu pourrais les prendre en photo et m'envoyer les clichés.

— Promis !

Elle s'était ensuite enquis de ce qu'il avait vécu à New York. Mais peu à peu, elle avait retrouvé sa propension à s'intéresser beaucoup à elle-même, et semblait dérangée qu'il ait lié connaissance avec une femme, alors qu'il ne s'était rien passé entre eux. *Quand on abandonne un homme comme une vieille chaussette, on peut s'attendre à ce qu'il s'autorise à rencontrer quelqu'un, non ?*

La conversation s'était tout de même bien terminée puisque Alyson avait accepté avec enthousiasme de le revoir dès que possible. Il avait songé que tout n'était peut-être pas clos, lorsqu'elle avait conclu par un « je t'arc-en-ciel », une de leurs expressions intimes, signifiant que, même si des nuages subsistaient, le soleil brillait tout de même entre eux.

Natasha descendit de son taxi pile à l'heure. Elle portait une robe vert opaline à pois blancs, arrivant bien au-dessus des genoux. Le plus osé était sa capeline en dentelle claire, dont les vagues encadraient son visage et donnaient l'impression qu'elle sortait tout droit d'une photo de David Hamilton.

— Tu es magnifique, constata Alain en lui faisant la bise, légèrement déconcerté par la tenue de la Bulgare, d'habitude plus sobre.

Ils pénétrèrent dans le restaurant français. Après être passé au vestiaire, le maître d'hôtel les précéda vers l'arrière-salle de l'établissement, dont les murs jaune pâle étaient recouverts de centaines de peintures et photos. Long sur pattes, l'homme à la silhouette de batte de baseball marchait rapidement entre les tables. La leur était située contre un immense tableau représentant une femme nue allongée sur un canapé, une jambe repliée et un bras pendant lascivement, le genre de toile qu'on ne s'attend pas à trouver dans un restaurant de ce standing.

Natasha posa sa pochette argentée sur la table, dans le prolongement du bras de la femme dénudée. De là où Alain se situait, on pouvait se demander à qui appartenait le petit sac à main. Il s'en amusa à voix haute, mais eut l'impression que sa plaisanterie tombait à plat.

Ils commandèrent chacun un Martini rouge et discutèrent d'abord des vacances de Natasha avec sa fille.

Puis ils découvrirent ensemble le menu. Elle demanda ce que signifiait « ratatouille », en français sur la carte, et se décida pour un foie gras et un coq au vin. Lui, commanda des artichauts vinaigrette et un steak au poivre. Ne restait plus qu'à choisir le vin.

Mais Alain n'eut pas le temps de le faire, Natasha voulant lui annoncer deux choses importantes. Il eut beau répliquer que lui, il en avait trois, et pas des moindres, elle prit les devants :

— Moi d'abord, si tu veux bien.

Que répondre à cela ? Alain prit un des petits fours, un carré au roquefort censé être croustillant.

— Voilà. La première fois qu'on s'est vus à Union Square, ce n'était pas par hasard…

Alain s'arrêta de mâcher. Ce qu'elle lui apprit dans la foulée le laissa sans voix. Totalement abasourdi, il eut du mal à ne pas se renfermer. Avec ses séances chez Patterson, rencontrer Natasha était la plus belle chose qui lui soit arrivée à New York, et voilà que ce n'était en réalité qu'une machination ?

Il regardait les glaçons flotter dans son verre, la bouche sèche. Le voile de poésie qui enveloppait leurs rendez-vous se déchirait, faisant chuter de son piédestal non seulement Natasha, mais aussi le médecin qu'il admirait tant. Ainsi depuis des mois qu'il lui parlait de Patterson, elle le connaissait !

— Natasha...

— Attends, Alain. Voilà pourquoi j'ai pleuré quand tu as imaginé que je te voyais parce que tu es malade. Car d'une certaine manière, c'est un peu vrai, puisque l'on s'est connus par l'intermédiaire de ton médecin.

Il avait du mal à déglutir. Il n'avait jamais dû mettre autant de temps à avaler un petit four. Natasha et lui clarifièrent quelques points obscurs. Puis Alain posa une question, qui allait déclencher une réponse de magnitude 8,5 sur « l'échelle de Riche-cœur ».

— Pourquoi me dis-tu ça la veille de mon départ, Natasha ?

— Parce que je ne veux pas qu'un mensonge plane comme une ombre entre nous... Je suis tombée amoureuse de toi, Alain !

Sa déclaration le désarmait. Comment avait-il pu se méprendre à ce point le jour où elle était partie en pleurant ?

Alain lui prit tendrement la main. Il sentit qu'elle appuyait fort son pouce contre le sien. Ce contact lui fit un effet incroyable, comme si leurs deux mains réunies venaient panser une plaie encore à vif.

— Je ne sais pas comment réagir, répondit-il bêtement. Je suis heureux de ce que tu viens de me dire. Très heureux même !

Lui qui avait prévu de lui annoncer la même chose n'arrivait plus à exprimer ce qu'il ressentait.

— Au fur et à mesure, je me rendais bien compte que j'attendais chacun de nos rendez-vous avec une impatience grandissante. L'autre jour, ma question à propos de ta supposée pitié était une tentative, bien maladroite je le reconnais, de t'annoncer l'importance que tu commençais à prendre dans ma vie. Si tu n'étais pas partie, j'aurais peut-être réussi à aller jusqu'au bout.

— Tu peux être plus clair ?

En substance il lui dit que, depuis, il n'avait cessé de penser à elle, et était accablé à l'idée de rentrer en France le lendemain. Il ajouta qu'il venait de prendre un billet pour revenir à New York, avec une option d'annulation au cas où sa santé nécessitait de rester en France; et avait conservé son appartement dans Little Italy. En cela, il suivait la philosophie de Wyatt, son jeune ami de l'hôpital qui aimait répéter: « Visez la lune, les gars, si vous la loupez, vous décrocherez bien une étoile ! »

Puis Alain poursuivit en annonçant le coup de téléphone d'Alyson. Pour cela, il préféra retirer sa main de celle de Natasha.

— Alyson m'a téléphoné avant-hier de Californie. Elle y est pour une exposition, mais habite toujours New York. Je lui ai dit que j'avais rencontré quelqu'un ici. Elle m'a proposé de se revoir dès mon retour à New York, me laissant entendre que tout n'était peut-être pas fini. Du coup, je me sens déstabilisé et je ne sais plus trop quoi penser.

Une longue discussion s'ensuivit. Alain était émerveillé de voir comment Natasha réagissait. Apprendre le retour de l'ex-compagne de l'homme qu'elle aimait ne devait pas être facile. Elle était pourtant capable d'écouter attentivement, de donner sincèrement son point de vue, tout en gérant ses propres émotions, sans pour autant les dissimuler.

Quel contraste avec Alyson ! Lors de leur conversation téléphonique, cette dernière avait fait une ou deux remarques montrant qu'elle ne s'était pas départie de cette froideur, qu'Alain attribuait aujourd'hui à de l'égocentrisme. Par conséquent, sachant le sujet sensible, il ne lui avait pas parlé de Julien.

Avec Natasha, les choses étaient plus simples. Mais il lui restait encore à lui raconter l'apparition d'une ancienne amante et de son fils. Ce qu'il fit après les entrées.

— Je crois que le plus dur, c'est de ne pas savoir si je suis ou non son père.

— Tu ne peux pas faire un test ?

— J'y ai pensé, mais j'ai trop peur de la réponse.

— Qui ne tente rien ne tente rien, rétorqua Natasha, avec un sourire désarmant.

Elle était douée pour l'aider à descendre au plus profond de lui-même. Avait-elle appris à le faire auprès de Patterson, son formateur, ou était-ce une qualité personnelle ?

— Je me rends compte que j'y pense beaucoup et que si ce n'est pas mon fils, je m'emballe pour rien.

— Et s'il l'est ?

— Alors je me retrouverai perdu dans mes montagnes, avec un enfant à Paris et une femme à New York ! Pas génial. Sauf si j'arrive à réunir tout le monde.

— Dans l'idéal, ce serait où ? questionna Natasha.

— Une option serait de vous kidnapper toi, ta fille et Julien, et de vous apprendre à skier tous les trois à Chamonix, cet hiver ! Quand vous aurez vu cet endroit, vous ne pourrez plus en repartir !

En entendant ça, Natasha se mit à pleurer. Puis à rire. Alain la regardait avec toute la tendresse du monde. Elle avait un regard à vous persuader qu'on peut traverser toute une vie à deux, en vivant d'amour et de complicité. Il récupéra doucement quelques-unes de ses larmes et les porta à ses propres lèvres, tel le trésor qu'elles étaient. Natasha se mit à pleurer plus fort, comme pour lui dire de prendre aussi les suivantes.

— Je les emporte avec moi, Natasha, et je vais beaucoup penser à toi. Je ne peux rien te promettre ce soir, mais je sais que chaque seconde sans te voir sera amputée de quelque chose de précieux.

*

Il était minuit passé lorsqu'ils sortirent du restaurant.

— Une dernière chose, Natasha. Est-ce toi qui m'as offert *Itinéraire d'un moment présent* ?

— Comme Mitchell nous propose de l'offrir incognito, même si j'en avais pris l'initiative, je ne te le dirais pas. Je peux juste te répondre que ce n'est pas moi, en essayant d'être persuasive, conclut-elle en tordant la bouche et en louchant.

Alain rit à ses grimaces. Sauf si c'était un réel oubli de son client, seuls Natasha ou Patterson pouvaient lui avoir transmis ce livre. Mais comment s'étaient-ils débrouillés pour le faire livrer par cet homme qui l'avait hélé dans la rue ?

Afin de respecter son engagement concernant la soirée, il proposa à Natasha de partager un taxi. Mais elle déclina l'offre, préférant visiblement qu'ils se quittent sur le trottoir. Quand ils se dirent au revoir, leurs corps se rapprochèrent dans une étreinte envoûtante.

La résolution d'Alain était en train de prendre l'eau de toutes parts quand Natasha prit l'initiative de lui glisser un message incompréhensible à l'oreille, avant de déposer sur sa bouche un baiser plein de grâce et d'espoir.

Lorsqu'elle s'éloigna, il se retrouva de nouveau seul, l'âme et le cœur perdus, comme une phrase qui cherche où est passé son point final

*« Si j'avais à écrire un livre de morale,*
*il aurait cent pages et quatre-vingt-dix-neuf*
*seraient blanches. Sur la dernière, j'écrirais :*
*"Je ne connais qu'un seul devoir*
*et c'est celui d'aimer." »*

Albert CAMUS

# 46

*J –6*
*Huit jours plus tard,*
*mercredi 28 août, 8h10*
*La Courneuve, Seine-Saint-Denis*

— Robert, trois cafés, dont un allongé !

Les premiers clients étaient déjà attablés en terrasse, des peintres en bâtiment démarrant leur journée de travail, vêtus de salopettes gris clair tachées de peinture blanche.

La devanture du bar de La Chope était une caricature du mauvais goût. Stores déchiquetés, portes-fenêtres couleur lie-de-vin, enseigne jaune sale et logo Kronenbourg rouge et blanc sur fond vert pour achever le regard. Sur les vitres, quelques autocollants publicitaires confirmaient qu'ici on privilégiait les affaires à l'esthétique.

Calé dans son Land Rover, Alain jetait un œil par-dessus son journal pour observer la mise en place de la terrasse.

— Guernick ! cria quelqu'un.

L'homme en train d'installer les chaises se retourna. *C'était donc lui !*

De taille moyenne, il portait un sweat-shirt gris et un bonnet noir couvrait ses oreilles. C'était étrange, en cette fin de mois d'août, d'être habillé si chaudement. Il semblait abîmé par la vie. Il arborait une barbe de dix jours, boitait de la jambe gauche et la peau autour de son nez était déjà altérée par une consommation régulière d'alcool. Il paraissait avoir environ quarante-cinq ans.

La première impression d'Alain fut que Julien lui ressemblait. Quelque chose dans la forme du visage, mais rien de flagrant. De toute évidence, le gosse avait surtout les traits de sa mère.

Gaëlle lui avait dit que Jacques Guernick vivait peut-être encore dans cette banlieue parisienne. Il avait eu son adresse en quelques minutes sur les Pages blanches.

Hier soir, il avait sonné chez une voisine de palier de Guernick, se présentant comme un ancien ami qui aurait trouvé porte close. La femme lui avait répondu qu'il était peut-être au bar de La Chope, au centre-ville, où il passait une partie de ses journées, précisant qu'il faisait la mise en place de la terrasse tous les matins.

Alain posa son journal sur le siège passager, sortit de sa voiture et entra dans le bar sans un regard pour celui qu'il était venu chercher. Il commanda au comptoir un double café et un croissant, attendant patiemment que Guernick terminât sa tâche.

— Alors, Guernick, café ou petit blanc ? lança le barman quand il eut fini.

— Tu sais que j'ai un prénom, monsieur le patron ?

— Je sais, monsieur le terrassier. Je te sers quoi, Jacquot la fripouille ?

— Y a des jours où tu m'énerves, Robert. Sers-moi un blanc.

Ça démarre bien, leur conversation, ironisa Alain intérieurement. Une odeur de tabac froid empestait l'atmosphère.

À deux mètres de lui, Jacques Guernick alluma une Camel[1]. Ses doigts jaunis indiquaient qu'il devait fumer comme un pompier. Un bon prétexte pour l'aborder.

— Je ne veux pas vous déranger ni vous taxer une cigarette, mais quand j'entends que les pouvoirs publics envisagent d'empêcher les gens de fumer dans les bars et les restaurants, ça me met en rogne, lança Alain en secouant la tête. À force d'interdire de plus en plus de choses, on va bientôt devoir payer pour respirer dans ce pays.

---

1. La loi interdisant de fumer dans tous les lieux publics datera du 1er février 2007. Elle sera étendue aux débits de boissons, hôtels et restaurants le 1er janvier 2008.

Manque de bol, c'est le patron qui répondit :

— Ils peuvent toujours la faire passer, leur loi. Chez moi, c'est moi qui décide qui fait quoi.

— J'ai lu qu'ils envisageaient de filer des amendes non seulement aux fumeurs, mais aussi aux tenanciers qui laisseraient fumer dans leur établissement, poursuivit Alain, contrarié de démarrer une discussion avec le barman.

— S'il faut payer des amendes, je ferai signer une pétition à mes clients et je menacerai de fermer. Le maire, il sera bien obligé de créer un arrêté municipal s'il veut garder ses bars, avec toutes les taxes qu'on lui rapporte !

Le cafetier avait une voix à faire vaciller un chêne. Il portait le cheveu court, gras, et le sourcil épais. Après avoir rangé une pile de tasses dans le lave-vaisselle, il alluma lui aussi une cigarette.

— Je sais pas pourquoi vous nous parlez de ça, reprit-il. Si c'est pour faire une enquête ou savoir des choses sur moi, je vous arrête tout de suite. Faut pas me chercher, moi !

Plus large que haut, il avait le physique d'un ours et le regard d'un loup prêt à attaquer.

— Je ne cherche vraiment pas à me renseigner sur qui que ce soit, monsieur. N'en parlons plus.

— C'est bon, se radoucit l'enragé. C'est vrai que je suis à cran sur ce sujet. Avec le pognon que m'a coûté la mise aux normes de ma cuisine, si en plus ils font fuir ma clientèle, ça va pas le faire. Parce que les gens, s'ils ne peuvent plus fumer dans les bars, ils vont rester chez eux !

— Je comprends. J'imagine qu'il faut avoir du caractère pour défendre une affaire comme la vôtre.

Guernick ouvrit enfin la bouche.

— Vous êtes léger en parlant de caractère. Là, on est plutôt dans du caractériel ! s'esclaffa-t-il d'une voix aussi éraillée que celle de Rod Stewart.

— Oui, enfin ce projet de loi peut lui porter sur les nerfs ! Moi-même, en ce moment, je suis à cran ! en profita Alain. J'ai une décision à prendre avec une femme...

— Oh, si c'est une histoire de bonne femme, aboya le patron qui avait décidément envie de ramener sa fraise, je vais pas être de bon conseil. Je me suis toujours fait baiser jusqu'ici, alors...

— C'est plutôt une histoire d'enfant, persévéra Alain. Pour faire simple, j'ai reçu un coup de fil d'une ex-copine qui m'affirme que son fils de neuf ans est de moi. On a juste passé quelques nuits ensemble. Il n'y a jamais rien eu de sérieux et on ne s'est jamais revus depuis. Vous réagiriez comment, vous ?

Il avait regardé les deux hommes en prononçant cette phrase. Il eut le plaisir d'entendre Guernick répondre.

— Ben, ça dépend. Vous êtes marié ?

— Non. Et célibataire depuis peu.

Tout en essuyant ses verres, le taulier ne put s'empêcher de donner encore son avis.

— Alors, tentez votre chance, si ça vous dit. Chez les nanas, c'est viscéral, le besoin de famille.

— Justement non, nous ne voulons reprendre ni l'un, ni l'autre. Elle souhaite juste savoir si j'ai envie de rencontrer le gamin et qu'on discute de la suite après.

— Oh là là, ça sent l'embrouille votre histoire, j'veux pas dire ! continua le barman.

Alain fit mine de réfléchir en détournant son regard vers le gros chien noir qui marchait péniblement vers le comptoir. Il était marrant avec son foulard jaune noué autour du cou. L'animal se posa lourdement aux pieds de Guernick.

— Mais elle pouvait avorter, non ? interrogea l'homme qu'il était venu voir.

— À l'époque, elle a préféré le garder sans m'en parler. Et elle me demande aujourd'hui de rencontrer le petit afin qu'il puisse connaître son père.

— Eh bien moi, je n'hésiterais pas ! beugla le cafetier. Une nana qui veut me coller un gosse sur le dos alors qu'elle pouvait prendre la pilule ou avorter, je lui dirais *niet* !

Alain craignait que les reparties du patron pussent influencer la réaction de son employé. Il se tourna ostensiblement vers Guernick, le regard interrogateur.

— Moi, je me méfierais, répondit ce dernier, en prenant un tabouret. Elle vous dit que c'est pour le gosse, mais après elle va vous demander à tous les coups une pension.

— J'y ai pensé. Mais si c'est ça, je peux assumer. C'est mon fils, quand même. Vous resteriez insensible, vous ?

— Vu ce que je suis devenu, ce s'rait pas un cadeau pour un gosse. Y a mieux comme père qu'un chômeur longue durée qui passe sa vie à faire des petits boulots. Mais vous, ça a l'air d'aller, non ? J'ai vu votre 4×4 ce matin: y a pire comme bagnole, hein ?

— Je me plains pas.

Il était peut-être alcoolique, le Guernick, mais bon observateur. Alain ressentit une certaine empathie pour cet homme avec qui il partageait un bout d'histoire. Un client s'étant assis en terrasse, le patron sortit prendre la commande. Au passage, il dut s'effacer pour laisser passer une grande bringue en manteau gris qui ne ralentit même pas, comme si un invisible code du trottoir donnait priorité à ceux qui l'arpentaient dans le sens de la longueur. Alain poursuivit la conversation, enfin tranquille.

— En fait, si je vois le petit, je risque de ne pas pouvoir faire autrement que de le reconnaître.

— Moi, je me poserais pas tant de questions. La vie est assez difficile comme ça. Mais bon, j'ai jamais eu envie d'avoir un gamin de toute façon.

— Même si un blondinet venait vous voir, là, et vous appelait papa ?

— Il aurait plus de chance d'être café au lait que blondinet ! J'ai vécu en Martinique cinq ans, c'est plutôt chaud là-bas, crâna Jacques Guernick.

— Ça ne change rien. Quelle que soit sa couleur, un fils est un fils, non ?

— Vous êtes trop idéaliste. Moi je lui dirais d'aller se faire voir, à la nana. Un marmot, c'est déjà un poids, alors un enfant sans que la mère veuille de moi, non merci. En plus, qui vous dit qu'elle ne vous ment pas ?

— On peut faire des tests aujourd'hui, à l'étranger c'est facile.

— Eh bien moi, je ne ferais ni test ni rien. Elle n'avait qu'à vous en parler pendant qu'elle pouvait encore avorter.

Guernick s'alluma une autre cigarette. Malgré la fumée, Alain respira un grand coup. Il regarda sa montre et laissa quelques pièces sur le comptoir.

— Vous avez peut-être raison, je vais réfléchir à tout ça. En tout cas, merci pour vos conseils.

— La vie n'est pas toujours simple, hein ? Mon chien, là, il se pose pas tant de questions. La gamelle, les sorties et un endroit au chaud pour dormir, c'est pas plus compliqué.

Alain récupéra sa veste qui sentirait sûrement le tabac comme au temps où il fumait, il y avait de ça une éternité.

— Alors, vous allez refuser ou vous faire avoir par une gonzesse ? vociféra le mastodonte en revenant.

Répondant par un vague geste de la main, entre couci-couça et au revoir, Alain laissa Guernick à son chien et le barman à ses aboiements.

Dehors, le vent soufflait fort. Remontant son col, il grimpa dans son véhicule et appela Gaëlle, qui savait où il se trouvait.

— Je viens de le voir : petits boulots, probablement alcoolique et gros fumeur. Mais sympa, fin observateur et franc du collier.

— Et concernant la paternité ?

— Hors de question qu'il reconnaisse un gamin. Mais si tu lui proposes de vivre avec lui, qui sait ? plaisanta Alain.

— C'est gentil, je vais y penser.

Alain mit le téléphone à l'autre oreille.

— Alors, on le fait ?

— D'accord, répondit-elle.

Les dés étaient jetés.

*« Je voudrais connaître la musique dont la queue de mon chien bat la mesure. »*

Yvan AUDOUARD

# 47

***Jour J***
***Mardi 3 septembre, 14 heures***
***Parking du laboratoire d'analyses, Genève***

« *À m'asseoir sur un banc cinq minutes avec toi*
*Regarder le soleil qui s'en va*[1]... »

La voix rocailleuse du chanteur parisien continue d'envahir l'habitacle du Land Rover.

« *Et entendre ton rire s'envoler aussi haut*
*Que s'envolent les cris des oiseaux*
*Te raconter enfin qu'il faut aimer la vie*
*et l'aimer même si*
*Le temps est assassin et emporte avec lui*
*Les rires des enfants*
*Et les mistrals gagnants*
*Et les mistrals gagnants...* »

---

1. Renaud, *Mistral gagnant*.

Alain laisse son blouson dans son 4×4 et part s'installer sur le banc situé près du bougainvillier, les fesses sur le dossier et les pieds sur l'assise. Avec sa chemise de bûcheron à carreaux bleus il doit ressembler à un Canadien tout juste sorti de sa forêt. Il s'imagine avec Julien, écoutant son rire si contagieux… Des vagues de tendresse montent en lui.

Il repense à cette histoire lue la semaine dernière dans le livre vert :

> Sur le chemin de l'école, un petit garçon passe tous les jours devant l'atelier d'un sculpteur. Il se demande pourquoi cet homme s'échine à taper ainsi sans cesse sur une si grosse pierre.
>
> De retour de vacances, il découvre que l'homme est en train de sculpter un lion. Stupéfait, il s'approche de lui et l'interroge : « Comment savais-tu qu'un lion était caché dans la pierre ? »
>
> **Itinéraire d'un moment présent**

Quel père se cache dans la roche que taille le Grand Sculpteur pour Julien ? Un chômeur de la région parisienne ou un moniteur de ski de Chamonix ? Réponse dans quelques minutes…

Juché sur le banc face à la Clio rouge, coudes sur les genoux et menton posé dans les mains, Alain se repasse le film de la matinée. Ou plutôt de LA journée.

Elle avait commencé par une longue méditation sur sa terrasse, face au glacier des Bossons. Le but était de savourer tout ce que la vie lui a déjà donné. Il avait pris conscience que, quel que soit le verdict, il existait et appartenait au monde du vivant, au grand cycle des naissances et des décès, sans que les conclusions du labo y changent fondamentalement grand-chose, hormis la date de sa mort.

Dans un état d'acceptation presque mystique, il était alors allé chercher les résultats de sa première prise de sang, sa prise de 100, comme l'avait écrit Julien sur la pancarte.

Il avait lu le compte rendu presque aussi calmement que s'il avait parcouru le journal du jour, puis la nouvelle s'était diffusée graduellement dans les différentes parties de sa psyché, touchant peu à peu chaque neurone. Ensuite, toujours en état méditatif, il avait repris son 4×4 pour rouler tranquillement vers Genève, comme si l'extraordinaire dénouement ne l'atteignait pas vraiment.

C'est quatre-vingt-dix minutes plus tard que les émotions commencèrent à affluer. Alors qu'il descendait à pied vers le lac Léman, l'information s'infiltra dans la partie limbique de son cerveau, tandis qu'il s'imaginait annoncer le résultat à ses parents, Natasha, Alyson, Pascal, Patterson. Et à ses potes moniteurs, Irène Moirant, le professeur Goodman. Et au bar Chez Mélanie. Et… Et…

Face au lac et à son majestueux jet d'eau de plus de cent mètres de hauteur, son ego accueillit à son tour la bonne nouvelle. Et avec elle, la fierté d'avoir triomphé du cancer.

Triomphe total ! Ses plaquettes étaient redevenues normales, ses leucocytes et ses globules rouges se comptaient en nombre suffisant, les lignées médullaires homogènes avaient réapparu dans sa moelle et, surtout, il possédait moins de 10% de cellules pathologiques sur le myélogramme.

Tous les marqueurs positifs étaient là.

Il se trouvait sur la voie de la guérison !

La guérison !

Une joie puissante imprégna tout son être. Il leva longuement les bras au ciel, les poings serrés. Fini la méditation, place à l'extase absolue !

En marchant d'un pas rapide au bord du lac pour tenter de canaliser tout cela, il avait croisé deux ados en roller, dont l'un ressemblait à Zachary, un des jeunes cancéreux à New York. Comment allaient Wyatt et Angie, aujourd'hui ? Il se fit la promesse de passer les voir prochainement et de leur rapporter un souvenir de France.

Plus loin, en empruntant l'étroite digue permettant d'approcher l'immense jet d'eau, dont les embruns formaient un arc-en-ciel se déplaçant au gré de la brise, il avait aperçu deux poissons derrière un rocher. La vie était là, partout, dans le moindre recoin de cette planète. Il sourit en se souvenant que, lorsqu'il était à New York, il avait décidé que s'il devait mourir, il mourrait vivant. Maintenant il allait devoir passer à la version 2.0 : vivre vivant !

*

Toujours assis sur le dossier du banc, Alain se répète en boucle la conclusion du médecin du labo de ce matin : « Ces chiffres montrent que vous êtes en phase de rémission » !

Chaque couleur, chaque bruit, chaque odeur lui rappelle qu'il est de retour parmi les vivants.

Il regarde le monde à travers le prisme de sa nouvelle espérance de vie. Quelle expression incroyable : l'espérance de vie ! Et quelle plus belle preuve d'espoir dans la vie que de s'engager avec un enfant ?

Dans quelques instants, pour la deuxième fois de la journée et dans un labo différent, son destin va se jouer autour d'une analyse de sang, qu'il a nommée sa prise de sens, tant l'information qu'elle détient influera sur le cours de son existence. Étrangement, il en redoute davantage le verdict.

Si, pour sa santé, il a pu contribuer au résultat, ici ce n'est pas le cas. Les dés sont jetés depuis longtemps, sans qu'il puisse influencer quoi que ce soit.

Il observe le bougainvillier. *Pas la possibilité d'influencer... rose fuchsia... pile ou face... voir la vie en rose... pile et face...*

Tout à coup, un tremblement de terre se propage dans tout son corps. Subitement, il fait dix degrés de moins. Bon Dieu, la voilà la solution ! Comment n'y a-t-il pas pensé plus tôt ?

L'idée dévale à toute allure son escalier mental. Rien ne l'arrête, aucune aspérité, sur aucune marche.

Il se lève, enjambe le petit parapet et s'assoit à même le sol, au pied du bougainvillier. Il a beau triturer son idée dans tous les sens, il ne voit aucun obstacle.

Il prend son téléphone et compose le numéro de Gaëlle.

— Bonjour, Alain. Alors, les résultats, ça donne quoi ?

— Pour le cancer, c'est tout bon ! lui annonce-t-il, victorieux. Les analyses sont encore meilleures que ce que j'espérais !

— C'est génial ! explose-t-elle aussitôt, visiblement soulagée. J'en suis tellement heureuse !

— Quant à Julien, si tu es toujours d'accord, je veux bien être son père, ajoute-t-il, tout ému de prononcer cette phrase.

— Comment ça ? Le labo a dit quoi ?

— Je ne sais pas, je n'y suis pas encore allé. Je te propose qu'on ignore ses résultats et qu'on annonce à ton fils que je suis son papa, sans lui dire qu'il y a un doute.

— Houlà ! Tu veux prendre la responsabilité d'être son père sans savoir si c'est le cas ?

— Oui.

— Mais pourquoi ?

— Julien a besoin d'un père. J'ai toujours rêvé d'avoir un enfant. Il est adorable. Tout colle.

— Je te demandais : pourquoi tu ne veux pas connaître le résultat ?

— Parce que s'il est négatif, je ne me vois pas aller plus loin. Je n'aurais plus qu'à m'incliner et passer mon chemin.

— On peut prendre le risque, non ?

— Comme tu le dis, c'est un risque. Si on y va, c'est du *fifty-fifty*. La seule façon de ne pas en prendre, c'est de se passer du test de paternité.

Alain regarde une fourmi marcher entre ses jambes. Elle a l'air de se frayer facilement un chemin à travers des herbes beaucoup plus hautes qu'elle, tout en charriant une brindille qui pèse peut-être le double de son poids.

— Alors Julien se construirait sur un secret de famille ? demande Gaëlle.

— Ce serait plutôt un mystère de famille. Pour mentir, il faut savoir. Plutôt qu'un mensonge, je vois cela comme un pari... Ou mieux, une sorte de mission.

— Tu joues un peu avec les mots. C'est quand même un mensonge, au moins par omission.

— C'est vrai, concède Alain. Mais, pour une fois, la politique de l'autruche me paraît plus appropriée que celle de la vérité.

— Pour qui ? Toi ou Julien ?

— Les deux.

Il sent Gaëlle sur la défensive. Vu les enjeux, il la comprend parfaitement. Devant lui, indifférente à ce qui se joue, la fourmi poursuit sa tâche. Son ancienne amante ajoute:

— Je me demande ce que tu cherches à combler en voulant t'engager à l'aveugle. C'est quand même pas banal, reconnais-le !

Alain se consulte sincèrement.

— Je ne sais pas. J'ai vécu sans enfants jusque-là, et même si j'aurais vraiment aimé en concevoir, je ne crois pas en avoir fait une fixation. Et, à New York, les choses ont bougé. Avec Natasha, la Bulgare dont je t'avais parlé lors de notre soirée, une histoire semble démarrer. Pour finir, Alyson m'a recontacté, on se revoit à mon retour à New York la semaine prochaine ! Tu vois, ma vie n'est pas spécialement vide, ni dénuée de passion. Pourtant, depuis que tu m'as dit que Julien était peut-être mon fils, je n'arrête pas d'y penser.

— Tu as donc deux femmes dans ta vie et tu veux y ajouter un enfant. Tu ne trouves pas ça un peu compliqué ?

— Je préfère une vie compliquée qu'une vie écourtée, je te prie de croire. L'annonce, ce matin, de ma rémission m'ouvre toutes les portes. Je compte bien en profiter !

La fourmi qu'Alain suit toujours des yeux vient de perdre sa brindille, mais une de ses congénères la récupère.

— Gaëlle, tu ne m'as jamais dit comment tu m'imaginais, en tant que père ?

— Tu pourrais être structurant.

— Structurant ? C'est tout ?

— Laisse-moi finir. Les démarches que tu as faites vis-à-vis de Julien en si peu de temps montrent que tu prends tout cela vraiment à cœur. Et tu parais tout à fait responsable. Mais avoue que te confier le rôle de père, avec tout ce que cela implique, sans que l'on soit sûrs de rien, c'est loin d'être évident ! Je ne te connais quasiment pas, tu ne peux pas débarquer dans la vie de Julien comme cela. Pour aborder les nombreuses modalités, dont certaines sont conséquentes, sans cette légitimité du sang, ça risque d'être coton.

— Dans ce cas, je ne comprends pas pourquoi tu m'as appelé. J'imagine que si tu l'as fait, c'est que tu voulais qu'il ait un père, non ?

— Je pensais qu'on connaîtrait les résultats.

Alain trouve que la discussion piétine. Il aimerait avancer aussi facilement que les fourmis, mais il sent Gaëlle hésiter. Ce qu'elle lui prouve avec sa question suivante.

— Admettons que j'accepte ton deal. Ne crois-tu pas que notre doute pourrait inconsciemment déstabiliser Julien ? Sans parler de nous.

— Notre mental fabriquera peut-être du doute. Mais mon cœur, lui, ne doute pas. Et puis, qu'est-ce qui est le plus important, Gaëlle ? La vérité chromosomique ou la vérité de l'amour ?

— Mais n'as-tu pas peur que…

— Ça fait trente-huit ans que je les écoute, mes peurs ! Elles vont devoir crier dans le vide, pour une fois.

— Et ta famille, tu lui dirais quoi ?

— La même chose qu'à Julien. Si lui ignore qu'il y a un doute, le mieux est que personne ne le sache, je pense.

— Donc, on tromperait nos deux familles… Tu imagines le cataclysme si, un jour, cela se savait ?

— Le cataclysme a déjà eu lieu pour moi. Je n'ai pas passé une seule nuit tranquille depuis ton coup de fil. Et puis si ça s'apprend, ce sera à chacun de gérer ses ressentis. On ne peut pas protéger les autres de leurs propres tourments.

Silence.

— Je comprends ton idée de ne pas savoir, reprend Gaëlle. Mais je ne veux pas mentir à Julien.

— Tu proposes quoi ? Qu'on lui dise qu'on ne sait pas ?

— Pourquoi pas ? Tu pourrais récupérer le résultat sans en prendre connaissance. En demandant par exemple au labo de le mettre sous enveloppe fermée. Et Julien déciderait lui-même de l'ouvrir, ou pas, le jour de l'annonce.

— Ça lui mettrait une responsabilité terrible sur les épaules, pour son âge, non ?

— C'est sûr. Mais je ne veux pas lui cacher un truc d'une telle importance.

Alain réfléchit. Il prend un brin d'herbe et le mâchonne. Son goût est un peu acide.

— Alors, coupons la poire en deux : je ne vais pas chercher le résultat, on dit la vérité à Julien, à savoir qu'il y a un doute, et si un jour il veut faire une recherche, on refera un test. Avec les années, notre relation père-fils aura eu le temps de se construire, la situation serait bien moins risquée qu'aujourd'hui.

— Ça, ça m'irait mieux, bredouille Gaëlle, visiblement pas encore convaincue.

Alain ajoute un nouvel argument.

— En fait, ce test ne me définirait pas comme père, juste comme géniteur. Je ne deviendrais père qu'avec le temps, en étant présent quand ce sera possible, en l'éduquant, en le protégeant, tout cela en accord avec toi. C'est à ça que je veux m'engager.

— Tu t'es renseigné sur les conséquences d'un tel acte, pour toi ?

— Comme Julien a plus d'un an, elles ne sont pas si importantes que cela. Même en le reconnaissant, je ne pourrais prétendre à l'autorité parentale. Sauf si un jour on déposait, et ce uniquement avec ton assentiment, une demande officielle. Sans cela, je n'aurai ni beaucoup de droits, ni beaucoup de devoirs envers Julien.

— Tu le vivrais comment ?

— Je trouve ça normal. C'est toi qui t'occupes de lui depuis sa naissance, ce serait hyper intrusif pour vous deux que je puisse exiger un droit de visite, des vacances partagées, etc. Mais avec les années, si tout se passe bien entre nous trois, oui, je serais heureux d'avoir les mêmes droits et devoirs que tout père. Très heureux, même.

— Ta manière d'en parler me rassure.

— J'en suis ravi, Gaëlle.

Alain sent que la discussion avance. Il prend une bonne respiration et ajoute :

— Pour résumer, il semblerait que nous nous dirigions vers la situation suivante : je ne vais pas chercher le résultat, on est transparents avec Julien et on voit comment il réagit. Si tout se passe bien, j'irai de temps en temps à Paris, et on laisse la relation évoluer peu à peu, sans rien forcer.

— Hum, murmure-t-elle.

— Mais tu vas voir que cet hiver, il va te tanner pour que vous veniez passer une semaine de ski avec le plus top gentil moniteur de Chamonix ! plaisante Alain.

Il a l'impression de l'entendre sourire à travers le téléphone. Il laisse quelques secondes de silence et se jette à l'eau.

— Je te réitère donc ma proposition, Gaëlle : acceptes-tu que j'endosse la paternité de Julien sans connaître le résultat du labo ?

Il pose le combiné par terre, met le haut-parleur, puis s'accroupit, en faisant attention de ne pas se piquer avec les épines. Son cœur s'accélère et il retient son souffle.

— Si on dit toute la vérité à Julien, c'est d'accord, répond-elle avec gravité.

— Waouh ! hurle-t-il en se redressant brusquement, se cognant la tête au passage sur une des branches du bougainvillier.

La bouche déformée par un rictus de joie animale, il pousse le cri de Tarzan, en se frappant la poitrine de ses poings.

— HAAA HAA HAAAAA HAA HAA !

À cinq mètres de lui, une femme sans âge, plutôt boulotte et vêtue d'un tailleur strict, le regarde d'un air effrayé. Elle accélère le pas et s'engouffre dans le laboratoire sans demander son reste.

Revenant à une humanité plus éduquée, Alain reprend le téléphone.

— Gaëlle ?

— Impressionnant ! Ça te rend si heureux que ça ?

— Plus que je l'aurais cru moi-même. Et toi ?

— Je n'arrive pas encore à me rendre compte. J'éprouve une petite appréhension concernant le futur. Et un certain apaisement pour Julien, il a tellement rêvé d'avoir un papa.

Alain est aux anges. Il plisse les yeux d'un air radieux. Quelle journée ! Il ne lui reste plus qu'une dernière formalité.

*

— Bonjour, madame.

Vêtue d'une blouse blanche, la secrétaire du laboratoire fait encore plus sérieuse. Si Alain avait bien noté qu'elle avait une incisive décalée, il n'avait pas remarqué ses petites oreilles qui lui donnaient un air de poupée.

— Je viens pour vous régler.

— Vos résultats sont prêts depuis ce matin, les voici.

— Je ne souhaite plus les connaître, annonça Alain, d'une voix ferme. Je viens juste payer et vous demander d'en détruire toute trace.

— Vous voulez que je jette le compte rendu de l'analyse ADN ? répond-elle, abasourdie.

— Tout à fait. Et que vous ne le conserviez pas non plus dans vos archives, si c'est faisable.

— Nous ne gardons pas de document papier, mais nous avons un double numérique. Au cas où les gens le réclament plus tard, ajoute-t-elle, d'un ton plein de sous-entendus.

— Il est possible de le détruire, j'imagine ? insiste Alain.

— Bien sûr. Mais je dois garder votre fiche, avec vos coordonnées, pour la comptabilité.

— Pas de problème pour ça.

— Très bien. Du moment que vous payez, dit-elle d'un air pincé, en remettant une mèche de cheveux derrière son oreille.

— Merci. Une dernière chose : est-ce que quelqu'un a pris connaissance de ces résultats ?

— Je ne le pense pas, réfléchit la secrétaire en regardant vers le haut. Ils vont directement à l'imprimante. Les laborantins n'y ont pas accès, sauf s'ils veulent vérifier quelque chose. Mais personne n'est venu voir ce que donnait le test. Je suis là depuis ce matin et j'ai mis les feuilles dans l'enveloppe sans les regarder. Vous savez, nous faisons tellement d'analyses.

— C'est parfait. Alors, merci de tout détruire.

Elle déchire l'enveloppe en deux avant de se remettre sur son clavier.

— Voilà, répond-elle quatre clics plus tard, c'est fait. J'ai même vidé la corbeille.

— C'est gentil, je vous remercie, conclut Alain en réglant sa note. Je vous souhaite une très belle après-midi, madame.

— De même.

— Oh, cette journée a des chances d'être à jamais la plus belle de ma vie !

La secrétaire le regarde du coin de l'œil, tout en remettant encore en place sa mèche de cheveux. Avec la petitesse de ses oreilles, elle doit passer ses journées à faire ça.

On entend une porte s'ouvrir. La dame rondouillarde de tout à l'heure sort d'une des salles donnant sur le couloir. En voyant Alain, elle s'arrête, la main posée sur la poignée. Il lui adresse un grand sourire, tout en s'inclinant obséquieusement. Tarzan s'est civilisé.

*

Une fois dehors, Alain retourne s'asseoir sur le banc, les pieds plantés dans le sol cette fois-ci. Une première perle d'émotion se forme au creux de ses paupières. Puis, telle une boule de neige entraînant une avalanche, de longs sanglots surgissent sans retenue. De grosses larmes jaillissent en un flot continu, certaines allant s'écraser entre ses pieds, d'autres, moins téméraires peut-être, se contentant de couler le long de ses joues.

Il sent une douleur au sommet de son crâne. Y passant machinalement la main, il découvre qu'il saigne, le bougainvillier ayant éraflé son cuir chevelu. Pas de doute, un enfant, du sang et des larmes, il s'agit bien d'un accouchement. Et c'est lui le père !

Sortant du laboratoire, la dame au tailleur strict aperçoit maintenant Alain en train de pleurer, la main droite ensanglantée. C'en est trop pour elle. Son cerveau reptilien lui ordonne de décamper sur-le-champ. Quelques mètres plus loin, elle manque de trébucher et ne peut réprimer un cri d'affolement.

La scène burlesque calme les sanglots d'Alain. Dépourvu de mouchoir, il essuie les larmes et le sang avec les manches de sa chemise qui se teintent d'hémoglobine. La femme se retourne vers lui, en ouvrant la porte de son véhicule. Il lui adresse un baiser, sans se rendre compte que même Quasimodo est moins effrayant que lui à ce moment-là.

Un sentiment mêlé de puissance et de vulnérabilité s'empare de lui. Ce matin, il était sans enfant et sa guérison n'était qu'un espoir non confirmé médicalement. Maintenant, il va pouvoir vivre vieux et élever son fils jusqu'à ce qu'il devienne un homme !

*

Revenu dans son 4 × 4, Alain pose la tête sur ses avant-bras repliés sur le volant et se demande comment annoncer la nouvelle à Julien.

*Voilà, bonhomme, ton père, c'est moi... Julien, j'ai quelque chose d'important à te dire. J'ai connu ta mère il y a longtemps. On s'est rencontrés il y a dix ans et... Tu sais, mon garçon, que chaque enfant est issu de l'union d'un homme et d'une femme. T'es-tu déjà demandé qui était ton père ?*

Bon, il verra bien, inutile d'apprendre par cœur un texte. L'important, c'est la sincérité et la simplicité des propos. Et puis, c'est peut-être Gaëlle qui voudra lui annoncer.

Sur le siège passager, se trouve le livre vert dont il a presque terminé la lecture. Alain s'en saisit et, comme s'il était vivant, l'ouvrage s'ouvre tout seul sur le dernier chapitre.

Nous voilà au terme de ce que je voulais partager avec toi. C'est le moment d'essorer l'éponge, pour conserver ce qui te convient et te débarrasser du reste.

Pour finir, j'ai trois nouvelles à t'annoncer : une bonne, une mauvaise et une neutre. On commence par laquelle ? La majorité des gens préfère connaître la mauvaise en premier. Pour garder le meilleur pour la fin, ou pour se débarrasser du pire en premier ?

Ne sachant pas ce que tu préfères, j'ai mis la mauvaise à la page suivante. Si tu veux la bonne en premier, commence par sauter une page.

Je ne sais ni dans quel ordre tu liras ces nouvelles ni comment tu vas continuer d'écrire ta propre histoire. Dans tous les cas, fais de ton mieux. Ni plus, ni moins.

Et sois toi-même, tous les autres sont déjà pris.

Tu as toute ma confiance,

Roland Mitchell

**Itinéraire d'un moment présent**

La mauvaise nouvelle,
c'est qu'il n'y a pas
de bonne nouvelle.

C'est quand même une
bien mauvaise nouvelle, non ?

**Itinéraire d'un moment présent**

La bonne nouvelle,
c'est qu'il n'y a pas
de mauvaise nouvelle.

Pour la nouvelle neutre, tourne la page,
ce sera mon dernier message…

**Itinéraire d'un moment présent**

Tout dans ce livre
est peut-être faux.

Alors, oublie tout ça…
et VIS !

**Itinéraire d'un moment présent**

Il ne peut quitter des yeux le dernier mot.

Vis !

Vivre !

Pleinement !

À 100 % !

Un petit chiffre sur un petit tableau blanc dans la petite salle d'attente d'un grand médecin.

Pour la première fois de sa vie, il décide de croire en lui, en la Vie, en l'Amour…

*

En quittant Genève, Alain passe sous plusieurs lignes électriques tendues au-dessus de la route. Des oiseaux noirs y sont posés, certains regroupés et d'autres solitaires. Ils ressemblent à des notes de musique sur une portée. À droite, deux d'entre eux sont à l'écart, côte à côte, formant une double croche qui ponctuerait une phrase musicale céleste.

Il se rappelle une sentence du livre vert. *Non, Mitchell, la vérité de ce monde, ce n'est pas le doute.*

« *La vérité de ce monde, c'est l'Amour.*
*Il faut choisir, aimer ou mentir !* »

Alain Roignac

# 48

*Le lendemain, mercredi 4 septembre, 11 h 45*
*Restaurant Le New York, Paris*

— Bonjour, j'ai réservé une table pour trois personnes, dehors de préférence. Au nom de Roignac.

Le serveur, un grand barbu au front osseux, chemise blanche et gilet noir à l'ancienne, lui indique l'extrémité de la terrasse.

— Installez-vous au fond, première rangée.

Alain s'avance entre les tables et les chaises, toutes orientées vers la tour Eiffel, qui trône à moins de cinq cents mètres de là, derrière le pont d'Iéna. Un soleil voilé éclaire Paris aujourd'hui. Le store rouge du bar, en position dépliée, assombrit un peu la terrasse. Calés à l'angle de la vitre les séparant de la salle intérieure et la paroi de verre perpendiculaire au trottoir, ils devraient être tranquilles pour parler. Alain arrange les sièges et rapproche les deux guéridons. À cette heure, seule la moitié de la terrasse est occupée. Sur les nappes blanches, le menu est disposé verticalement dans son support en bois. Il saisit la carte. Son téléphone lui signale un texto :

On est là dans 10 minutes

Ce matin, dans le TGV Genève-Paris, Gaëlle et lui ont réussi à se téléphoner longuement, malgré quelques coupures. À la demande d'Alain, c'est lui qui annoncera la nouvelle. Ils se sont mis d'accord sur le fait de lui donner peu d'explications, et de laisser l'enfant poser des questions. Ils ont décidé d'être transparents sur tout, à cette seule exception : si Julien demandait pourquoi ils n'étaient pas certains qu'Alain soit son père, Gaëlle lui dirait qu'il était trop petit pour savoir et comprendrait plus tard. Une amie psychologue lui avait expliqué qu'une réponse frustrante est souvent plus structurante que trop d'informations qu'il ne pourrait peut-être pas traiter.

Alain repose le menu, un pavé de saumon fera l'affaire. Il note d'une écriture irrégulière quelque chose sur le cahier rouge qui l'accompagne depuis hier, puis regarde passer les gens, nombreux dans ce quartier touristique.

*

Il sursaute en entendant la voix aiguë du gamin qui l'apostrophe de loin.

— Monsieur Alain !

— Julien !

Il se lève et s'avance sur le trottoir. Dès que Gaëlle lâche la main de son fils, ce dernier vient lui faire un gros bisou, qu'Alain n'a pas le temps de rendre car Julien s'est déjà reculé.

— Tu as vu le nom de la brasserie ? démarre Alain en se redressant.

— Tu l'as choisie exprès ?

— Oui, pour te rappeler l'Amérique.

— Bonnard !

— Bonjour, Gaëlle.

— Salut, répond-elle, un large sourire accroché aux lèvres.

Les deux adultes se font la bise.

— Je suis morte de trouille, chuchote-t-elle à son oreille.

— Tu le caches bien, la rassure-t-il discrètement. Alors, on s'installe comment ? Julien, tu te mets face à la tour Eiffel ?

L'enfant semble hésiter. Il teste une chaise, puis l'autre, et s'assoit sur la seule qui tourne le dos à l'immense dame de fer. Il déplace un brin le siège, se pose dessus et répond :

— Voilà, d'ici, j'en ai deux !

— Qu'est-ce que tu racontes ? demande sa mère.

— Dans les vitres, là, je vois deux tours Eiffel. Et quand je bouge la tête, elles bougent avec moi ! s'amuse-t-il.

Alain et Gaëlle s'installent donc côte à côte. La discussion démarre joyeusement, alimentée par Julien. Comme à New York, il pose beaucoup de questions. Comment était le train ce matin, où est le taxi noir dans lequel il a passé la journée avec son grand-père, est-ce qu'Alain va rester en France maintenant... Souvent, il ne se contente pas des réponses qu'il reçoit et ajoute plein de commentaires personnels. Eh bien, ça promet pour tout à l'heure ! pense Alain.

Le serveur vient s'enquérir de leur commande : saumon pour les adultes, burger-purée pour Julien et eau minérale pour tout le monde.

Alain ne peut s'empêcher de percevoir ce moment comme s'il le filmait. Pourtant, il est bien présent et ses sens sont bien affûtés : il entend clairement les conversations de leurs voisines, distingue les feuilles des platanes bouger au loin, et perçoit l'odeur légèrement âcre de la transpiration du serveur. Mais une partie de son esprit enregistre cela de plus haut, comme s'il était acteur et spectateur en même temps. Il a d'ailleurs l'impression que ce phénomène s'est amplifié avec son cancer. Étrangement, il ne vit pas cela de manière détachée, mais comme si ce recul lui donnait une conscience de la préciosité du moment, lui apportant une intensité supplémentaire.

— C'est quoi ce cahier ? l'interroge Julien.

— C'est mon journal intime. Il est tout neuf, je l'ai commencé hier soir. J'y note des idées, mes impressions du jour, tout ce que je veux.

— Tu as écrit quelque chose sur moi ?

— Oui, juste avant que tu arrives, même.

— C'est quoi ?

— Je ne te le dirai pas, répond Alain en souriant. Intime, ça veut dire secret, aussi.

— C'est pas juste !

— Si, c'est juste. Tout le monde a droit à un jardin secret. Toi aussi tu peux écrire ce que tu veux sur un journal et ne le montrer à personne.

— Si personne le lit, à quoi ça sert d'écrire ?

— Pour sortir de ta tête les choses que tu ne peux dire à personne.

L'enfant n'a pas l'air de bien en comprendre l'intérêt et se met à discuter avec sa mère.

Au bout d'un moment, le serveur revient avec un large plateau contenant leurs trois assiettes. Ils commencent à manger quand, au beau milieu de leurs plats, Julien lance les hostilités.

— Maman m'a averti que tu avais quelque chose d'important à me dire.

— Tu veux le savoir tout de suite ou tu préfères qu'on finisse d'abord de manger ?

— Maintenant.

Alain sent le genou de Gaëlle se serrer contre le sien, sans deviner s'il y a un message à décrypter. Il se tourne vers elle, mais comme elle ne réagit pas, il se lance.

— Voilà : Gaëlle et moi, on s'est connus avant que tu naisses. C'était à Chamonix. On a passé deux ou trois jours ensemble, on a été amoureux, mais ça n'a pas duré. Depuis, on ne s'est jamais revus, sauf le mois dernier à New York, où on s'est rencontrés par hasard.

— Elle a pris ton taxi noir ?

— Tu as tout compris, sauf que c'était dans une autre voiture, toute jaune, comme les autres taxis que tu as vus dans les rues.

— Pourquoi tu ne me l'as pas dit, maman ?

— Tu ne connaissais pas encore Alain, mon chou.

— M'appelle pas mon chou !

— OK, mon grand, répond Gaëlle.

— J'suis pas ton grand, je m'appelle Julien, c'est tout.

Alain observe la passe d'armes. Le petit garçon qui riait toute la journée avec son grand-père n'est pas toujours joyeux. Dont acte. Il décide d'écourter les détails et d'aller à l'essentiel.

— Juste après notre rencontre, ta maman est tombée enceinte. C'est toi qui étais dans son ventre. J'ai appris tout ça il y a quelques jours. Quand on s'est vus à New York, je n'en savais encore rien. Ce que je suis venu te dire, Julien, c'est que je suis ton père !

L'enfant ne réagit pas. Ses yeux semblent se perdre dans les reflets des vitres. Il ne cille pas et aucun de ses muscles ne bouge. Totalement immobile, on dirait une marionnette à qui l'on a coupé les ficelles.

— C'était une nouvelle trop importante pour que je te l'annonce par téléphone, poursuit Alain. Voilà pourquoi j'ai pris le train pour te voir ce matin. Je ne reste d'ailleurs pas à Paris, je repars chez moi en fin d'après-midi.

Julien se balance maintenant de gauche à droite, faisant danser les reflets des deux tours Eiffel. Le marionnettiste invisible bouge ses ficelles avec une régularité de métronome, une seconde à droite, une seconde à gauche. Gaëlle entre dans la partie :

— Tu te rappelles qu'on est allés faire une prise de sang, la semaine dernière ? C'est une façon scientifique de savoir qui est le papa d'un enfant. Alain l'a fait aussi, comme ça on peut comparer vos ADN. On en avait parlé, de l'ADN, tu te souviens ? Eh bien, au dernier moment, Alain a préféré ne pas savoir les résultats du test. Pour lui ça ne compte pas, ce qui compte, c'est qu'il t'aime très fort et qu'il veut être ton papa, te voir grandir, t'accompagner dans la vie, partager du temps avec toi. Et moi aussi je veux qu'il soit ton papa. Mais quand tu seras grand, si tu as besoin d'être certain, tu pourras refaire ce test.

L'intervention de sa mère a dévié l'attention de Julien, qui s'occupe maintenant de l'empilement de son burger. Il soulève le dernier quart de pain, qui avait glissé sur le côté, pour le remettre sur le steak haché.

— Cela ne va pas changer ton quotidien, sois tranquille, reprend Alain d'un ton apaisant. Tu vas continuer de vivre avec ta maman à Paris, et moi à Chamonix. Je viendrai te voir de temps en temps ici, et, si tout se passe bien entre nous, peut-être que vous aurez envie de skier quelques jours avec ta mère. Je vous donnerai moi-même des cours. Mais avant de skier aussi bien que moi, il va te falloir en dévaler, des pentes !

Alain reçoit un second coup de genou de Gaëlle, qu'il ne peut toujours pas décrypter. Ne souhaite-t-elle pas qu'il fasse de l'humour ? se demande-t-il. Julien ouvre enfin la bouche. Mais ce n'est que pour marmonner un air indéfinissable: « Pou bala pou pou poum… »

— Voilà, tu sais tout, conclut Alain. Je t'ai parlé comme à un grand, ce que tu es. Tu peux prendre le temps de digérer la nouvelle et, si tu as des questions, tu pourras toujours les poser plus tard à ta maman ou à moi, elle a mon numéro de téléphone.

Un silence épais s'installe. Un peu démuni devant le mutisme de Julien, Alain pose une question qu'il regrette aussitôt exprimée.

— Je ne te demande pas ton avis, car un enfant ne choisit jamais ses parents, mais es-tu content que je sois ton papa ? Moi, je le suis… oui, je suis très content, même.

Julien continue de ne pas réagir, il joue avec sa purée. Après avoir dessiné des stries régulières avec sa fourchette, il s'applique à bien la lisser. Afin de le laisser tranquille, et assez déconcerté, Alain se tourne vers sa mère et entame une discussion banale sur l'appartement où ils vivent, elle et son fils. La tension redescend un peu. Ils terminent tous les deux leurs assiettes.

Tout à coup, Gaëlle lève sa fourchette en faisant des yeux écarquillés, lui signifiant de regarder vers Julien. Alain se fige : sur la purée, l'enfant a écrit un « OUI » bien lisible !

Profondément touché, à la fois par la réponse et par la manière, Alain se penche en avant, lisse la purée de l'enfant, et écrit à son tour : « MERCI ». Julien et lui échangent enfin un regard rapide, leur premier regard de père et fils…

Gaëlle vient interrompre ce moment unique :

— Eh bien, vous faites la paire tous les deux ! Si vous vous parlez comme ça tout le temps, vous allez me ruiner en purée !

Deuxième regard père-fils, un rien plus long, souligné d'un sourire réciproque.

— Maman, on peut aller jouer ? conclut Julien d'une voix suppliante.

— Tu ne finis pas ton assiette ?

— J'ai plus faim.

— On pourrait aller sous la tour Eiffel après, propose Alain, qui se dit qu'un peu d'espace fera du bien à tout le monde.

— Oui ! crie le gosse, retrouvant sa spontanéité et son enthousiasme.

Les adultes poursuivent leur conversation. Julien, lui, est parti jouer sous la table. Alain se retient de lui demander de rester assis, ne souhaitant pas intervenir dès aujourd'hui, à la fois pour le petit[1] et pour sa mère.

Quand Alain sort après avoir payé leurs trois repas, il aperçoit Gaëlle qui lui fait des grands signes, cinquante mètres plus loin. Elle s'est postée à l'angle du jardin du Trocadéro, dans lequel Julien se dégourdit les jambes.

— Il t'a dit quelque chose ? l'interrogea Alain dès qu'il l'a rejointe.

— Rien. Il est sous le choc, je pense.

— Ça se comprend. Tu te sens comment, toi ?

— Soulagée, même s'il reste encore pas mal de choses à voir ensemble. J'ai l'impression d'arriver au bout d'un long chemin.

— Moi, d'en être tout au début…

*« Un père n'est pas celui qui donne la vie,*
*ce serait trop facile,*
*un père c'est celui qui donne l'amour. »*

Denis Lord

---

1. J'ai encore du mal à écrire « pour son fils », étant moi-même aussi ému qu'Alain.

# 49

*Une semaine plus tard*
*Mardi 10 septembre*
*Aéroport de Genève*

En bas de l'escalator qui amène les passagers dans le hall de départ, un vieux monsieur à djellaba gris foncé et moustache gris clair attend dignement que les voyageurs passent pour monter à son tour. Alain s'efface pour lui laisser la priorité. L'homme le gratifie d'un sourire et d'un signe de la main en marmonnant dans sa langue d'origine, ce à quoi Alain répond :

— C'est moi qui vous remercie, monsieur.

S'il comprend le français, l'homme doit se demander de quoi, mais Alain s'en fiche. Depuis qu'il se sait en voie de guérison, il est sur son nuage.

Dans la salle d'embarquement, il sort de son sac le sandwich acheté plus tôt et en défait l'emballage plastique. Avant de le porter à sa bouche, il l'observe comme s'il avait dans ses mains un repas de roi. Parce qu'à bien y regarder, ce simple jambon-fromage est un vrai miracle. Y ont participé un cochon, une vache, quelques tiges de blé, le sel de la mer, les nuages qui ont arrosé le blé, les paysans qui l'ont planté et récolté, d'autres qui ont trait la vache et pasteurisé le lait, moulu la farine, pétri le pain, ainsi que tous les gens travaillant dans les transports de marchandises, et jusqu'au serveur qui le lui a vendu... Avec ce regard profond, chaque bouchée qu'il prend participe à bien plus qu'un repas : une prière. Sa manière à lui de démarrer la version 2.1.

Tout à ses réflexions, il perd la notion du temps. Une jeune hôtesse apparemment stressée s'approche des passagers en attente et demande si quelqu'un va à New York.

— Oui, mademoiselle, moi, répond calmement Alain.

— Mais, monsieur, dépêchez-vous, l'embarquement est presque terminé !

— Peu importe. Je préfère louper un avion que rater mon présent ! rétorque-t-il d'un air béat, provoquant un haussement de sourcils chez l'hôtesse qui le devance prestement vers la porte d'embarquement.

*

Assis sur le siège 87A du vol de la Swiss International Air Lines, plus connue sous le raccourci de SWISS, il n'arrive pas à fermer l'œil, lui qui a pourtant l'habitude de faire des micro-siestes facilement.

Il attrape le volumineux carnet rouge sur lequel est écrit en grosses lettres JOURNAL DE BORD et qu'il a acheté à Genève après le résultat de ses analyses de sang. Il ne peut s'empêcher de sourire au souvenir de la question de Julien sur l'utilité d'un journal. Ayant du temps devant lui, il en profite pour le relire depuis le début.

***Mardi 3 septembre, 18 h 30, balcon du chalet***

*Aujourd'hui est le premier jour de ma nouvelle vie.*

*Comment l'appeler ? La journée la plus importante*
*de ma vie ? Trop long. Le jour J ? Pourquoi pas :*
*J comme joie d'être vivant, J comme Julien !*
*Oui, c'est ça, J comme Julien !*

*Devant moi, mes montagnes. Elles sont restées pareilles*
*à elles-mêmes, mais quelque chose a changé.*
*Aujourd'hui, je sais que je pourrais vivre ailleurs qu'ici.*
*Mon pays n'est ni la Savoie ni la France.*
*Mon pays, c'est la Vie !*

*Je viens d'appeler Alex. Lui aussi est sorti vainqueur*
*du cancer ! Cependant, ses derniers bilans sont moins*
*bons que les miens. Mais l'essentiel est là,*
*on a tous les deux réussi.*

Dans la foulée, j'ai appelé Natasha et Alysse pour leur annoncer le résultat du labo.

Natasha a presque hurlé de joie.
Elle avait l'air tout excitée. On a parlé longuement, c'était bon. Elle m'a dit avoir passé quelques jours difficiles après mon départ, ayant l'impression d'avoir rencontré une étoile filante. Je lui ai rétorqué qu'une étoile filante, ça servait à faire des vœux, elle m'a répondu : « Je crois que tu le connais, mon vœu. »
Elle m'a expliqué que le plus dur était qu'elle n'avait pas de prise sur ce que j'allais décider avec Alyson. Quant aux nombreuses incertitudes sur notre avenir commun, ça a l'air de lui faire moins peur car elle participera à l'évolution des choses.

J'ai pris des nouvelles de sa fille,
qui ne sait toujours rien,
bien que Natasha m'ait avoué
avoir souvent eu envie de lui parler de nous.

Je lui ai tout raconté pour Julien.
Quand elle a compris que je m'étais engagé à être son père sans avoir vérifié le test, elle m'a répondu qu'elle était ravie de ce choix.
Je lui ai demandé si cela ne lui faisait pas peur que je puisse être accaparé par un enfant en France, elle m'a rétorqué que non, car cela équilibrait nos situations respectives. Tout est tellement simple avec elle ! Elle a fini par un « je t'aime » auquel j'ai bêtement répondu par un « merci ».

Alyson, elle, a pleuré quand elle a appris le résultat sanguin concernant mon cancer. Elle a eu vraiment peur. Elle m'a aussi laissé entendre qu'elle serait prête à ce qu'on revive ensemble ! Comment ? Pourquoi ? Aucune idée. J'ai dû lui paraître froid en lui proposant d'en reparler à NY. Pour Julien, je lui dirai de vive voix. Entre ça et la situation avec Natasha, ça va faire des retrouvailles rock and roll…

**Jour J +1, 11 h 45**

Petite nuit, à cause du TGV parti tôt de Genève ce matin. Me voilà, assis face à la tour Eiffel, à la terrasse du resto le New York. Je sais que Julien vit ses derniers instants sans père. Sans repère ? Malgré l'ampleur de mon engagement, je me sens presque serein. Suis-je inconséquent ?

**23 h**

Ça y est, Julien est au courant. C'était aussi génial qu'étrange. Il a accueilli la nouvelle comme si je l'informais qu'il allait avoir un nouveau cartable. Mais, avec Gaëlle, on voyait bien que ça le travaillait. En tout cas, je ne mangerai plus jamais de purée sans penser à ce moment !

Au départ, on devait lui annoncer la nouvelle tout en haut de la tour Eiffel. Gaëlle tenait à un lieu symbolique qui puisse faire office d'ancrage à son fils pour que, même s'il ne voyait pas son père chaque soir, quelque *chose de bien visible le lui rappelle tous les jours. Comme symbole phallique, difficile de trouver mieux ! Un phallus de plus de 300 mètres, ça doit être un record ! Mais avec mes horaires de train, c'était difficile d'organiser en si peu de temps une montée. Trop de touristes début septembre. J'ai cherché un resto près de la tour, l'ancrage fonctionnera peut-être…*

*En les raccompagnant place Victor-Hugo, où ils prenaient leur métro, j'ai offert une glace à Julien, qui raffole du parfum chocolat. Juste avant qu'on se quitte, Gaëlle m'a confié qu'il venait de lui demander si c'était bien vrai. Il commence à réaliser. Pour continuer à y aller en douceur, en lui faisant la bise, je lui ai dit : « À bientôt, bonhomme. » Mais dans ma tête, je pensais très fort : « À très vite, mon fils ! »*

L'avion bouge sous l'effet des turbulences. Deux rangs devant lui, un bébé se met à pleurer. Alain détend sa ceinture pour se soulever afin de voir le nourrisson, mais il n'y arrive pas, car sa mère le porte contre elle. Il se rassoit et se replonge dans sa lecture.

**J +2**

*Ce midi, j'ai mangé chez Alex, sans Monique qui était en stage de je ne sais quoi. J'ai l'impression que leur couple bat de l'aile, mais n'ai pas voulu aborder le sujet, Alex m'en parlera quand il sera prêt.*

*Il croit que sa fatigue est due à son traitement. Je pense qu'il est aussi lessivé par son hygiène de vie et toute la peur accumulée en quelques mois, largement alimentée par celle de Monique.*

*Alex a sorti un sublime gewurztraminer vieilles vignes. Au cours du repas, il m'a avoué que le jour de nos dix-huit ans, où il m'avait battu au bras de fer devant les potes, il s'était entraîné et musclé pendant un mois. Dans la salle, comme il utilisait toujours le même appareil, ils l'avaient appelé Monsieur Un muscle ! En un mois, il avait plus que doublé ses performances. Tu parles s'il était sûr de gagner ! Son aveu m'a touché. Je le lui ai dit et il m'a fait un clin d'œil. Ce cancer va nous avoir plus rapprochés en six mois que les trente dernières années…*

*Bien que j'en aie eu envie, j'ai préféré ne rien lui révéler pour Julien. On se voit en famille demain, je leur ferai la surprise à tous les trois en même temps. Les parents ont été assez mis à l'écart comme ça.*

Le bébé pleure toujours. Alain sent sa voisine de droite s'agacer. Il tourne la tête et la détaille furtivement. Américaine permanentée, rouge à lèvres pétard et poitrine proéminente, à elle seule elle rassemble pas mal de clichés. Elle a l'air fatiguée. Alain compatit. Si elle prévoyait de se reposer pendant le vol, ça risque d'être compliqué.

## J +3

La réunion de famille a eu lieu, toujours sans Monique qui a préféré nous laisser entre nous. Avec Alex, on a tout déballé aux parents : leucémies, chimios, résultats d'analyses et optimisme des médecins. Papa semblait réfléchir à toute allure, sans émotion. Maman paraissait sidérée. Mais je l'ai trouvée moins anxieuse que ce à quoi je m'attendais.

Je ne sais pas si on a eu raison de les avoir épargnés. Évidemment ils se seraient fait un sang d'encre, mais au moins, on aurait traversé ça ensemble. C'est quoi le plus important, pour une famille, la tranquillité ou la sincérité ?

Alex a occulté la phase de rémission, ne parlant que de guérison. Je n'ai pas osé le reprendre. Il est vraiment doué pour enjoliver les trucs, quand même. Tu m'étonnes qu'il réussisse dans l'immobilier ! Mais peut-être en parle-t-il ainsi pour se convaincre lui-même.

Au champagne – j'avais apporté un Dom Pérignon –, je me suis levé et j'ai pris la parole. Maman a presque défailli quand je lui ai annoncé qu'elle avait un petit-fils. Dad m'a surpris en la prenant par les épaules et en penchant sa tête contre elle. Je ne me souviens pas l'avoir déjà vu faire ça.

Je leur ai tout dit, y compris que je n'avais pas voulu connaître le résultat du test. J'ai dû défendre ma position, les parents ne comprenant pas pourquoi je m'engageais dans cette histoire sans savoir. Ce qui a semblé les convaincre a été de comprendre la nuance entre un père et un géniteur. Je leur ai expliqué qu'un test de paternité porte mal son nom, ce n'est finalement qu'une recherche de géniteur.

Je leur ai aussi avoué que je n'avais pas une idée précise des futures modalités concernant notamment les vacances, puisque Gaëlle et moi allons laisser les choses évoluer peu à peu sans brusquer Julien. Quand je leur ai appris que nous n'avions pas encore statué définitivement, au sujet de ma participation aux frais d'éducation du petit, Dad a réitéré son habituelle réflexion : « Fils, tu es vraiment inconscient ! »
Ça a été le seul moment un peu tendu.

Ensuite, quand je leur ai demandé si le fait qu'il puisse y avoir un doute pouvait les empêcher d'accueillir avec leur cœur Julien, maman s'est levée la première et a entraîné tout le monde. On a fini tous les quatre enlacés, en pleurant et riant en même temps. Un GRAND MOMENT ! Je vous aime, famille difficile !

**J +4**

Première discussion au tél avec Julien.
Gaëlle venait de m'appeler, on a échangé sur la réaction de nos familles réciproques.
À la fin, quand elle lui a demandé « Tu veux parler à ton père ? », il n'a pas hésité et a pris le combiné !
Même s'il ne m'a encore jamais appelé papa,

*c'est déjà un pas. (Tiens, j'avais pas remarqué qu'il faut deux pas pour faire un papa).*
*Quand il a appris le prénom de son oncle, Julien m'a sorti du tac au tac :*

*— M. et Mme Térieur ont deux fils, comment s'appellent-ils ?*

*Devant mon silence, il a triomphalement conclu :*

*— Alex et Alain !*

*Je n'avais jamais pensé à ça ! De plus, ça correspond bien à nos caractères, Alex grande gueule et moi plus introverti. Ce gosse promet. Si les petits cochons ne le mangent pas, on en fera quelqu'un de bien...*

*Après, j'ai appelé maman.*
*On a longuement parlé. Elle est très vexée qu'on leur ait caché notre maladie.*
*Ce n'était peut-être pas une bonne idée, finalement.*

Les cris du bambin s'amplifient. Marilyn Monroe se bouche les oreilles, sérieusement dérangée. Une pensée traverse l'esprit d'Alain : il doit être un des rares pères à avoir un enfant sans avoir eu de bébé !

**J +5**

*On échange tous les jours avec Gaëlle en ce moment. Julien lui en a sorti une bonne, hier. Comme elle lui racontait qu'on s'était retrouvés dans le quartier des*

*Nations unies à New York, il lui a rétorqué : « Nations unies, parents unis ! » Il va falloir lui parler.*

*Parler, je ne fais que ça depuis que je suis en France. Ce midi, grosse discussion avec Pascal, qui va être père dans quelques jours, Romane devant accoucher sous peu. Je lui ai annoncé ma toute récente paternité, il est resté bouche bée deux secondes avant de me prendre dans ses bras. Putain, c'est bon d'avoir un ami !*

**J +6**

*Ce matin : rendu visite à Irène Moirant qui revenait d'un congrès médical où ils avaient abordé l'importance d'une bonne hygiène de vie parallèlement aux traitements. La solution peut se résumer ainsi : la diététique anticancer, c'est faire le minimum syndical selon la CGT, c'est-à-dire le minimum de Cigarette, de Graisse et pas Trop de sucre.*

*Ce soir, raclette au bistrot des Sports avec les guides et les copains. Monique et Alex se sont même déplacés, c'est la première fois qu'ils viennent voir mes potes. Quel bonheur de mélanger famille et amis ! Pour la diététique, on était loin du minimum syndical, mais ça fait du bien de manger savoyard après six mois aux States.*

La mère du nourrisson a réussi à le calmer en le promenant dans l'allée, avant de se faire sermonner par une hôtesse qui lui a demandé de se rasseoir. Alain prend un stylo pour continuer son journal.

*J +7*

*Me voilà encore au-dessus de l'Atlantique. Entre deux continents et entre deux amours. Un même cœur peut-il battre durablement pour deux femmes ?*

N'arrivant pas à écrire plus, il referme son carnet et prend le livre vert pour lire la fin du chapitre sur l'identité. Cette semaine, il a offert l'ouvrage à trois personnes. Pour les deux premières, pas d'hésitation : il a envoyé un exemplaire à son frère et un à Pascal. Quant à la troisième, il a opté pour Gaëlle. Puisque Julien aurait à jamais des parents séparés, que ceux-ci aient tout de même quelques lectures communes. Il a bien pensé à Alyson, mais l'idée de lui faire découvrir un livre que lui avait probablement offert Natasha le gênait.

Il retrouve le chapitre en question, mais n'arrive pas à en lire plus de dix lignes. Trop d'énergie coule dans ses veines. Trop de pensées, aussi. Le cœur écartelé entre ces deux femmes, il a l'impression d'avoir deux montres au poignet ne donnant pas la même heure et se sent en perpétuel décalage horaire.

Une nouvelle fois, sa vie va se jouer à 50-50 : Alyson ou Natasha ? Au moins cette décision ne dépend d'aucune prise de sang. Si choisir, c'est renoncer, c'est plutôt d'une « prise de *sans* » qu'il s'agit. Sans Natasha ou sans Alyson.

*

Quatre heures plus tard, Alain sort de l'avion et se dirige vers l'aérogare. Il remonte le col de son blouson à cause de la climatisation, toujours excessive dans les aéroports américains. Il contemple le ciel couvert à travers les baies vitrées. Demain, un beau soleil est attendu sur tout l'État de New York. Est-ce de bon augure ?

Il rejoint l'espace réservé aux taxis. Il a dans son sac une bouteille pour Patterson et quelques présents pour les ados du Memorial Sloan-Kettering Cancer Center. Avant d'aller à son appartement, il a décidé de faire un tour chez Bloomingdale's voir si la veste bleu-vert repérée un mois auparavant est toujours disponible. Bien qu'il soit, pour lui, 23 heures passées, il ne ressent aucune fatigue, dopé à l'adrénaline.

Assis à l'arrière d'une Chevrolet jaune, Alain regarde défiler le paysage urbain qu'il connaît par cœur. Ces rues, ces immeubles et ces ponts, il les a déjà vus cent fois ; ces klaxons, entendus des milliers de fois. Il a l'impression d'avoir passé dix ans de sa vie ici. Finalement, les habitudes s'attrapent vite. Les convictions qui vont avec aussi.

Les événements du lendemain vont faire voler en éclats ses dernières certitudes.

*« Ne crains pas que ta vie prenne fin un jour, mais plutôt qu'elle n'ait jamais commencé. »*

John Henry NEWMAN

# 50

*Le lendemain, 8 h 01*
*Manhattan Sud*

Il fait un temps splendide ce matin du 11 septembre.

Son cadeau sous le bras, Alain va chez le docteur Patterson. Le médecin lui a proposé de passer avant ses premières consultations. Au niveau de la Sixième Avenue, Alain jette un œil sur la superbe tour de la Jefferson Market Library, avec l'étrange impression qu'elle est plus haute que d'habitude, comme si elle se dressait aujourd'hui sur la pointe des pieds pour honorer ses retrouvailles avec Natasha ce soir et Alyson demain. Pour l'occasion, il porte une veste en lin beige, n'ayant pas trouvé son bonheur chez Bloomingdale's hier soir.

À 8 h 24, il pousse la lourde porte du cabinet médical et entre dans la salle d'attente.

Le tableau blanc des pourcentages est toujours là. Alain est fier et heureux de faire maintenant partie des statistiques de guérison. À côté, l'affiche de la conférence que le docteur Patterson va donner ce soir. Il y retrouvera Natasha qui lui a proposé de la rejoindre là-bas. Par la fenêtre, il aperçoit le jacuzzi, maintenant installé, à l'endroit où il a jeté ses dernières cigarettes.

Patterson ouvre la porte et s'avance vers lui. Il n'a pas sa blouse aujourd'hui, mais une chemise bleue rehaussée d'une cravate blanche. À son poignet, le bracelet de montre rouge complète l'ensemble, très tricolore ce matin !

— Alain ! Content de vous voir victorieux du cancer ! s'exclame-t-il en français comme il en a pris l'habitude.

— Bonjour, cher docteur. Heureux aussi de vous revoir !

Le fait qu'il l'ait appelé par son prénom et le ton sincère du médecin le touchent plus qu'il ne l'aurait pensé. Certes, ils ont mené cette bataille ensemble, mais il sent qu'il est accueilli par l'homme plus que par le professionnel.

— Voici, en remerciement pour tout ce que vous avez fait pour moi, dit Alain, lui tendant l'emballage qui contient une bouteille de Smith Haut Lafitte rouge. C'est mon vin préféré. Un pur nectar ! Vous sachant amateur, j'espère qu'il vous comblera. Mais vous ne pourrez pas le boire avant une bonne dizaine d'années, il est trop fermé pour l'instant. Il va vous falloir vivre encore longtemps !

Patterson sourit.

— Merci, c'est très gentil. J'apprécie beaucoup et ça me fait réellement plaisir.

— C'est pour fêter ma rémission...

Le praticien invite Alain à rentrer quelques minutes bien qu'ils n'aient pas rendez-vous. Il s'assoit à son bureau et retrouve vite son sens de la répartie :

— Votre rémission, vous pouvez également la percevoir comme une ré-mission. C'est-à-dire une nouvelle mission. Ce jeu de mots fonctionne aussi en anglais. Quelle est donc votre nouvelle mission, mon cher ?

— Aimer ! déclare Alain en joignant ses deux mains devant lui.

— Voilà une mission grandiose ! Avec ça, vous êtes certain de ne pas rechuter. Contre l'amour, les hypothétiques métastases auraient trop de mal à lutter ! Puis-je savoir qui a la chance d'être l'objet de votre cœur ?

— Je suis incapable de répondre à cette question, et ça me pose problème. Vous en êtes en partie responsable, d'ailleurs.

— C'est-à-dire ?

— Natasha m'a dit que vous étiez indirectement à l'origine de notre rencontre. Nous sommes tombés amoureux.

— Voilà une grande nouvelle ! Où est le problème ? demande le médecin d'une voix détachée.

— Mon ex m'a finalement recontacté juste avant que je quitte New York. Elle a l'air de vouloir renouer. Du coup, tout se bouscule dans ma tête et je ne sais plus où j'en suis.

— Je comprends, dit Patterson en dessinant machinalement une petite marguerite sur le bord de son ordonnancier. En même temps, si ces deux femmes vous aiment, vous n'avez que l'embarras du choix...

— Mais je ne sais pas gérer ça ! Je n'arrête pas de penser à la décision que je vais devoir prendre. Et plus j'y réfléchis, plus je me sens coincé.

Alain regarde son médecin, surpris qu'il ne réagisse pas plus que cela au fait qu'il ait réussi à retrouver Alyson. Il est plus expansif habituellement.

Patterson se racle la gorge, ce qui fait déraper son stylo et donne un pétale plus grand que les autres à la marguerite.

— Vous ne pouvez pas choisir si vous n'avez que deux possibilités. Face à une seule option, on est dans une contrainte. Avec deux, comme vous le présentez pour l'instant, on se trouve devant un dilemme. Ce n'est qu'à partir de trois que l'on a du choix. De plus, si votre cerveau peut fabriquer trois options, il sera ouvert à une quatrième, une cinquième, etc. Pour sortir d'un dilemme, il est toujours utile d'envisager une troisième possibilité.

— Vous me conseillez de fréquenter les deux à la fois ?

— Je ne vous conseille rien de spécial. Il y a toujours plusieurs solutions pour résoudre une difficulté. Vous pourriez par exemple entrer dans les ordres, ajoute-t-il avec ce sourire en coin qu'Alain lui connaît si bien.

— Je vais y réfléchir, mais ce n'est pas au programme des prochains jours. Je retrouve Natasha ce soir, on démarre la soirée avec votre conférence, d'ailleurs. Et demain, c'est mon ex-compagne qui m'invite au resto. Vous voyez, je suis loin de la vie monacale. Mais ce n'est pas facile pour autant.

— Très honoré de savoir que vous venez me voir, répond le médecin en hochant la tête, avant de reprendre le fil de leur conversation. J'imagine qu'à votre place je laisserais chaque relation évoluer jusqu'à ce que la situation se décante suffisamment. Et écoutez votre cœur, il connaît le chemin du bonheur. En tout cas, vous avez tout à fait compris le sens du mot « guérir », conclut-il en pliant un Post-it jaune sur lequel il venait d'écrire quelque chose. Tenez, vous l'ouvrirez plus tard.

Sur le pas de la porte, Patterson s'enquiert des résultats de son frère :

— Résultats positifs lui aussi, même si son état général est moins bon que le mien. Finalement, à quoi tout ce travail a servi si, en ne le faisant pas, j'aurais probablement guéri, docteur ?

— À rien ! rétorque Lawrence Patterson en le laissant sur le perron, plus mystérieux que jamais.

Pensif, Alain se retrouve là où, le premier jour, il avait décidé d'acheter des lunettes pour voir la vie en rose. Puis, les mains dans les poches, il s'éloigne vers Union Square.

Pas mal de monde est venu dans ce parc pour se recueillir. Ici une vieille dame sur un banc avec un caniche noir dans les bras, là un couple se donnant la main, là-bas le kiosque à journaux qui vient de baisser son store... Dans quelques secondes, à l'heure pile où le premier avion a percuté la tour nord du World Trade Center, tout New York s'apprête à observer trois minutes de silence, en souvenir des événements de l'an dernier. Même le trafic s'arrête, spontanément, comme si toute la ville communiait dans un même élan de solidarité.

Alain s'approche de la statue de Gandhi. Il ouvre le Post-it et y lit :

Les téléphones portables indiquent 9 h 46. Plus personne ne bouge. Le silence devient impressionnant. Ému par le message de son médecin, il a du mal à se recueillir aussi sérieusement qu'il aurait souhaité.

> « *L'ennui est la maladie de la vie. Pour la guérir, il suffit de peu de chose : aimer ou vouloir.* »
>
> Alfred DE VIGNY

# 51

*Même soir, 18 h 35*
*Metropolitan Pavilion*

La salle de conférence, toute blanche, est exagérément éclairée. Arrivé en avance, Alain est surpris du nombre de chaises. Combien attendent-ils de personnes ? Trois cents, cinq cents ? Son médecin semble plus connu qu'il ne le pensait. Surtout que la date est particulière, même s'il soupçonne Patterson de ne pas l'avoir choisie par hasard. Sur l'estrade, il l'aperçoit en train de faire des essais de vidéoprojecteur.

Le téléphone d'Alain sonne, c'est Natasha. Troisième fois aujourd'hui.

— Je sors juste de chez moi, la baby-sitter était en retard, lui annonce-t-elle d'une voix essoufflée.

— Ah, ça va te coûter l'apéro ! plaisante-t-il.

— On m'avait prévenue que les Français étaient alcooliques, je vois que ce n'était pas une blague. Dis, tu as réussi à dormir un peu ?

— Une petite demi-heure, ça devrait suffire.

Avec le décalage horaire, pour lui, il est plus de minuit.

— C'est idiot de ma part de t'avoir proposé de venir écouter Lawrence, on aurait pu se retrouver après. Je ne me sens pas capable d'être concentrée avec toi à mes côtés. Ta présence risque de perturber mon cerveau limbique, ou reptilien, je ne sais pas. Les deux probablement !

— Mes cerveaux aussi risquent d'être peu réceptifs. On verra bien. On va où, après ?

— Ah, une surprise, c'est une surprise !

Alain sourit.

— Natasha, je vais réserver deux chaises sur le côté, comme ça, si tu veux, on pourra s'éclipser sans déranger.

— Très bonne idée, *my dear*.

Il ne sait pas si elle utilise ces mots pour dire « mon cher » ou « mon chéri ». Il pose sa veste sur une chaise et, n'ayant rien d'autre sur lui, son stylo sur celle d'à côté.

— Si tu me cherches, je nous ai placés vers le dixième rang, tout à gauche en regardant la scène.

— Laisse-moi deviner, que je vérifie si mes dons de voyance ne sont pas diminués par les longues soirées passées à attendre ton retour… C'est du côté des portes d'entrée ?

— Facile, tu avais une chance sur deux. Et de quelle couleur sont les chaises ? Noires ou grises ?

— Je les vois plutôt claires. Blanches ?

Alain siffle d'admiration, avant de se retourner.

— Tu es dans la salle ?

— Non, je suis réellement en bas de chez moi. Mais Lawrence a déjà animé un débat dans ce lieu ! ajoute-t-elle toute guillerette. Ah, je te laisse, un taxi arrive, à tout de suite ! Bisous.

Alain s'apprête à répondre, mais elle a déjà raccroché. Il récupère son portefeuille dans sa veste et se dirige d'un pas nonchalant vers le bar, admirant au passage les rangées de chaises blanches, disposées légèrement en V pour que chacun soit face au pupitre de l'intervenant.

L'espace snack est situé au fond d'un vaste hall, dont le magnifique sol en marqueterie supporte à intervalles réguliers des colonnes carrées et massives, aussi blanches que les murs et le plafond. Accrochés à des tubulures métalliques, des centaines de spots éclairent l'espace d'une lumière éblouissante.

Il commande un Coca Light et le sirote doucement, accoudé à l'immense comptoir, les fauteuils rétro, roses ou bleus, étant tous occupés. Il espère que Natasha ne va pas trop l'enflammer, ce soir, car il a décidé de rester célibataire pour l'instant, afin de respecter les deux femmes qui occupent ses pensées. Aujourd'hui, il est un peu plus confiant que dans l'avion et se dit que les choses vont forcément évoluer rapidement. Quand il a fini son verre, il revient vers la salle de conférence qui a commencé à se remplir, et dont l'entrée est encadrée par deux magnifiques yuccas. La veste et le stylo ont fait leur office.

Il s'assoit. Sur l'estrade, son médecin relit ses notes en discutant avec deux ou trois personnes. Il semble concentré sur ce qu'il prépare et, en même temps, il se dégage de lui une bienveillance vis-à-vis des personnes qui l'entourent. Levant les yeux vers la salle, Patterson l'aperçoit et le salue de la main. De loin, Alain lui trouve une certaine ressemblance avec Jacques Brel, silhouette dégingandée aux longs bras s'agitant en permanence.

Quelques minutes plus tard, alors que la salle est pleine aux trois quarts, il entend une voix familière l'appeler derrière lui. Son sang ne fait qu'un tour. Il se retourne et a l'impression quasi mystique d'assister à une apparition : à moins de deux mètres, vêtue d'un ensemble à rayures gris et blanc, Alyson se tient debout !

— Alain ?! Ça alors ! Que… Qu'est-ce que tu fais là ?

— Je viens assister à la conférence de Lawrence Patterson. C'est le médecin génial dont je t'ai parlé au téléphone.

Il se rend compte qu'il s'apprête à démarrer une conversation des plus légères, comme s'ils s'étaient quittés la veille. En lui, une autre voix s'exprime : « Ça y est, elle est là, tu l'as cherchée si longtemps, la voilà. Ça te fait quoi ? »

Pour cacher son trouble il continue sur le même ton badin.

— Et toi, Alysse ?

— Pareil, je viens l'écouter.

— Tu le connais ?

— Je l'ai consulté une fois, il y a un mois.

— Quoi ? Tu es allée voir le docteur Patterson à son cabinet, dans le Village ?!

Sa compagne hoche la tête. Alain est éberlué. Pourquoi son médecin ne lui a-t-il rien dit ce matin, ou même plus tôt, alors qu'il savait qu'il avait remué ciel et terre pour tenter de la retrouver ? Cette question et l'ambiguïté de la situation l'empêchent de vivre pleinement ses retrouvailles avec Alyson. Retrouvailles… un simple mot pour un moment si important. Six mois sans se voir ni se toucher. Six mois d'errance pour en arriver là, elle debout et lui toujours assis sur sa chaise.

Il se lève d'une manière hésitante. Le regard fixe, ils sont comme aimantés l'un à l'autre et aucun n'ose bouger. Toutes sortes de sentiments assaillent Alain : hébétude, gêne, joie, nostalgie, espoir, sidération, panique, désir, frustration, doute… Comme si l'univers avait décidé de lui offrir un feu d'artifice émotionnel dont le bouquet final n'en finit plus.

L'arrivée imminente de Natasha le retient. Alain s'efforce de reprendre ses esprits et lâche :

— Je suis accompagné, ce soir. Quelqu'un qui va arriver incessamment sous peu.

Alyson blêmit.

— C'est elle, c'est ça ? réagit-elle prudemment.

Alain s'apprête à lui expliquer la situation, mais il n'a pas le temps de réunir sa pensée que déboule Natasha, de sa démarche aérienne habituelle.

— Bonsoir, beau moniteur ! lance-t-elle avec enthousiasme. Tu…

— Natasha, je te présente Alyson. Et Alyson, voici l'amie new-yorkaise dont je t'ai parlé.

Natasha s'arrête net. On croirait un oiseau touché en plein vol.

— J'ignorais qu'Alyson serait là, balbutie Alain, elle connaît Lawrence Patterson, elle aussi.

Alyson se tourne vers la Bulgare qui fuit son regard.

— Je vais vous laisser, articule péniblement cette dernière. Je ne veux pas déranger.

Et elle se dirige vers l'estrade. Alain fait signe à Alyson qu'il revient et s'empresse de rejoindre Natasha.

— Laisse-moi, Alain, s'il te plaît, dit-elle d'un ton ferme. Cette situation est trop difficile pour moi. Retrouvez-vous ce soir, puisque la vie en a décidé ainsi. J'annule notre soirée, tu m'appelleras quand tu pourras. Je suis désolée.

*Pendant ce temps, sur l'estrade*

Après avoir salué Alain, Lawrence Patterson vérifie le bon fonctionnement de sa télécommande. Puis il range ses feuilles sur le pupitre, qu'il remonte un peu.

C'est à ce moment-là qu'il aperçoit la femme de son patient français. Il se souvient de la séance « tribunal », mais impossible de se rappeler son prénom. Addison ? Madison ? Il est surpris de la voir là. Ce matin, Alain ne lui a-t-il pas dit qu'il devait venir à sa conférence avec Natasha ? Il n'a peut-être pas bien compris, ou son patient a fait un lapsus... Ou il devient Alzheimer.

Patterson continue à la regarder. Elle semble chercher où s'asseoir. Ou bien cherche-t-elle Alain ? Ça y est, elle l'a aperçu. Bizarrement, ils ont l'air surpris de se retrouver là. Patterson a un pressentiment. Qui se confirme rapidement.

En effet, Natasha arrive, d'un pas vif. Qu'est-ce que c'est que ce binz ?! Il ne peut détacher les yeux de la scène. Les trois protagonistes paraissent très embarrassés.

Très vite, il voit la Bulgare s'éloigner du couple et se diriger vers l'estrade. Elle vient à sa rencontre, le visage décomposé.

— Tu fais chier, Lawrence.

Les yeux de sa stagiaire viennent se ficher comme deux dards dans ceux du médecin.

— Comment se fait-il que tu connaisses Alyson ?

— Bonsoir, Natasha. Un pur hasard, répond-il, en notant intérieurement le prénom de sa cliente.

— Elle est malade, elle aussi ?

— Non, je l'ai...

Le docteur Patterson s'arrête net. S'il en dit plus, il va droit à la faute professionnelle.

— Je n'ai pas le droit de te répondre, Natasha.

— Tu te rends compte de ce qui se passe ? poursuit son interlocutrice, d'un ton véhément. Tu sais que je suis amoureuse d'Alain et tu lui remets son ex dans les bras !

— Je n'ai rien fait, Natasha, répond-il franchement.

— Et pourquoi s'est-elle pointée ce soir ?

— Je ne sais pas. Le contact qui lui avait donné mes coordonnées lui a peut-être parlé de cette soirée. Ou elle est allée visiter mon site, il y a un encart sur mes conférences en page d'accueil. Il y a plein de possibilités, je n'y suis pour rien.

— J'ai vraiment pas de chance ! Pour une fois qu'Alain venait dans « mon monde ». Et ce soir, j'avais prévu une soirée vraiment perso, dit-elle en parlant à toute vitesse.

Le conférencier du jour regarde sa stagiaire :

— Tu m'as l'air énervée…

— Énervée ?! Tu rigoles ?! Je suis furieuse ! Furibonde, même, puisque tu aimes qu'on utilise toute la palette du vocabulaire des sentiments.

Patterson a l'intelligence de ne rien répondre. Il sait bien que lorsque quelqu'un est pris dans la vague d'une émotion forte, il n'y a rien d'autre à faire qu'à l'accompagner jusqu'à ce qu'elle soit passée. Pour l'instant, Natasha a visiblement la tête sous l'eau.

Sachant qu'une bonne partie du public les observe, il lui propose de le suivre. Ils s'éclipsent par une petite porte qui donne sur un vestibule plus long que large. Sur la droite, un escalier recouvert de sisal conduit à une large fenêtre, à mi-palier.

— Ça te va si on parle devant la fenêtre ?

— Là ou ailleurs, je m'en fiche.

Patterson monte le premier. Dès qu'elle l'a rejoint, Natasha reprend.

— Je suppose que si je te demande depuis quand tu la connais, tu ne vas pas me répondre ?

— Exact.

— Lawrence, je n'exige pas des infos intimes sur elle. J'ai juste besoin de savoir si tu joues un double jeu avec moi, et depuis quand.

— Aucune trahison de ma part, Natasha. J'ai simplement gardé pour moi une information professionnelle. J'imagine que tu auras très vite des nouvelles par Alain, qui va aussi se demander depuis quand je connais son ex. S'il m'appelle, je lui répondrai la même chose qu'à toi. Le code de déontologie de mes deux métiers, médecin et psychothérapeute, m'oblige au devoir de réserve. Seule Alyson peut le briser.

— Vous êtes de drôles de gens, vous, les psys ! lui rétorque Natasha sans ambages.

Pour tenter d'aplanir la vague, Patterson déverrouille la fenêtre qui s'ouvre à l'anglaise, vers l'extérieur. Un air tiède entre dans le vestibule et, avec lui, une forte odeur de cuisson. Ils doivent être au-dessus des cuisines.

Le praticien se penche et aperçoit, quelque trente mètres plus bas, une jeune femme, en casquette et baskets noires, suivie par son caniche, les pattes entravées par sa laisse. En temps normal il aurait peut-être averti la propriétaire du chien, qui ne se rend compte de rien, mais il préfère ne pas crier.

Espérant que l'eau soit revenue plus calme, il tente :

— Puisque tu as appris que la colère est souvent un sentiment-écran, sais-tu quelle sorte d'émotion se trouve dessous ?

— Pas envie de répondre, grommelle sa stagiaire en déplaçant une petite poubelle d'angle, dont un des pieds en métal aurait bien besoin d'une attelle.

Mais c'est pas vrai ! pense Lawrence. S'il sait sa question bonne, elle est totalement prématurée au stade où en sont les choses. Alors il fait ce qu'il y a de mieux à faire en cet instant : se taire.

— Une immense gêne, si tu veux savoir, répond enfin Natasha. Me retrouver à côté de cette femme, qui ne m'a rien fait, et de son mec que j'aime, c'est vraiment inhumain.

— Je comprends.

Patterson opine de la tête silencieusement. Un ange passe. Puis, il jette un œil sur sa montre.

— Je vais bientôt démarrer. Tu veux que je t'amène une enceinte pour suivre la conférence d'ici ? Entre la poubelle et les odeurs de nourriture, je suis sûr que tu seras aux petits oignons.

— Tu fais chier, répète-t-elle, en souriant cette fois-ci.

Le médecin-thérapeute-conférencier la regarde d'un air complice.

— C'est pas que de la gêne, Lawrence. Ma colère, tu sais ce qu'elle cache ?

Patterson a bien une idée, mais il laisse la jeune femme le révéler elle-même, si elle en a le courage.

— J'ai peur, Lawrence ! Peur qu'Alain retourne avec elle. Peur de perdre cet homme qui occupe chaque fragment de mon être. Peur de perdre à tout jamais l'amour. Peur !

Et elle éclate en sanglots devant son formateur qui la prend longtemps, longtemps dans ses bras.

*Au même moment,*
*dans la grande salle de conférence*

Alain est accablé. Il regarde Natasha rejoindre Patterson sur l'estrade. Elle semble hors d'elle.

En quelques secondes, la soirée vient de basculer dans une autre dimension. Il se dit qu'elle aurait pu ne pas céder sa place. Mais cela s'est passé tellement vite. Et il comprend très bien sa réaction.

Alain cherche à retrouver un peu d'énergie en se frottant le visage. Après deux profondes respirations, il se retourne et voit Alyson qui s'en va. *Allons bon, tout le monde se tire aujourd'hui !*

Il la suit à distance. Le mieux est de la laisser partir et de rejoindre Natasha qui doit être dans tous ses états. Mais Alyson ne prend nullement la direction de la sortie et se dirige vers le bar.

Alain s'avance jusqu'à se trouver entre la salle de conférence et le gigantesque hall d'accueil, juste à côté d'un des yuccas. Il a l'impression d'être à la frontière de deux pays, dans ces *no man's land* où l'on a franchi un premier poste de douane et pas encore le second.

Il laisse vagabonder son esprit. *No man's land* : traduit littéralement, ça donne « zone sans homme » ou « terre qui n'est à personne ». Et si c'était lui qui n'habitait plus son pays ? Si c'était à lui, non pas de choisir entre Natasha ou Alyson, mais d'entrer dans son propre royaume, de prendre sa décision et de l'assumer ?

Il envoie un texto à Natasha, qui a dû s'absenter avec Patterson, car il ne les voit plus sur l'estrade.

> Je suis désolé de cette situation. Tu n'étais pas obligée de partir, mais je comprends ta réaction. Je te recontacte demain.
> Love

Puis il se dirige vers Alyson, qui s'est installée dans un des fauteuils vintage, maintenant presque tous disponibles. En s'avançant vers elle, il ressent tout le chemin parcouru en six mois. Il est plus en connexion avec lui-même, plus extraverti, plus conscient de ses actes.

Quand il arrive, Alyson se lève, toute tremblante. Alain ralentit, mais ne veut pas revivre le moment de tout à l'heure où ils s'étaient retrouvés comme deux piquets l'un face à l'autre. Aussi, il s'approche en ouvrant les bras et ils s'étreignent violemment, leurs yeux, leurs corps et leurs mains s'entremêlant en un même souffle. Enfin !

*Vingt minutes plus tard*

— En vin rouge au verre, vous avez quelque chose de spécial ? demande Alain.

— Vous aimez les vins tanniques ? répond le barman, un petit brun avec un système pileux très développé.

— Ça va.

— Alors testez le montefalco. Il est fait avec un cépage unique au monde, le sagrantino, que l'on ne trouve que dans la région de l'Ombrie. C'est très charpenté, ne vous attendez pas à du fruit.

— OK, on verra bien.

— Et moi je prendrai un spritz, s'il vous plaît, annonce Alyson.

Après leur longue étreinte dans le hall du Metropolitan Pavilion, ils ont vite décidé de changer de lieu. En marchant, ils ont commencé à parler, omettant les sujets sensibles.

Ils ont surtout partagé leur vécu avec Patterson. Alain imaginait très bien la scène du tribunal qu'Alyson lui a décrite dans le détail. Tout à leur conversation, ils ont déambulé jusqu'à un bar à vins italien dans la Septième Avenue qui leur a semblé approprié pour poursuivre la soirée.

À l'intérieur, le peu de luminosité permet à peine de distinguer le fond de la salle où des instruments de musique attendent qu'on vienne les réveiller. Mais en ce soir d'anniversaire du 11 Septembre, il n'y a que trois tables utilisées et pas d'orchestre.

— Ça fait trop bizarre d'être là ensemble, poursuit Alyson, d'une voix vacillante.

— Tu ressens quoi ?

Alyson se mordille la lèvre.

— Je ne sais pas si je peux oser.

— Vas-y, ne me ménage pas. On est là pour parler, non ?

— Un peu comme si rien ne s'était passé.

Lui, en six mois, a vécu plus de tourments que durant le reste de sa vie et elle, elle vit cela comme si de rien n'était ?! Sa désinvolture le blesse.

— C'est un peu dur à entendre.

Alyson lui prend la main. Un long silence s'installe. Ce contact, il aurait payé cher pour le ressentir pendant qu'il combattait la maladie. Mais là, il n'arrive pas à en jouir pleinement. Il réalise que les événements des derniers mois ont laissé aussi des traces.

Leurs consommations arrivent. Ils lèvent leurs verres et trinquent : elle, à la santé retrouvée d'Alain, lui, à leurs retrouvailles.

— Alors, ce montefalco ? s'enquiert Alyson.

— Comme vin tannique, il se pose là ! J'ai rarement bu un rouge aussi astringent, j'ai l'impression d'avoir la bouche toute sèche. Et il manque de complexité, tu sais combien j'aime ce critère. Par contre, il a un nez profond. Tu veux le goûter ?

— Non merci, rigole-t-elle, tu ne me l'as pas très bien vendu !

Alain sourit.

— Et toi, tu te sens comment ? poursuit-elle.

— Depuis mes résultats sanguins, je suis presque euphorique. Mais là, je me sens stressé et j'ai une boule au ventre. Et pourtant, Dieu sait si j'ai remué ciel et terre pour vivre ce moment !

Il regarde celle qui l'a quitté sans prévenir. De très fines rides se sont formées au coin des yeux. La marque de moments difficiles vécus par elle aussi ? Avec ses mèches blondes, cela lui donne un air plus mature qui lui va très bien.

— Alain, je suis désolée pour tout le mal que je t'ai fait.

Silence.

— Merci, Alysse, mais je n'ai pas le cœur à parler de ça ce soir. J'ai des choses à t'annoncer et tant que je ne l'aurai pas fait, je n'arriverai pas à être totalement avec toi.

— Après ce que je t'ai infligé, ne me ménage pas non plus. J'imagine qu'il s'agit de cette Natasha ?

— Oui, déballe-t-il, d'une voix plus affirmée qu'il ne l'aurait pensé. Je suis tombé amoureux. Pour l'instant ce n'est qu'un flirt, mais nous avons des sentiments l'un pour l'autre.

— C'est donc pour elle que tu es revenu à New York ?

Alain baisse les yeux. Il a l'impression que son champ visuel se rétrécit. Sa nuque se raidit aussi, comme s'il ne pouvait plus tourner la tête et devait rester focalisé sur sa compagne. Il sent la main d'Alyson se crisper sur la sienne.

— Tu me parlais de choses au pluriel, il y a quoi d'autre ?

Alain est surpris qu'elle ne lui demande pas plus de détails sur Natasha. De sa main libre, il attrape son verre tulipe et boit une gorgée de montefalco. Ce vin est aussi rêche que l'atmosphère du moment.

— Il y a un mois, par hasard, j'ai retrouvé une ex avec qui j'avais eu une rapide aventure avant de te connaître : Gaëlle. Je t'en avais parlé quand on s'était tout dit de nos passés respectifs. Elle était à New York pour une conférence internationale à l'ONU.

— Et tu as couché avec elle, tente de prophétiser Alyson.

— Pas du tout. Mais elle m'a annoncé que peu après notre histoire, elle était tombée enceinte. Elle a mis au monde un petit Julien qui a aujourd'hui neuf ans et... qui est mon fils !

Alain voit sa compagne se pétrifier. Il fait une courte pause avant d'enchaîner.

— Nous nous sommes rencontrés deux fois, l'enfant et moi. La deuxième, c'était la semaine dernière. Je suis allé à Paris lui annoncer que je suis son père.

Alyson lâche la main d'Alain. Elle se cache le visage et bredouille quelque chose qui ressemble à « c'est pas possible » tout en remuant la tête de gauche à droite comme pour sortir d'un mauvais rêve.

Près de la batterie, un couple d'une cinquantaine d'années passe visiblement un bon moment. Ils ont quatre verres sur leur table, deux rouges et deux blancs, et semblent les comparer. Leur légèreté détonne par rapport à ce qu'Alyson et lui vivent.

Alain reprend une gorgée et se retrouve propulsé au soir où il avait annoncé son cancer. Même tension, même ambiance autour d'un verre. Le vin rouge était bien devenu sa madeleine à lui.

Quand Alyson s'est un peu ressaisie, il lui dévoile tous les détails: comment il a rencontré Julien, sa décision de ne pas avoir pris connaissance du test de paternité et son aller-retour à Paris.

— C'est du grand n'importe quoi ! réagit Alyson, visiblement très agitée. Si ce gosse n'est pas de toi, tu vas prendre le risque d'assumer les conséquences ?

— Oui, Alysse. De toute façon je me suis renseigné, le fait de ne pas être marié et de le reconnaître après le premier anniversaire de l'enfant ne me donne pas l'autorité parentale. Gaëlle ne pourrait donc réclamer une pension alimentaire que si elle faisait une action aux fins de subsides auprès d'un avocat. Et dans ce cas, je serais content d'être obligé de donner quelque chose, car j'imagine qu'en échange le juge me donnerait un droit de visite que je n'ai pas pour l'instant. Mais on n'en est pas là, les relations sont très saines. Si tout se passe bien, on fera peut-être une demande officielle d'autorité parentale conjointe pour que j'aie les mêmes droits et devoirs que n'importe quel père. En attendant, je ne peux pas exiger qu'elle m'envoie Julien en vacances si elle ne le souhaite pas.

Il voit sa compagne se décomposer à mesure de ce qu'il lui relate. Après qu'il s'est tu, elle ose un timide :

— Et nous ?

Alain secoue la tête en haussant les épaules.

— Je ne sais pas.

Alyson fond en larmes, entraînant Alain avec elle. Confrontés tous deux à la formidable misère de l'existence, ils sont pareils en cet instant à deux coquillages vides échoués sur une plage déserte.

### *Minuit passé*

Alain gravit d'un pas lourd chaque marche de l'escalier menant à son chez-lui. Après qu'Alyson eut beaucoup pleuré, il l'a raccompagnée chez elle, puis a traîné de bars en bières toute la soirée.

La montée n'en finit plus. Lorsqu'il pousse enfin la porte de son appartement, le silence s'abat sur lui selon une note inconnue jusque-là. Il ouvre la fenêtre de la cuisine et s'agenouille, complètement désorienté, sa boussole intérieure n'ayant plus de Nord, plus d'aiguille, plus de repère, plus rien. Lui qui ne va à l'église que pour enterrer ou marier un proche se met à prier. *Que dois-je faire, mon Dieu ?!*

— Va te coucher ! Lui répond-Il sur-le-champ.

« *Qui a raté ses adieux ne peut attendre grand-chose de ses retrouvailles.* »

Milan KUNDERA

# 52

*Trois jours plus tard*
*Samedi 14 septembre 2002, 18h45*

Adossé à la barrière de protection séparant le chemin piétonnier de la route, Alain regarde les joggeurs courir le long de l'Hudson River. Deux kilomètres plus au sud, insensible aux événements de l'année dernière, la statue de la Liberté, premier bâtiment qu'il a visité avec son fils, continue de trôner sur son socle de béton, preuve qu'en s'écroulant les tours du World Trade Center n'ont pas entraîné la liberté dans leur chute.

Le lendemain du 11 septembre, il a envoyé un SMS à Natasha et Alysse en leur disant qu'il avait besoin d'être seul et qu'il reviendrait vers elles dès qu'il le pourrait. Depuis, il hagarde[1]

1. Il ne me restait plus beaucoup de pages pour inventer un nouveau verbe. Je profite donc de cette dernière note pour te dire à bientôt… Michel, Alain Rolion.

dans New York, comme un marin qui tire des bords parce qu'il a le vent de face.

Touché par la beauté du spectacle qu'offre le soleil couchant sur Staten Island, Alain s'avance sur le Pier 54, un quai flottant en métal, désert à cette heure. Derrière lui, la pleine lune s'apprête à monter dans le ciel, tandis qu'en face, le soleil disparaît. Alain se revoit avec Alex, sur le tapecul dans le jardin public près de chez eux, chacun faisant contrepoids pour faire décoller l'autre.

Son cœur aussi joue à la bascule.

D'un côté, Alyson, son âme sœur. Pour qui il a quitté ses montagnes et traversé l'Atlantique. Et maintenant qu'il l'a enfin retrouvée, il la laisserait sur le bord du chemin ?

De l'autre, Natasha, qui a su prendre chaque jour un peu plus de place dans sa vie, sans rien forcer, occupant aujourd'hui le plus clair de ses pensées, et dont il aimerait tout découvrir : sa culture, sa fille, son corps, sa vie…

S'il s'autorise à aimer Natasha, ce serait reconnaître que le concept d'âme sœur n'existe pas. Alors si tout cela n'est qu'un leurre, que reste-t-il ? se demande Alain. Un guidage organisé pour que l'espèce se reproduise, comme disent les scientifiques ? Non, l'explication est plus simple. Il sent qu'il abrite en lui – volonté de l'espèce ou non – une propension naturelle à aimer, à partager, à tenter d'apporter du bonheur à autrui, tout en étant heureux de le faire.

Il sait que s'il s'autorise à aimer Natasha, plus jamais il n'entendra l'expression « je t'arc-en-ciel ». Plus jamais il ne prononcera « Alysse ». Plus jamais il ne la verra lui montrer, fière et anxieuse à la fois, sa toute dernière œuvre. Plus jamais il ne l'accompagnera dans ses moments de doute, en trouvant les mots qui finissaient par la faire sourire. Plus jamais il ne ressentira ce frisson particulier quand elle passait sa main dans ses cheveux. Quitter quelqu'un, est-ce accepter les « plus jamais » ?

Un voile de tristesse enserre son cœur.

S'approchant tout au bord du quai, Alain s'assoit, les pieds au ras de l'eau. Pour la première fois, il imagine écrire un jour tout cela. Par quoi commencerait-il ?

« *Il était une fois un homme plus dévasté par une lettre de rupture que par l'annonce de sa leucémie.* » Non. Trop direct. Il faudrait quelque chose de plus énigmatique. Qui puisse aussi bien ouvrir et clôturer le texte. Une petite phrase comme « *C'est déjà ça !* ». Ou « *Tout ça pour en arriver là* »... Il verra bien.

S'il décide de clore définitivement son histoire avec Alyson, promis, il en fera un roman. Comme un tombeau déguisé en livre.

Sa manière à lui de passer à la version 2.2.

Un gazouillis le ramène à la réalité. Un moineau au bec foncé s'est posé sur une énorme chaîne rouillée à dix mètres de là. Sur l'anneau d'à côté, un autre a l'air de l'attendre, plus clair et sans la bavette noire du premier.

D'un sautillement léger, moineau-bec-foncé s'approche et dissimule sa tête sous l'aile de moineau-corps-clair qui semble apprécier.

Comme si c'était le déclic qu'il attendait, Alain compose son numéro. Il a à peine le temps de dire « Allô ? » qu'elle répond :

— Viens, je suis chez moi.

Une heure plus tard, il sonne chez elle. Elle lui ouvre la porte et ses bras. Une fragrance citronnée vient percuter son cœur d'homme amoureux. En enlaçant Natasha, Alain comprend qu'il a vécu tout ça pour en arriver là.

# Reliance

Il est habituel pour un auteur de profiter de la parution de son premier livre pour remercier tout un tas de gens. J'ai toujours trouvé cela à la fois sympa et parfois neuneu. Je vais pourtant me prêter à ce rituel, autant par manque de personnalité que pour conforter ces liens si importants. À travers vous, c'est à la Vie que je dis merci.

**FAMILLE**

Shanti, Romane, merci simplement d'avoir été, tout ce temps d'écriture, les présences aimantes, vivantes et lumineuses que vous êtes. Mali, les mots que je pourrais poser ici seraient tellement insignifiants par rapport à tout ce que je te dois et ressens que je vais laisser la place à un de tes meilleurs amis : le silence habité.

Je vous soleil, mes Trois Grâces !

*Thank you* à ma famille d'origine d'être si proche, dans tous les sens du terme. Si j'ai souvent l'impression d'être un projectile lancé dans le monde avec tant de confiance et de liberté, je vous le dois en partie, chère fronde familiale.

## ÉDITRICES

Bien sûr, je voudrais remercier ici Stéphanie Ricordel, pour avoir soutenu ce roman avec autant de conviction contagieuse, et Frédérique Le Romancer, pour m'avoir aidé à l'élaguer si joliment.

Salutations amicales à Claudia Trédaniel, qui souhaitait publier cette histoire au Courrier du Livre et m'a pourtant conseillé de choisir Eyrolles pour sa puissance de diffusion.

Et un bonjour à toute l'équipe de J'ai lu. Votre COUP DE CŒUR, que je sais réel, m'a fait un véritable coup au cœur !

## PROCHES

Pensées émues pour:

Vincent, Fabien(s), Pascal, Manu, Sophie(s), Alex, Jean-Phi, Maryse, Denis, Jean-Roch, Claudine, Philippe, Michel(s), Gabrielle, Jean-Paul, Caro, Éric, mes ami·e·s d'hier, d'aujourd'hui et de demain.

Les stagiaires de Génération Formation: vous occupez une place importante dans ma *life*. Avec votre curiosité, vos questions pertinentes et parfois impertinentes, vous me faites le plus beau des cadeaux: celui de toujours progresser.

Laurent Gounelle, si inspirant à plus d'un titre. Nos échanges m'ont réellement apporté, Laurent !

Le comité de lecture le plus exigeant dont un auteur peut rêver : Najia El A., Séverine B., Thierry et Pascale B., Mireille C., Julien D., Karine F., Annick H., Laure J., Sophie L., Hervé L., Chloé M., Dominique M., Delphine Le M. et bien sûr vous trois, Évelyne, Kitou et Mali, pour tout votre investissement.

Pardon à ceux que j'oublie et dont le souvenir va me revenir bientôt. Je connais le tarif, ça me coûtera l'apéro !

## AUTEURS

Tellement heureux de vous avoir « rencontré », Richard Bach, Jacques Brel, Louis-Ferdinand Céline, Paolo Coelho, Stephen Covey, Frédéric Dard, Joël Dicker, Fiodor Dostoïevski, Antoine Filissiadis, Laurent Gounelle, Benoîte Groult, Hermann Hesse, Douglas Kennedy, Haruki Murakami, Guillaume Musso, Anthony Robbins, Don Miguel Ruiz, Antoine de Saint-Exupéry, Eckhart Tolle, Irvin D. Yalom. Vous avez nourri et incendié mon âme si ardemment que j'ai parfois réussi à vivre de manière aussi intense que dans vos écrits…

## TOI

Et enfin clin d'œil à toi, cher·e lecteur·trice. C'est pour toi et avec toi que j'ai cheminé depuis le premier jour où j'ai ouvert, sur le bureau de mon ordinateur, le dossier « premier livre ». Le monde a besoin de toi. Si tu l'observes finement, tu percevras qu'il te murmure chaque jour de… Vivre vivant !

Vous pouvez suivre Michel Rolion sur :

Pour vous former en PNL et/ou hypnose
avec Michel Rolion :

www.generation-formation.com

Pour en découvrir plus sur son parcours d'écrivain :

www.michel-rolion.com

Vous y trouverez des photos, vidéos,
interviews, questionnaire de Proust...
et des partages sur comment et pourquoi il écrit.

# Crédits

13157

*Composition*
NORD COMPO

*Achevé d'imprimer à Barcelone*
*par* CPI Black Print
*le 11 avril 2022*

Dépôt légal avril 2022
EAN 9782290259641
OTP L21EPLN003043N001

Éditions J'ai lu
87, quai Panhard-et-Levassor, 75013 Paris

Diffusion France et étranger : Flammarion